U0952677

大鱼

有爱的青春陪伴者

JIUDANG
TA
MEILAIGUO

舒远

著

就当他没来过

江苏凤凰文艺出版社
JIANGSU PHOENIX LITERATURE AND
ART PUBLISHING

图书在版编目（CIP）数据

就当他没来过 / 舒远著. -- 南京 : 江苏凤凰文艺出版社, 2021.3
ISBN 978-7-5594-5265-8

Ⅰ. ①就… Ⅱ. ①舒… Ⅲ. ①长篇小说－中国－当代
Ⅳ. ①I247.5

中国版本图书馆CIP数据核字(2020)第198435号

就当他没来过

舒远 著

责任编辑　孙金荣
特约编辑　蒋彩霞
责任校对　彭　佳
出版发行　江苏凤凰文艺出版社
　　　　　南京市中央路165号，邮编：210009
网　　址　http://www.jswenyi.com
印　　刷　长沙湖南达美程智能科技股份有限公司
开　　本　880mm × 1230mm　1/32
印　　张　9.5
字　　数　310千字
版　　次　2021年3月第1版
印　　次　2021年3月第1次印刷
书　　号　ISBN 978-7-5594-5265-8
定　　价　39.80元

目录

JIUDANGTAMEILAIGUO

JIUDANGTAMEILAIGUO

目录

第一章

我热爱的

2009 年秋，徐鲁回了一趟老家。

乡下的二爷寿终正寝，几个堂兄弟商量着办场大丧事。正值深夜，一大家子人守在门房下，搓着纸钱，叠金元宝，缝制新衣裳。

妈妈和婶婆们唠着家常话，有说有笑。

徐鲁很少回来，不怎么掺和，一般躲在边边角角，沉默地干活，听这样一堆女人从别人家小孩儿说到自已家小孩儿。

身后有凉风吹过来，她回了一下头。

院子里的梧桐树粗壮高大，她小时候还爬过，那时候像个女匪娃子。门房角落放着棺材，棺材头下点着蜡烛，用几块砖挡着。老人说，火灭了，不好。徐鲁站起身走过去，调整了下砖块的位置挡着风。

听到三婶忽然道：“七嫂，我听说江措也回来了？”

徐鲁的身子蓦地一僵，愣愣地看着蜡烛。

“下午三四点就到家了，吃了两口饭又出去了。”七婆说，“不是去他二哥那儿，就钻阳阳那儿去了。”

“他们兄弟几个，多久才见一面，玩起来咱能管得住吗？”四婆说，“都二十好几的人了。”四婆话匣子一停，“江措谈对象了没有？”

“说是谈过一个，分了。”七婆说，“我也没问。”

三婶笑：“江措二十九岁了吧，你也不着急？”

“他那脾气你又不是不知道，他舅前两天给说了一个女孩儿，听说人长得不错，性子绵软，学历也好，改天让见一面看看。”七婆叹了口气，“他那工作不好说，就怕人家女孩儿听了不跟他。”

“消防员是太危险了。”说这话的是徐鲁的妈妈徐冰，冷静、优雅，这一堆女人里唯一的文化人，“可以让江措转文职。”

七婆摇头：“天王老子都说不动他。”

蜡烛被风吹歪了，徐鲁用身体去挡。她有预感，话题下一秒就会从她妈那儿落在二十四五岁的她身上，幸好这个时候听见三婆说要去找找自己孙子天天，她抬头道：“我去吧。”说完将砖块立好，从屋里走了出去。

隐约还能听到里头说：“妍妍以前挺活泼的，现在文静多了。”

小名儿听着都亲切，现在外面很少有人叫她“妍妍”了，除了爸妈也只有老家人这样子喊。徐鲁想起那个人这样叫她的时候，她整个人都是软的。

风从脚底蹿上来，徐鲁打了个寒噤。

乡下的街道很安静，尤其是夜晚。两边的路灯昏昏沉沉像萤火虫点着灯，模模糊糊，看不清前路。只有身后二爷家门口的大灯泡亮着，门上贴着挽联，幽静、诡异。

她打开手机照明，一口气从街尾走到街头。

最后，她停在路口，不是走不动了，是因为听到几个男人插科打诨的声音，还是记忆里的样子，谈笑风生。

那一年春节，她拎着酒和烟在晚上串门子，也是一口气跑到这里，推开门就看见一群人在打牌。一个个二十来岁，嘴里要帅叼着烟，肆意又妄为。她面上是瞧不起的，可心底却不由自由想靠近。

当时桌子边围了一堆人，有人先看见她道：“妍妍什么时候回来的？”

这一堆人里，叫二哥的，叫三哥的，她都乖巧地喊个遍。

只有江措，她喊不出来。毕竟他只大她三岁，她喊不出口。可他家在老家的街坊排辈里辈分高，每年春节回去，她跟着爸走街访友，总会闪躲着不叫他。更重要的一个原因是，她小时候在老家待过些日子，都是他带着她，两人还玩过家家亲过嘴，后来她离开老家，长大了再见到总归是会尴尬脸红。

他好像压根儿把这事忘干净了，每年见着她都会逗她几句，她要么不吭声，要么就杠回去，一点儿面子都不给他。他也就笑笑，不回嘴。

这时，二哥就会打趣着说："江措是不是欺负你了，跟哥说，哥帮你教训他。"

江措从她进来就瞧见她了，就是不出声，自顾自地打牌。这会儿听见她支支吾吾地嘟哝，他有些好笑，抬头看了她一眼。

在徐鲁的记忆里，他是那一堆人里她最不敢接近的一个。或许是年龄差距很小却要按老家的辈分喊他小叔，又或者说小时候太亲近，长大了却有些生分，慢慢地也就无话可说。后来听说他去读职高，再见面总是会多一些尴尬。

于是，他们之间的距离莫名其妙变远。

好像有一回过年，家里几个兄弟打牌，她刚好撞上，一个堂哥逗她要不要玩几把，她看了他们这一堆人一眼，嫌弃地摇了摇头。

江措也在牌桌上，漫不经心地说："城里回来的就是不一样。"

说话很欠扁，徐鲁挺反感。她那时候有好学生的光环，是叔叔婶婶嘴里"别人家的孩子"，有一种骄傲在，总是有些瞧不起他这样的人。

可是后来呢？

后来，她读高中，在江城遇见了他，那人还是那么不可一世，随便一吆喝就一堆狐朋狗友跟着的样子。一次次的相遇，一次次的磨合，有一天他看着她的眼神忽然不太对了，好些天都不找她了。

再见到他时，他低声问她："你是不是挺看不上我？"

她想推开他，却被他逼得节节后退，紧张得说不出话来，抱起书包就跑。

方瑜曾经紧张地问她："你俩什么关系？"

老家人都知道江措是村里七爷捡来的，他从小只和徐鲁的一众堂兄弟玩得很好，比亲兄弟还亲。很小的时候，乡下很多人都会开玩笑一样问他："江措，你亲爸亲妈没找你吗？"

他是怎么回答的？一个拳头就过去了。

或许就是因为那样一个环境，他从小就跟着一堆大孩子跑，脾气大，一副对什么都不在乎的样子，看上去有些玩世不恭和薄情。可他疼人是真的，后来不要脸地追她，不要脸地逗她笑，也一本正经地跟她说过："我是认真的。"

现在想起来，这些事恍如隔日。

寒秋的风刮在身上，徐鲁不禁打了个战。她在门口站了太久，要不是听见房里小孩儿的喊声，差点儿都忘了来干什么。

她深吸了一口气，推开了大门。

东边的屋子，门朝外开着，放下了门帘。里面的说话声越来越清晰，二哥的声音最大，说话比以前收敛很多，这会儿正开着玩笑道："哥认识一个姑娘，模样没得挑，要不要认识一下。"

"二哥你太不够意思了啊，怎么也不给我说一个？江措这货太肤浅，别浪费人家女孩子时间。"

"要知道他读书那会儿，可是哪个漂亮就喜欢哪个。"不知道谁说了这句。

屋里一堆男人纷纷笑作一堆。

二哥说："这女孩儿小家碧玉，又温柔又乖，在大学当老师，别说江措，哪个男人见了都喜欢。"

徐鲁一只手落在门帘上，停住。

"他那工作天天出生入死的，哪个姑娘愿意跟就怪了。他脾气又差，哪知道什么怜香惜玉，给我说算了。"

徐鲁垂眸，又抬眼，掀开门帘。

屋里一堆男人看了过来，她目光一愣，有两个坐沙发上，有两个靠在墙上，视线里没有看见那个人。

二哥还是那么热情："妍妍？"

他们都是侄子辈，一个个穿着孝服，头上戴着孝帽，还和以前一样，个个叼着烟，弄得房子里乌烟瘴气。

几个不太熟的堂哥对她笑了一下，一个道："那边忙完了没有？"

"没呢。"徐鲁说，"我来找天天。"

她刚说完，门背后突然蹦跶出一个小男孩，抱着她的腰，笑着叫："妍妍姐，你没看见我吧。"

徐鲁揉了揉天天的头发，淡淡地笑了笑。

"什么时候回来的？"二哥问。

“今天刚回来。”徐鲁淡淡地笑了笑，拉着天天的手说，“我先过去了。”

回去的路上，天天一边蹦跳着，一边对她说：“江措叔还答应教我打牌，怎么咱走了都不见他。”

徐鲁“哦”了声，原来他真在。

一个人要是不想见你，是不会让你看见他的。

大丧的那两天，徐鲁一直跟着婶婆们忙活，一会儿在厨房搭手，一会儿在房里叠元宝，家族里的年轻人都跟着老人去搭台子，院里院外地穿梭。

二爷爷下葬前三天，晚上都得叫一堆村庄里的人来屋里打麻将。最后一晚还没到时间，他们几个堂兄弟已经坐了一桌。

徐鲁从厨房出来，看见门口站着一个人，一边抽烟一边打电话，有些不耐烦的样子，那背影像极了他。

兜里手机响起，徐鲁走去一旁接。

她侧着身子站在院落里，听着方瑜问她什么时候回江城。她心不在焉地说着，余光里那人并未抬眸看过这边一眼。

再回过头去看，他已经不见了。

徐鲁笑自己现在还这么容易心慌意乱，不像他，断得那么彻底，一点念头都不给她留。那些年还没好的时候，他堵住她的路，自嘲地说：“你再这样看我试试？”后来在一起，他说妍妍你看，我也没那么浑。

再后来呢？分分合合，还是断了。

方瑜说：“我至今都想不明白你喜欢他什么，学历不高，工资也不高，没房没车，什么都给不了你，包括一个安定的生活。”

年少的时候她瞧不上他，可看见他那副什么都不在乎、自由自在的样子，她就迫切地想去靠近他那个圈子，或许是那种羞耻的优越感存在，出了校门，她清高自傲，偏偏被他沾染了俗尘。

门口的台子已经搭好，彩灯绕了一圈亮起。

从夜晚亮到清晨，四五点家里已经忙开了。厨房的电灶声响彻在黎明里，门口的乐人吹吹打打，曲子时而悲伤时而欢快。男男女女都穿好孝服，在门口站成两排，跟着棺材车去往墓地，天还未亮。

徐鲁一直没看见那个身影。从墓地回来，她也不敢打听，直到中午才听见七婆和几个婶婶说："他队里忙，早上直接从墓地走了。"

原来早就走了，只有她还傻站着。

徐鲁站在那儿，抬头看了一眼天，灰蒙蒙的。手机里恰好进来一条短信，来自方瑜："今天能回来吧，老地方等你。"

她心底有了主意，要回江城去了。

江城的天气比老家好，就是有点儿闷。

回去的那个下午，徐鲁和方瑜约在咖啡馆。咖啡喝到一半，徐鲁往椅子上一靠，偏头看向落地窗外。有一个女人低头在训小孩儿，看起来很凶，小孩儿倒在地上打滚，刚好站在马路中间，挡了几辆车的路。女人又踢了几脚，有车开到跟前差点儿没刹住，女人开始找事。

她看了一会儿，淡淡地收回目光。

要搁组里的同事，早就拿起手机摄像了，再假装路人过去问几句，或者被人家赶走，怒火攻心地赶回报社写通稿，怎么着都能算一个选题。

算算日子徐鲁已经有大半个月没有跑到新闻，最近每天都在和领导磨时间，再这样下去就算别人不说她也想辞职了。这活儿干着没劲。娱乐版一整版的小鲜肉话题，社会版一个有价值的采访都找不见，更别说深度报道。同事个个都想去娱乐版，既轻松还能和明星尬聊。

再抬头的时候，那个小孩儿已经爬起来了，扯着女人的袖子可怜地仰着头，女人又是一巴掌，指着车主伸手要钱，小孩儿不过四五岁。

徐鲁有些动气了。

她刚想起身出去看看，方瑜就风风火火地跑了进来，拎着中山路的翠花糕，不均匀地喘着气。被方瑜这么一耽搁，她再回头，车和人都不见了。

徐鲁又坐回椅子里。

方瑜将翠花糕放在她跟前，笑眯眯地哄着她吃几口。

平日里这是徐鲁最爱，可现在她一点儿胃口都没有。

"别为了工作烦啊。"方瑜知道她在想什么，"我跑了几个街才给你买到的，好歹吃几口。"

徐鲁连嘴巴都不想张开。

"现在呢，报社界就这个形势，都知道纸媒已经走向衰落，不出几年新纪元时代就要来了。至少现在你还喜欢这行，以后慢慢再说。”

方瑜是做财经的。两人从小学就在一个班，一直念到高中，一起滚回去复读。大学填志愿的时候都报了江大新闻系，又在一个班。再后来一起毕业，去了同一家报社。当时刚进来和她一样也是跑社会热点，跑了一年调到财经部门去了，啥啥都不懂，硬是死磕了两个月才勉勉强强能出门见人。为啥不走？还不是因为热爱这个。

“这话你去年就对我说过了。”徐鲁道。

“那今年就再听一遍。”方瑜边吃边说，“要是十年前还好说，做个深度报道什么的，现在？没办法，形势在这儿。”

“那就不干了？”

“我也没说不干，你别在这个上头死磕。”方瑜看着她，“你看看现在谁没事盯着个一版面几千个宋体五号看？眼睛都花了。”

“你现在干财经有经验了啊，当初的理想和誓言呢？”

方瑜白了她一眼：“那咱也得向前看，你能天天活在过去吗？我要是你这想法早被开了还能混到现在？你要是没陆宁远撑腰，活不过一个月。”

徐鲁皱眉：“跟他有什么关系？”

“现在想撇清关系？晚了我跟你说。报社里什么闲言碎语听不到，要不是他护着，就你这性子早被唾沫星子淹死了。”

“她们都说我什么了？”

方瑜吃的糕有点儿多，不顾形象地喝了一大口咖啡，嘴里还黏糊着就掰着指头数：“任性，娇气，不听取别人意见，自作主张，不尊重大家的劳动成果……”

“你停。”徐鲁听不下去了，“有这么差吗？”

方瑜哼笑：“我在财经部都能听见她们说这些，你说呢？也就陆宁远脾气好，不好的事儿都给你兜着，还惯着你。”

徐鲁还在江大读新闻的时候，就听说过报社界陆宁远的大名。对方理科毕业，深沉、理智、冷静、一针见血，还不张扬。他策划的很多选题都大获成功，年纪轻轻就已经是很优秀的制片人了。

“他脾气好？凶起来能把我骂死。”徐鲁无语道。

“打是亲骂是爱，你不知道？”方瑜悠悠地瞥她一眼，“你不会还惦记着……”

这姑娘平白一肚子气，说话都没个好脸色，每次回一趟她老家来了就这样。方瑜心里半猜了几分，话音一转，忍不住问："回去见到那个人了？"

徐鲁心下一梗，没有说话。

那人根本不想见她，不然回去那几天连正面都不给一个？其实堂哥说得不对，谁说他不会怜香惜玉，那时候在一起把她宠得谁都不敢惹，只有他能哄得好。他温柔起来是真温柔，狠起来也是真狠。

方瑜叹了一口气，也有点不知道说什么才好，干脆吃起翠花糕来，半天才扯开话题问："工作这边你什么打算？"

徐鲁静了一下，说："想出去跑跑。"

"跑哪儿去？"

"上个月不是有线人给报社打电话说山城的矿山有坍塌事故吗，我想去看看。"徐鲁说，"憋很久了。"

"不是说子虚乌有，还跑去干吗？"

徐鲁胳膊撑在桌子上，身体微微前倾，一本正经道："我的新闻敏感告诉我，这事没那么简单，有人故意压下去了。我和陆宁远说过好几次，他都不同意。"

"那你怎么去？"

"我也正发愁呢。"徐鲁一手撑着下巴，面无表情道，"这么好的一个新闻线索怎么才溅起这么一点儿水花，背后一定大有文章。"

"陆宁远不让你去肯定有他的道理，还是算了。"

徐鲁说："所以我得想个办法。"

"什么办法？要我说美人计还管点用。"方瑜说着笑起来，"去年团建你掉水里，他抱你起来的那个样子我至今都记得。"

徐鲁白眼一翻："行了啊你。"

两人又说了几句，方瑜被一个电话叫走了。徐鲁又喝了一杯咖啡，擦了擦嘴，磨蹭了会儿，心里有了一个念头。

徐鲁在门口拦了车，直接去了报社。

不过没从正门进，她从后门下电梯去了车库。这会儿是晚上八点半，报社已经下班了，除了几辆公用的车子，就只有陆宁远的车停在那儿，他每天都是最后一个走，苦行僧一样。这也是她佩服的地方。

七月的天气燥热，车库比空调房凉快。

徐鲁蹲在陆宁远的车背后，软皮大包扔地上，自己往上面一坐，背靠着车。车库凉爽又安静，她坐着坐着一下就睡过去了。

恍惚听到脚步声响，过一会儿又不见了。

徐鲁梦见她被一伙开着面包车的人追，眼看就要追上了，前头没了路，她方向盘一打，就往右边撞过去，“轰”的一声给吓醒了。

她还没来得及喘气，就看见脚边的黑色皮鞋。

皮鞋擦得很干净，西裤质地柔软，一看就价格不菲。再往上，西装外套搭在胳膊上，黑色衬衫，领口解开了两个扣，一副工作完下班的气派，来人眉心皱成川字，眼角有些许疲乏。

徐鲁正要开口，那人先她道：“看够了吗？”

声音在这车库里显得冷清，徐鲁打了个哆嗦。陆宁远自上而下俯视着她，脸色不是太温和的样子。

徐鲁噌地站了起来，起得太急，没站稳，眼看就要倒在车上，胳膊忽然被一只手掌拉了一下，冰凉的皮肤霎时感受到了那股温热。

她抿嘴一笑，说：“陆总。”

她刚开了头就被打断，陆宁远淡漠道：“有什么话上车再说。”

他说完绕到驾驶座，打开车门上去了。

徐鲁好像还没反应过来，在原地愣了半响。直到陆宁远摁了一声喇叭，她才惊神回到车上。

陆宁远缓缓地将车开了出去。

徐鲁打量了一会儿他的神色，看起来不是很好。过了一会儿，车子开到平阳路，听到陆宁远道：“如果还是那件事，免开金口。”

徐鲁一愣，随即一笑：“您误会了，今天就是想请您吃个饭。”

陆宁远把着方向盘的手顿了一下，偏头看了一眼这眼睛里都溢满着狡黠的女孩子，又淡淡地偏回头去。

“我听你们部门卢主任说，你都半个月没交上选题了？”

他这话口气挺平和，听着不像兴师问罪的样子，脸上也没有什么波澜，目视前方，平静地开着他的车。

徐鲁慢慢地“啊”了一声，没说话。

“你倒是淡定。”他说。

徐鲁看着前方的路，顿了顿道："这也不能怪我吧，我交的选题你们又不同意，我能有什么办法。"

陆宁远"嗯"了一声，听不出喜怒道："照你这么说，社里都交不上选题，干脆都喝西北风算了。"

"我不是那个意思。"徐鲁认真道，"再说有娱乐版撑着呢，选题前赴后继的有什么好担心的。"

陆宁远轻笑了一下："你这么想？"

这男人一两句话就能勾起她的无名火，她皱眉偏过头不吭声。

陆宁远看她一眼，道："做好你该做的，其他的事少管。你学新闻不过几年，以为这一行这么简单？想做就做？"

最后那句他拔高了音，徐鲁知道他生气了。

"再这么下去，我看你直接辞职算了。"陆宁远冷冷道，"报社不养闲人。"

矿山这个案子她磨了这么久，一直憋着口气。现在听他这样一讲，那股气噌噌就冒了上来。

"2002 年，你单枪匹马不顾生命危险曝光了不法分子倒卖文物的交易现场。2004 年，你暗访传销窝，拯救了一群被骗的人。2006 年，你卧底在诚达集团，以一己之力查出了建筑方偷工减料的证据。"徐鲁说到这里停了一下，"2003 年我读大一，你的事迹我们宿舍当流行歌天天听，那是所有人的新闻理想。可是现在呢，你都忘了吗？"

陆宁远没说话，将车停在路边。

他不出声坐了一会儿，从车上放着的烟盒里抖了根烟出来，塞嘴里用打火机点上，沉默地抽了一口烟。

烟吸了一半，被他摁灭了。

他烦躁的时候就喜欢抽烟，徐鲁很早以前就发现了。有时候一会儿的工夫能抽掉半包，别人根本猜不透他在想什么。

别人怕他，徐鲁不怕。

她大学刚毕业年轻气盛，不管不顾往一线冲，跟打了鸡血似的，年少轻狂谁的账都不买。那时候陆宁远说她几句，她直接回嘴杠，要么就撂挑子不干，说走就走。时间长了，陆宁远都没办法。

车里太安静了，徐鲁一时有点儿慌。

陆宁远忽地轻笑一声，道："进报社这几年别的没学会，和上司顶嘴倒挺有本事。说说看，我的履历什么时候背那么熟了？"

徐鲁倒吸一口气："就那么背的。"

"记得没错的话，2002年你考上了江大音乐系，大一读了几个月退学回去复读，第二年考上了江大新闻系。"陆宁远说，"能告诉我为什么吗？"

"没有为什么。"

"不想说算了。"陆宁远漫不经心道，"我还有别的事，你可以下车了。"

徐鲁脸色淡下来。

她的手刚放在门把上，就听见陆宁远道："矿山那个事儿也别跟我提了。"

徐鲁的手指一顿，又坐了回去。

陆宁远又点了一根烟，将打火机扔在一边，道："说吧。"

徐鲁咬了咬唇："没什么好说的，想退学就退了。矿山那个事儿您要是不同意，我就自己去。"

说完，她欲推门，却被一股力量扯了回去。

陆宁远手指还夹着烟，倾身过来，压了下来。他的领带松松垮垮地掉在她身上，嘴唇紧紧抿着，眼睛漆黑，被她气得脸色很不好。

他低声道："我是不是太惯着你了，徐鲁。"

徐鲁肩膀缩了一下。

她仰脸和他对视，丝毫不输底气。陆宁远的眼神里有些说不清的消沉，徐鲁看不明白。

"还没人敢跟我这么说话。"陆宁远又近了几分，看着她白皙的脸颊道，"仗着我喜欢你？"

徐鲁眸子闪了一下。

那年江城百年一遇的大雨，她跟着陆宁远跑饭局，回来的时候被堵到路上。车子打不开，一直在往下陷，她以为他俩要完了。陆宁远也是抽了一根烟，忽然对她说："我还挺喜欢你的，要不试试？"她那时候不识趣地说："我有喜欢的人。"陆宁远笑笑，再没提过。后来他用衣服包着手，赶在被淹下去前硬是把窗户给砸开，把她抱了出去。

再后来，她一天一天装傻，就到现在了。

他们距离太近，差一点儿他的唇就要挨上她。他很有分寸，故意这样吊着她，看她被逼得无路可走。

陆宁远看了她一会儿。

他欺身又压近，脸却侧向她耳边，嘴里的热气喷在她细长白嫩的脖颈上，好一会儿都没有动静。

半晌，他轻笑道："我不喜欢心里装着别人的女人。"

说罢，陆宁远很快从她身上起开，像是刚才什么都没有发生过一样。他松了松领带，将烟咬在嘴里，坐好。

"明天拿着你的材料来办公室。"他平静道，"下车。"

后来想起那一晚陆宁远的样子，徐鲁还是有些后怕，如果他当时亲下来怎么办。好在她去山城的念头已定，没有别的心思想太多。

第二天，徐鲁起了个大早，五点就去了报社。

单位大门还关着，她在路边买了酸奶，一边喝一边看天。平阳路的街道从来都很安逸，可以慢慢悠悠地走路，遛狗，散着心上班。

她在外边坐了好一会儿，才跑到报社大门口晃了晃。门房的陈叔这才伸着懒腰缓缓走过来给她开门。

"来这么早啊小徐。"

徐鲁笑笑："您辛苦了。"

大爷给她开了门，又叹息着道："我干的就是这活，你们才辛苦啊。昨晚十二点多陆总又回来了，我看楼上那灯亮了一晚上呢。"

那么晚回来干吗？加班？

她快步走到楼下，仰头看了一眼四楼他的办公室。窗帘拉开着，窗户开了一半，隐约有个身影站在那儿，好像在抽烟。

徐鲁上楼，站在陆宁远办公室门口。

她象征性地敲了敲门，里面的人没有立刻出声，过了两秒才听到他说："进来。"声音听着有些低哑。

徐鲁推开门，反手关上。

等到站定，她抬头，陆宁远坐在办公桌前的椅子上，桌前放着一杯咖啡，穿的还是昨晚的衬衫，领带已经卸了下来。

他看了她一眼，轻嘲道："来这么早？"

徐鲁听出那话的意思，也不反驳，将包里的一沓材料放在他办公桌上，然后退后了一步站好。

陆宁远拿起翻了两页，目光淡淡的，然后扔到桌上，也没有看她，径自点了一根烟，指腹敲了敲烟灰。

“那地方有多危险知道吗？”他抬眼。

徐鲁说：“知道。”

陆宁远继续看着她，说：“报社有报社的规矩，我不可能为了你破例。成为众矢之的，对你也不好。”

徐鲁没明白他的意思。

“上面明确过矿山那个事儿已经结束了，不希望再有波澜。这一个月你跟在我后头，提了没有八次也有十次了，昨晚竟然还去车库守。”陆宁远笑了笑，“真有你的。”

想起昨晚，徐鲁的脸颊有点儿烫了。

“你说得对，做了陆总两年，杂事太多记性是不好。可是有很多事，就连我都没办法。”陆宁远神色凝重了几分，“懂吗？”

徐鲁慢慢沉下心来：“你要反悔？”

陆宁远怔了片刻，笑了一下。

“我要真反悔，你现在能站在这儿？”陆宁远说，“难道在你心里，我是那种言而无信的人？”

徐鲁敛眉：“我没那么想。”

“昨晚跟我讲道理剑拔弩张的人哪儿去了？”陆宁远笑，“今天说话倒没那么带刺，我还有些不习惯。”

徐鲁深吸一口气。

“我昨晚也说过了，这个事儿我查定了。你不让我去我也会去，大不了我自己一个人做，没什么好怕的。”

陆宁远问：“死也不怕？”

徐鲁沉默了一会儿，脸上看起来竟然还有一丝忧伤。陆宁远蓦然愣住了，他吸了吸脸颊，眼睛微微眯了起来。

她缓缓开口：“大概有一点儿。”

陆宁远面色舒展了一些，然后笑了声。他摁灭了指间的烟，又喝了口咖啡，兴致莫名好了起来。

“早饭吃了吗？”他问。

没等到他松口给个准话，徐鲁一直绷着，听到他忽然问起这句无关的话，一时有些拿不住这人在想什么。

“吃过了。”徐鲁想了一下说，“我听陈叔说您昨晚凌晨回来加班，是有什么要紧的事吗？”

“没什么就不能回来了？”

徐鲁无话可说。

陆宁远看她一脸憋屈的样子，笑道：“回去也是一个人，还不如来这儿，至少有工作忙，不至于太无聊。”

徐鲁等得着急，可他一脸淡定的样子。

她正要开口，就听他道：“一晚上没睡，还真是有点儿饿了。门口那些小吃摊味道怎么样，帮我去买一份。”说完从钱包里掏出两张一百，放在桌上给她。

他确实看着很疲惫的样子，跟她说话笑起来眉眼也有些倦意。徐鲁看了一眼桌上的钱，没动。

徐鲁问：“您想吃什么？”

陆宁远：“随便。”

“有豆浆油条，豆腐脑，葱花饼手抓饼，包子鸡蛋，南瓜粥黑米粥小米粥，清汤米线，还有南方小菜。”徐鲁说完，问，“您想吃哪个？”

陆宁远等她说完，笑了。

“背菜单呢。”他好笑道，“我履历记那么熟，背个菜单对你也易如反掌，看来记性还真是不错。”

徐鲁：“……”

“你平时都吃什么？”

徐鲁：“都吃过，每天换着吃。”

“今天吃的什么？”

徐鲁：“豆腐脑和酸奶。”

陆宁远翻开身边的资料夹，头也不抬道：“那就这个。”

“太少了吧，我饭量比较小，您肯定不够。”

他的手机这会儿响了起来，陆宁远看到来电挑了挑眉，拿过手机看她一眼说：“你看着办。”然后走到窗边接起电话。

徐鲁从办公室走了出来。

陆宁远看了一眼关上的门，对手机那头的人笑道："没打扰到您吧？"

"十年没睡过懒觉了。"那人道，"这么多年你小子第一回拜托我，能不上点心吗，已经妥了。"

陆宁远道："让您费心了。"

"一句话的事儿。"那人说，"就是有些好奇，哪个女孩子让你这么费心，大半夜的打电话过来？"

陆宁远笑说："让您见笑了。"

"别跟我说套话。"那人笑呵呵道，"三十的人了，也该成家了，那姑娘什么样儿哪天带过来我见见。"

想起徐鲁那性子，陆宁远笑笑："正追呢。"

"还没追上？"那人惊讶，随即大笑，"那我真得见见了。"

寒暄了一会儿，陆宁远才挂断电话。他站在窗前往下看，没多久就看见徐鲁拎着一个大袋子走了进来，和陈叔笑着打招呼。

这样的笑，到他这儿，看着是笑，实则疏离。

陆宁远坐回到椅子上，把玩着手里的打火机。想起有一年从北京回来去拜访著名文学家江河，一进那个家就感觉到异常地温馨。屋内很寂静，他们坐在阳台谈话。

过了一会儿，有个房子发出乒乓声。谈话中断。江先生进了那个房间，他站在客厅等，听见屋里一个女孩子没有生机的声音，轻轻地，像是怕吵醒谁的样子，说："爸，我不想念书了。"

墙上挂了一张合照，中间的女孩笑得极甜。

那是他第一次见到徐鲁，在照片上。后来就是四年后了，她来报社应聘，简历上贴着她的照片，他一眼就认出来了。

办公室的门被推开，陆宁远平静地看去。

面前的女孩子和记忆重合，陆宁远瞥了眼她手里的袋子，笑问："这么多？"

徐鲁将袋子拎到他待客的桌上，说："我还怕不够，这些小吃都不管饱。"

陆宁远"嗯"了声，笑了。

他用手指拨了拨袋口，豆腐脑两份用盒子装着，酸奶两杯，还买了一屉小笼包，带着一小盒蒜汁。

“够吗？”徐鲁探过来问。

陆宁远收了手，抬眼看她。

“我是有多能吃。”他说，拎出一份豆腐脑放她跟前，“这个归你。”

徐鲁立刻摇头：“我饱着呢。”

“那就陪我吃。”

他说这话语气很淡，又有着不容置疑的口气。

陆宁远没再看她，低头大口吃起来，两三下就解决掉一半。男人吃饭的速度果然都很快，饶是这么从容淡定的男人也不例外。

徐鲁坐在一边看。

陆宁远吃得差不多了，用纸巾擦了擦嘴，这才看她。

徐鲁正襟危坐，盯着他看，眼睛瞪得圆圆的样子有些好笑。

他将纸巾往袋子里一扔，从抽屉里拿出一份文件。

“打开看看。”陆宁远扬了扬下巴。

徐鲁不明所以，将文件拿过来翻开。里面夹着一张纸，是一张特派她去矿山电视台的临时决定。

她一愣，倏地抬头看陆宁远。

“上面拨了几个人去地方上调研，矿山有一个名额。”陆宁远此刻目光冷静，语气严肃，话到这儿又变轻佻了，“连续半年没有做过什么功绩，提早收拾东西报到去吧。我说过，报社不养闲人。”

他的意思徐鲁怎会不明白，一时难以言喻。

“那地方苦得很。”陆宁远说，“受了委屈别找我哭就行。”

徐鲁咬着唇笑出来：“谢谢陆总。”

陆宁远看着她笑起来的样子，一瞬间有些动容。他不动声色地移开视线，按了内线吩咐道：“召开编前会。”随即挂掉看她一眼，“你可以走了。”

徐鲁抱着文件，退出办公室。

她一路蹦蹦跳跳，看起来有点儿傻。这事搁别人身上早哭去了，从江城一线调去一个荒凉的小县城，搁谁都受不了。

徐鲁却像打了鸡血似的，屁颠屁颠地回自己办公桌收拾东西去了。这一收拾还真有一些不舍，毕竟在这地方待了四年，收拾完只装了一个小纸箱。

她抱着箱子出来的时候，方瑜站在大门口。

徐鲁满怀舒心地抬头看了一眼头顶的太阳和报社的百年大树，深深地吸了一口气，目视着前方看方瑜，慢慢笑了。

陆宁远站在窗前看，重重地抽了根烟。

方瑜朝徐鲁走过来，接过她怀里的箱子，随口问："想吃什么？"

"什么都想吃。"徐鲁歪着头说，"没想到我人缘这么不好，走得怪冷清。"说着叹了一口气，忽然龇牙一笑，"不过真爽。"

方瑜嗤笑："出息。"

徐鲁乐了一下。

"别人都是想着法地往上走，你倒好，直接跑去山沟里。"方瑜气道，"那地方多偏多穷你不知道吗？陆宁远怎么想的。"

"他说报社不养闲人。"

"内部早传开了，说你顶撞上司，不服管理，没功绩没贡献不团结没合作精神，陆总该是保不住你，没开你算不错了。"

徐鲁笑："挺好。"

"疯了疯了。"方瑜哀叹，"你这女人真是没救了，这一去猴年马月才能回来你知道吗？万一一辈子扎根到那儿你想过没有？"

"矿山挺好，有山有水，听说每年有半年都在下雨，我喜欢雨天你又不是不知道，多好是吧。"

"我看你是有病。"

徐鲁笑，不置可否。

她们在外头吃了饭，一起回了徐鲁的小公寓。方瑜一进门就往床上一躺，老佛爷似的指挥着："给姑奶奶我倒杯水来。"

徐鲁乖乖地伺候着，说什么做什么。

过了一会儿，方瑜问："什么时候走？"

徐鲁说："后天。"

"别看在一个省，离得远着呢，以后谁陪我喝咖啡逛酒吧轧马路吃中山路的翠花糕啊。"方瑜唉声叹气，"难受死了。"

“放假了你可以来看我。”

“别，又是火车汽车公交车，还得爬座山，回来不得废半个月。”方瑜哼一声，“你回来看我。”

徐鲁应着：“行。”

方瑜不说话了。徐鲁也不说了。两个人躺在床上看天花板，一起吸气呼气。外头的天还亮着，夕阳照了进来，打在墙面上。

方瑜说：“去了注意点安全啊。”

徐鲁：“嗯。”

方瑜：“我明天要去临市有个采访，赶不回来了，就不送你了。”

徐鲁：“好。”

江城最近天气多变，中午还是艳阳高照，晚上就下起了瓢泼大雨。徐鲁离开的那个上午，天气刚刚放晴。

矿山没有直达的火车，要在中途转车。

徐鲁坐了三个多小时的车，又倒腾长途汽车坐了六个小时才到了矿山县城。这里四面环山，一眼看过去荒凉一片。

车站简陋破旧，门口停着几辆面包车。

徐鲁拉着箱子出了车站，四处望了望。已经下午六点，夕阳还挂在天上，火辣辣地烤着这座山城。她在路边等了好一会儿，才等到一辆出租车。

山城树林多，雾大，出租车都是醒目的黄色。

徐鲁坐在车里看窗外，冷凄凄的样子。这是她拼死拼活争取要来的地方，可一到这儿，她的心也跟着凉下来。

“姑娘，你还没说去哪儿？”

徐鲁这才回神道：“矿山电视台。”

“去那儿干什么，拎这么大一箱子。”师傅说，“那地方破旧得不行，没一个做实事的，都是样子货。”

徐鲁“哦”了声：“你怎么知道？”

“这儿上个月山上出了坍塌，都闹出人命了，记者一去，屁事没有。为啥？还不都是拿了钱封了嘴？”

徐鲁问：“这事您听谁说的？”

“大家都这么说。”

徐鲁抿嘴不吭声了。

她看向窗外，身后远处有几辆红色卡车慢慢开过来，靠得近了，才看清是消防车。速度很快，倏地就从她眼前开了过去。

师傅“哎哟”一声：“又哪儿出事了。”

徐鲁眉头皱紧，将头探出窗外看。路边的行人都让开了一条道，指着前方的消防车说着什么。隔着灰尘和人流，徐鲁看到了四个字：矿山消防中队。

“师傅。”徐鲁说，“跟上他们。”

第二章

那段灰尘扬起的日子

街道地势不平又狭窄，刚好够一辆消防车通过。徐鲁从窗外看见远处一居民楼起火，火势还不算小。

前面有几辆汽车堵在路口，出租车根本过不去。

前面现在什么情况徐鲁不知道，她只能干着急。路上的人都没人敢上前，司机师傅回头看了她一眼，担忧道：“姑娘，这根本过不去，万一再爆个炸……”

话还没说完，就听见“砰”的一声，前方车子相撞。

徐鲁蒙了一下，从她的角度看过去，只有那高处的熊熊烈火和黑烟滚滚。她从车上下来，站在一边望了望。

还没几秒，又是“砰”的一声。

徐鲁惊了一跳，再回头，司机师傅已经开车往后退着跑了。她脑袋也是轰然炸了一下，行李还在车上。

出租车跑得贼快，徐鲁没追上。

她靠在路边一棵树上喘着气，目光慢慢移向不远处冒着烟的楼房。她有些没出息地想起那个人，想他冲进火场不要命的样子。

那边消防车进不去里面，在街道上停着。

一堆消防员在一起商量作战计划，被拥在中间的那个男人迅速抬头看了一眼风向和火势，确定楼层着火点。由于联系不到住户，他们只能询问小区工作人员情况，确保供电已经断开。

“队长，是五楼爆炸，火源点没错。”

被叫作队长的男人表情严肃，抬头看了一眼那一片着火的楼房，这里楼房结构一样，厨房都在一个方向，而火是往上走的。

“不在五楼。”男人果断道，“一班警戒，二班铺设水带灭火掩护。初明和老四，负责火场供水，大会和六子负责排烟。其他人上楼搜寻，我和小五去四楼。火现在往南边走，直接正面上。”

一齐人道：“是。”

话音一落，一班消防员立刻去疏散群众。

男人道：“注意寻找煤气罐，特别是厨房和浴室。”

围观的群众开始后退，街道上已经很乱了，有几辆车碰撞在一起，车面都凹下去了，玻璃碴掉了一地。

徐鲁在退后的人群里逆行，走得有些困难。

不知道是谁推挤了她一把，有人踩在她脚上，徐鲁痛得直抽冷气。好不容易从人堆里挤出来，她眼睛有些迷离，看见警戒线里戴着黄色头盔的消防员正在疏散人群。

徐鲁刚站稳，又是“轰”的一声。

路上乱作一团，居民楼里有物体坠落出来，接连还有玻璃窗破碎的声音，好像有什么东西飞了过来，“咣”地砸到了她面前的白色汽车上。

她被吓了一跳。

徐鲁来的时候只带了一台 DV，又装在箱子里。现在箱子没了，只有一支随身带的录音笔。

她随手拉住旁边一个人问：“你好，那边发生什么事了？”

“突然就起火了，赶紧走吧。”

火势很猛，从窗户喷涌而出。

这个时候，由七个消防员组成的搜救队已经进入居民楼，逐层进行搜救疏散。目前判断四楼是火源点，天气闷热，风向东南，火势从窗户喷出，向上飞去，顺着楼上的窗帘又一路烧开，燃着楼上的煤气罐。

着火住户的屋门紧闭，门是刚刚翻新过的，重重的金属木板，腰上别着的撬斧力量太小，根本不行。

“我去，够结实的。”小五道，“队长，现在怎么办？”

男人道：“你留在这里，去其他房间看看有没有人。”

男人往四周瞥了一眼，很快锁定一家住户，双层门，房门老旧，外边是铁丝网，里面是木门。

他没有用工具，直接发力抬脚将门踢开。

这个小区每家都有一个阳台，朝里，每户都不相连，阳台之间的距离很大，稍微不小心，就会掉下去。

男人一边扯开腰上安全绳一边往里走。

小五咬牙：“小心点队长。”

男人迅速查看四周结构，三下五除二从窗边翻了出去，站在外面延伸出去的阳台上，一手扶着墙，将安全绳系在腰上，尾部绑在阳台的栏杆上，拽了拽确保安全，然后铆足力气，跳了过去，刚好双手握住隔壁阳台边缘，双腿在空中发力直接翻了上去。

屋里烟雾缭绕，看不清方向。

头盔上的照明灯只能看见两三米远，地上有小部分的火焰，沿着墙壁奔走。

地面的火很快被扑灭，男人脸颊的汗都已经变成黑色，呼吸器下的喘息越发重。他扫视一圈，很快确定厨房的位置，摸索着走了过去，找到煤气罐。

烟雾太浓，煤气罐随时可能爆炸。

男人很快用湿布盖住着火点，同时连续将水浇在钢瓶上给予降温。他站在那儿，目光盯着那罐子，表情没有丝毫波澜。等着火点熄灭后，才去关煤气罐的阀门。

厨房的火很快扑灭，只剩下浓烟。男人在屋内环视一圈，将房门从里打开，小五抱着灭火器冲了进来。

男人抬眉：“去里面检查一下。”

小五嘿嘿一笑咧开嘴道：“今儿回去能加个餐不，顺便让老六给我介绍个对象，他那资源多得很。”

男人哼笑：“德行。”

小五正要再说，男人忽然抬手打断。

“怎么了队长？”

男人目光微微一侧，落在内室一个房间。

此时火势已经被完全控制住，人群忍不住欢呼起来。

徐鲁用手机抓拍了一些照片，又担心煤气罐爆炸再次发生，一连询问了好几个人，确认危险解除，终于松了一口气。

忽然有人大喊：“那边还有个女娃？”

听到那声音，徐鲁抬头看，南面的窗边一个女孩子趴在上面，整个人已经昏沉，双腿奇怪地蜷曲着，像是有着残疾的样子。

一溜烟冷气倒吸，人群沸腾。

楼下一个消防员拿着对讲器道：“江措，四楼南面，北户左边窗口有一个小孩儿。”

这话刚落，只见四楼窗边忽然出现一个黑色身影，橘黄色的反光条在夕阳下亮得刺眼。男人伸出手的瞬间迅速将女孩抱了下来，所有人都虚惊一场。

搜救队一楼会合，报告无伤亡。

小五松口气般道：“太险了，队长……”

“行了。”男人低头看了眼怀里双腿截肢半昏迷的小女孩，吸了吸脸颊，慢慢将怀里的小孩儿递给小五，打断道，“把小孩儿送出去，其他人再检查一遍。”

等他们出来已经是五分钟后了。

他们两两并排走着，有一个走在最后面，一边走一边将头盔和呼吸器拿了下来，脸颊黑得不像样子，抬手揉了一下鼻子，走到消防车后就不见了。

那身影莫名地熟悉，徐鲁怔了片刻。

她下意识地想去寻找那个身影，可她在人群转了一圈都没看见。他们都穿着统一的作战服，戴着头盔，脸上都黑不溜秋，还有流不完的汗。

有一个身影看着相似，徐鲁怕看丢了拔腿就追。

还没跑出几步，脚下好像被什么绊了一下，她一脚踩空差点儿摔倒在地面的砖块上，胳膊忽然被人往后拉了一下，握住她胳膊的瞬间力气之大，都快要把她骨头攥裂开了。

她身体靠后的时候碰到了他的消防服，燥热，味道刺鼻，浓重的汗味，还有说不出的其他味道。

“找死吗？”是吼出来的。

男人很快松开她，看都没看她一眼就走了过去。他穿着消防服的背影笔挺高大，抬手在做着什么手势。

徐鲁没有看清他的脸，只是那一吼让她恍惚。

好在火情总算抑制住，窗口只剩下一点烟雾。

她让自己冷静下来，靠着心底那点新闻理想和理智朝着身边的一个消防员走过去，出示了自己的记者证，道：“您好，我是电视台记者，可以问您几个问题吗？”

那个消防员愣了一下，“啊”了声。

徐鲁看见眼前这张十八九岁的脸庞也愣了，明明就是一个小孩儿的样子，可是戴着头盔，穿着消防服穿梭火场，眼睛都不眨一下。

“目前火势已经控制住了是吗？”

男孩愣愣地点了下头。

徐鲁问：“根据现场情况，您知道是什么原因造成的这场火灾，能具体说一下吗？”

对方摸了摸后脑勺，不好意思道：“还是让我们队长说吧。”说着抬头一喊，“队长！”

被喊的人慢慢回过头，脸上已经被黑灰抹了一层，看不清楚样子，只是那道鹰一般的目光，深邃漆黑，让人无法直视。

小消防员继续喊：“这儿有个记者。”

徐鲁的目光跟着转了过去，还没来得及看一眼，那个男人已经转过头，懒懒地摆摆手，拉开消防车的车门，然后一声大吼：“收队。”

所有消防官兵齐整地喊了声：“是。”

徐鲁还没问完，对面的人已经跑远了。她有些头疼地看着手里的录音笔，自嘲地笑了一声。

消防车从她跟前依次开过，一点踪迹都没留下。

身后有人唏嘘惊险，唉声叹气。

徐鲁抬眼看去，窗户黑得不成样子。她想起刚刚那张黑灰到看不清的脸，即使隔了很远，也能感觉到那种冷硬，目光坚定。拿下头盔的时候，眉头皱着，汗水浸透了他的头发。

她看了眼时间，已经是晚上七点。

周围的人群依次散开，剩下的由小区安保人员进行盘查善后。

徐鲁在人堆里又找又问，最后找到了四楼那户住户，五十来岁的女人，浑身松软了似的目光呆滞。

徐鲁从口袋里摸出一包纸巾，道："擦擦脸吧。"

对方慢慢平复了下来，拍拍胸口，这才道："我当时正在做饭，想起没香油了，就下楼去买，回来的时候和你们一样，就看见着火了，吓死我了。"

徐鲁并没有停留多久就离开了。路面大部分已经被清理干净，交通也恢复了。她叫了辆三轮车，去了电视台。

到了发现电视台门关着，连灯都没亮。

像今天这样的火灾，虽说不大，可天气闷热，火势太猛，稍不留神就蔓延开来，如果不是消防员灭火及时，早已经发生重大爆炸，又会变成一场惨不忍睹的事故。

电视台无动于衷，好像连个人都没过来。

徐鲁站在大门前，沉沉地吸了一口气。她掏出手机想给方瑜打电话，才发现手机也没电了。

电视台地处城西，偏离县城中心一点，附近连一个住宿的地方都很难找到。幸好钱包证件都在包里，才不至于露宿街头。

徐鲁沿着马路走了好大一会儿，才看见一个超市。

箱子丢了，又没换洗衣服。徐鲁在超市转了一圈，将就着买了一件衬衫和一条牛仔裤，在附近找了旅馆休息。

她给手机充上电就去洗澡，回来发现方瑜打了好几通电话来。

她给方瑜回过去，那边担心道："给你打那么多电话怎么都没人接呢？"

徐鲁一边擦头发一边把下午的事说了一遍，有气无力地坐在床上，面前的电视什么都看不了，屏幕花着。

方瑜问："人没事吧？"

徐鲁看了眼手脚的伤，说："没事。"

"人没事就行。"方瑜安慰道，"你也别愤慨，再穷的地方咱都见过不是吗？矿山就那么点儿大，山沟里的县城新闻都是旧的，你去的时候不已经有心理准备了吗？"

徐鲁垂着头道："还是挺失望。"

"我估摸着你明天去了更失望。"方瑜道，"环境都不是问题，别忘了你去了是做什么就行。"

徐鲁："我知道。"

"我明天休息，给你买些衣服寄过去。那边的款式说是七八年前的都不为过，你穿着不会像大娘吧？"

徐鲁翻了个白眼，道："你的 DV 也给我寄过来。"

"真行啊你，这都能丢。对了，和你说个事，今天陆宁远发了很大的火，开会的时候把各个部门都骂了一遍。"方瑜笑道，"那张脸冷冰冰的，被他看一眼我都打哆嗦。"

"那你乖点儿，别惹他。"

方瑜说："我哪惹得着，你说会不会是你走了，他没处发泄？"

徐鲁："……"

"我说你对他真没想法吗，别说咱报社的女人，外边电视台杂志社的可都瞄着呢。你倒好，跑这么远。"

徐鲁笑了一下："跟我有什么关系？"

"别身在福中不知福啊。"方瑜哼道，"你一句话，他分分钟就把你给调回来。"

徐鲁："我有病啊。"

方瑜叹道："说认真的啊，那地方待段日子就行了，别太留恋，我还等着你回来请我喝酒呢。"

徐鲁笑笑，没说话。

"行了早点儿睡吧。"方瑜最后道，"明天一大堆事儿等着你呢。"

徐鲁："好。"

小县城的夜晚很安静，没有汽车的声音，还没有九点，大部分店面已经打了烊。徐鲁听到几声狗叫，躺在床上舒舒服服地闭着眼过了一会儿，她又慢慢睁开。

她想起那个人，今天那个侧影真的很像他。脾气很差，说话毫不客气，没情面，转身上消防车的时候，动作利落，脸颊黑漆漆的，胡乱被他抹了一把。

徐鲁翻了个身，想着想着睡过去了。

一切如方瑜所料，确实比失望还惨。

第二天，徐鲁一进电视台，就感觉到吹来一股萧条的风。这是个大院子，电视台总共四层，墙都旧了，外壁破着皮，爬山虎乱七八糟地绕在上面，稀稀散散。

再往里走，过道的土有几天没清扫了。

一楼没人，白色的木门隔绝着室外，看着有种窒息感。

她站在二楼的办公室门口，只看见了两个女人坐在桌前，三四十来岁的样子，在她进来的瞬间说话声停了。

年龄稍大一点儿的先反应过来，问道："你是江城来调研的记者？"

徐鲁微微颔首。

"台长有要紧事今天不在，你先坐那儿吧。"女人显然是个领导级别的，见过世面，做事说话很有一套的样子，淡定地指了个方向，"我等会儿给你说一下台里的一些情况，今天就算正式上岗。"

徐鲁走到那张桌前，道："谢谢，我怎么称呼您？"

一分钟的工夫，徐鲁差不多清楚了。年纪大的叫宋云，矿山人，在这儿干了十多年了。年纪小的叫林蕙，从外乡嫁过来的，在这儿干了也有七年了。

宋云笑笑："其实也没什么好说的，咱矿山县你来之前可能也听过，又小又偏又穷，电视台也挺闲的。"

三言两语，说得很直白。

"很闲吗？"徐鲁问。

林蕙道："咱这儿能有啥资源，就一个矿山，还是挖不出金子的破山。我们一天的工作呢，你就自己找找新闻，下个乡镇啥的，节目每周一播，朝九晚五，双休。"

"不过就一个摄像，提前约好时间就行。"宋云接道，"偶尔也有特别忙的时候，主要也就是跟拍一些领导，不够还得去婚庆公司借摄像机。”

徐鲁“哦”了声，是挺寒碜。

“反正一天真的挺闲。”宋云道，“你待几天就知道了，咱这部门人不多，目前就小张一个年轻点，她昨天下乡了，明天回来。跟你年纪差不多，你们也许有话说。”

徐鲁点了点头，问：“三四楼做什么？”

“三楼剪辑，有图书室，四楼广播室，空着。”

徐鲁环视了一下四周，简单的几张桌子，上面堆着零散的文件，有一个桌子还放着一盆仙人掌，有张相框立在那儿，年轻的笑脸充满生机，应该就是小张的桌子。

“小徐，能问你个事儿吗？”说话的是宋云。

徐鲁“嗯”了一声。

“你放着江城好好的工作不干，跑这儿干吗来了？”宋云说着声音小了，“得罪人了？”

徐鲁笑笑，不置可否。

宋云道：“毕竟是省城，个个钩心斗角的。来这儿你放心，咱虽然地方小，可五脏俱全，最重要的是自在，有啥不明白的你就问，把这儿当自个家。”

“谢谢你啊宋姐。”徐鲁笑道，“我有个事想问问。”

宋云道：“你说。”

“我昨天下午到这儿就遇见了一场火情，昆山街道的一个居民楼着火了，我刚好路过那边，好像没有看见我们台有人过去。”

“你说昨天那事啊，台里当时有人去，好像堵半路了，等到了火都扑灭了，到时候补些现场情况就行。”林蕙插了句道，“咱这不能和江城比，就一般的县城都比这儿好。咱电视台是每周一播，到时候弄两张照片，播出的时候提两句就行，不过也没人看。”

徐鲁问道：“每周一播吗？”

“是啊。”宋云接着说，“这个破矿山天高地远穷乡僻壤的，谁管你什么样子。”

徐鲁慢慢呼出一口气。

“你也别灰心，刚到这儿都有落差。”林蕙道，“台里任务不多，大家都没事找事打发时间，你慢慢就习惯了。”

徐鲁沉默片刻，无声叹息。

她坐在桌前，偏头看窗外，惨白的天空，没一点云，空洞洞的，让人提不起精神。

“宋姐。”徐鲁问，“咱这儿的消防队的电话您知道吗？”

“好像在小张办公桌上见过。”

徐鲁抬头往后看，那张桌角有一堆的资料。她翻了好大一会儿，才在一份概要里找到了消防队办公室电话，又原封不动地给人家摆整齐。

电话打过去，没人接。

林蕙看她一眼：“你这姑娘，我就没见过喜欢给自己找事的。”

徐鲁回了个笑。林蕙摇了摇头，和宋云交换了下眼神，无奈地耸了耸肩。好像在她们眼里，这事儿很没前途一样。

徐鲁又打了一遍，过了几十秒，这回通了。

“你好，哪位？”挺客气。

徐鲁立刻道：“你好，我是矿山电视台记者。有关昨天昆山街道的火情，想做一个关于几位消防员的专访，可以吗？”

对方沉默了一下。

徐鲁又道：“您放心，不会太耽搁大家工作的。”

对方顿了几秒才开口道：“谢谢，我们不接受采访。”

电话被挂断了。

徐鲁泄气似的耷拉着肩膀，一抬眼对上宋云的目光，那目光好像在说“你看我没说错吧就是白费劲儿”。

林蕙从电脑里抬头：“今天第一天，别把自己弄得这么紧巴巴的。没什么事儿出去走走，你还没住的地方吧，总得先住下来再说。”

徐鲁思量了一下，出去找房子。

站在电视台外的大马路上，秋风吹过来的时候有点凉，她抬手叫停了一辆三轮车，对师傅道：“先随便转转吧。”

这边出租车特别少，出门坐车都是三轮车。

天气有些闷热，风却很大，从两边吹过来，凉丝丝的。徐鲁将及肩的头发往后捋了捋，仰头凝望这座环山的小城。

封闭，落后，昏沉。

山上常年挖煤矿，天空总是暗灰暗灰的，看起来没什么朝气。两边的店铺好像生意不怎么好，空空的，门口都没人，看着怪冷清。

她上次来只待了个把小时，转了一圈就走了。全然不像这回，慢慢地、全方位地观察这座山城。

路边的树也长得干巴巴，被风吹得歪歪扭扭。

县城还没有江城一个区大，住了十几万人，潮湿，街道窄小。有几个大的十字路口，连红绿灯都没有。歪歪扭扭的街道，窄窄的黑巷子，马路上并排走两辆汽车都很悬。有的街道都被大卡车压得裂开了无数条缝，三轮车经过一颠一颠的。

徐鲁将头发别至耳根，目光瞥到一侧，愣住。

几十米外，有一处楼房，一辆红色的消防车停在那儿。门口空旷，开着大灯，每隔几米就有一扇红色大门，有些破旧。楼房最高处写了四个字：矿山消防。

最左边的岗哨亭站着一位军人，一动不动。

徐鲁让师傅将车子停了下来，问："多少钱？"

"两块。"

徐鲁一愣："这么便宜？"

师傅像是听到笑话一样看她一眼，笑着说："您不是本地人吧？矿山就这行情，来这儿也就一个街的路，本地人走着就溜达过来了。"

徐鲁笑笑，从兜里摸了张五块的递过去，对方找了三块钱。

三轮车走了，徐鲁一个人站在街上，对面就是消防队。红色的大字，白色的楼，浸透在这座山城。

如果记得没错，他应该在临城消防中队，不会出现在这样一个小县城。可昨天那个身影，太像他了。

她想了一会儿，抬步走了过去。

门口的哨兵看了她一眼："请问您有什么事吗？"

夕阳落在那个哨兵身后，打在门亭的玻璃窗上，有一道光反射出去，照到了她身后，穿过她的头发。

徐鲁正要说话，就看见几个男人从里面走了出来。

他们脱掉了消防服，都穿着便服。有一个抽着烟走在最后面，微低着头，边走边吸，火星随着他吸气的动作一闪一灭。

昨天徐鲁采访过的那个消防员先看见她，还愣了一下。

徐鲁目光未动，直直地看着。

大会撞了一下小五："这姑娘你认识啊？"

小五愣愣地"啊"了一声。

"怎么认识的，这么标致？"长城凑过来。

小五舔舔嘴唇，不知道咋说。他以为她是来采访的，于是喊了一声"队长"。不见人应，回头一看，队长正侧对着他们在打电话。

徐鲁抿着嘴唇，整个人像是定住似的。

大会想着这姑娘怕不是傻了吧，长这么好看可惜了，便走近她，在她眼前摇了摇手道："你找谁呢？"

小五又喊了声："队长？"

男人正低头打电话，嘴里叼着的烟拿在手里，不耐烦地皱了皱眉头，对电话那头的人说了句"先这样"，便挂了电话，然后偏过头怒道："你……"

后面的话硬生生地卡在嗓子眼里，男人凝视着前方的女孩子，喉结艰难地滚了滚，跟吃了沙子似的，又涩又硬。

山城的大风，撩起她的头发。

长城在僵硬的这两人之间来回看了看，发现确实有问题之后，慢慢退到男人身侧，极其微小地侧了侧头。

"队长？"

男人沉沉地吸了一口气，眸子眯了眯。她站在那儿，眼神没有半分光泽。以前那么爱笑，喜欢和他顶嘴抬杠，逗不过他就生气，说他欺负她，说江措你不是人，江措你浑蛋。

确实够浑蛋的。

当年他走得决然，一个解释都没给她，就连分手都没说就走了。这么多年总觉得应该不会再见面了，从此各走各的。

江措的唇抿成一条线，吸气。

小五和大会也看出问题来了，和长城三个人交换了下眼神，从没见过队长这个样子。长城冒着生命危险又问了句："队长，认识啊？"

江措淡淡地移开视线："不认识。"

夕阳的余光慢慢变淡，从她的头发丝儿绕了过去。

他穿着黑色短袖、军裤，裤角收在高帮鞋里。肩膀宽阔，挺拔，站得直直的。冷漠、坚硬、陌生。已经不再是曾经那个少年，会低下头捧着她的脸逗她笑。

徐鲁抬头看了他身后一圈。

他刚说什么来着？不认识。徐鲁感觉有凉气从脚底蹿上来，一直往头顶冒。明知道会是这样，她却还在奢望。

这时，路边停下一辆出租车，一个女孩子跑了下来，用很清脆的声音喊："江措。"

徐鲁微微抬眼，湿漉漉的目光里，是一头直直的长发，那双眼睛眯着笑起来，很活泼欢快的样子。

徐鲁远远站着，听身后那个女孩一边跑一边开心地说："知道你今天下午休假，我一忙完就赶了过来，有没有奖励？"

徐鲁有些僵硬，恰逢那个哨兵又问了她一句："请问您有事吗？"

像是找到救兵一样，她硬是挤出个笑，摇了摇头，带着轻微的颤意道："我找错地方了，不好意思。"

说完，她努力仰头，没有半步停留地转身，直接坐上那辆还停在路边没来得及开走的出租车，连擦眼泪的间隙都没有，便急急道："电视台。"

好像这样走就安全了，至少骄傲还在。

以前她一生气，他都会很快跑过来哄她。那样一个什么都不在乎的男人，唯独对她千依百顺。倒也有发脾气的时候，可都是怎么惯着她怎么来。这些年他不在身边，她慢慢也就习惯了，可那些被他养出来的任性总归还是在的。

她也应该生气，应该像方瑜那样骂他浑蛋，让他没面子。她也难过，难过当年那么疼她的人说走就走，对她态度冷淡，比陌生人还不如。

方瑜有一天问过她："妍妍，这些年你等什么呢？"

等他回头算不算，等他心软算不算，她一哭他一定会心软哄她的。可是现在不会了，你看他都不看你一眼，还有了女朋友。

徐鲁闭上眼睛，像睡着了。

山城的傍晚有淡淡彩霞挂在半空，像一面温柔的背景墙，风吹过去，墙散了。

独独留下身后一堆人面面相觑。

小五看了眼江措毫无表情的脸，无声道："队长怎么回事？"

长城挤着眼摇摇头，同样无声道："走。"

他们几个倒是识趣得很，看着这边情况不对，又来个张记者，话都没敢说，几个人偷偷溜着就跑了。

消防队门口一下子空旷起来，风声萧萧。

江措目光定定的，看了一眼，直到车影消失不见才慢慢收回视线。他看了一眼张晓丹，手掌松开，烟灰落了一地。

张晓丹向后瞧了一眼："你看什么呢？"

江措："没什么。"

张晓丹抿抿嘴唇，道："我大老远赶回来见你，你都不说点什么呀？"

江措抬了抬眼皮，不太想出声。

知道他就这么个性子，张晓丹也不强求了，凑上前挽着他的胳膊笑眯眯地说："我还没吃饭呢，你陪我好不好？"

江措眉心皱了皱，侧眸看了眼身后空荡荡的长街，舔了一下牙，半晌转了回来，低头看向张晓丹。张晓丹悻悻地拿开了手。

他一边从裤兜里摸烟一边问："想吃什么？"

"你定。"女孩乖巧道。

江措笑了声。

张晓丹："你笑什么？"

江措："笑你乖。"

张晓丹脸颊瞬间就烫起来，蹭了蹭他的胳膊不说话了。

他们也没去多远的地方，就在消防队附近的餐馆吃了顿饭。江措要了一大碗面条，张晓丹点了一碗鸡蛋羹。

面条刚上桌，江措就低头大口吃起来。

张晓丹看着眼前的男人，心里跟装了蜜一样甜。她就喜欢他那种从火场出来一副睥睨天下的样子，散发出来的气质让她着迷。

不过他一直都这样不冷不热，除了救火对什么都不上心，可正是这一点，让张晓丹更坚定。追着他跑了一年半，她都不觉得累。

江措几分钟就解决了一大碗面，抬头瞥见张晓丹正看着他，自己碗里的鸡蛋羹一勺都没动过。

“怎么不吃？”他问。

“看看你不行呀。”

江措擦擦嘴，没说话。

这种话对他根本不起作用，这男人一点儿都不会调情。

张晓丹作罢，想了想道：“对了，昨天昆山街那边着火，我听说火情不大，你没有受伤吧？”

江措笑笑：“我像受伤的样子吗？”

“那也得注意一点儿，你进去了就跟不要命似的。”张晓丹皱眉道，“整天让我担心。”

江措抬眉，没吭声。

张晓丹努着嘴，咬了咬下唇道：“你明后天调休，打算做什么？”

江措：“睡觉。”

“不想出去走走啊？我这次去云顶镇，发现那边有一个挺好玩的地方，要不要一起去看看？”

江措道：“你知道我得随时待命，走不开。”

“那你们这调休不是空架子嘛，还两天呢。”张晓丹扭着腰侧向一边，“和你说话的时间都没有。”

“这不是在说吗？”江措说。

张晓丹心里懊恼，这男人怎么就是不开窍。

“你不去我也不去了。”张晓丹赌气道。

江措静了一秒，从烟盒里摸出根烟咬在嘴里，然后点上。他轻轻吸了一口，烟雾从嘴里慢慢吐出来。

但凡和工作有关，到他这儿都没得商量。

张晓丹泄气，小心翼翼地抬眼看他：“你生气了？”

江措又吸了一口，说：“没有。”

他想起刚才那个单薄的身影，头发被风吹得凌乱。几天前回老家见了也是那样子，看着魂不守舍，风一吹就能倒一样。

江措用牙齿咬着烟，闭了闭眼。

张晓丹以为他生气了，摇着他的袖子道：“我不说了还不行嘛，都这么晚了，我不想回电视台，去你那儿坐会儿好不好？”

江措睁开眼，咂了口烟。

他说：“我还有事。”

张晓丹失望地“哦”了声。

江措陪她在街上等出租车，等了好一会儿才见有车来。张晓丹坐进车里朝他摆手，看见他点了下头朝反方向走去。

矿山的夜晚星空昏沉，像被一块黑布罩着。

江措抽着烟在路上走了很久，回到自己租住的巷子。屋子很简单，一室一厅，客厅巴掌大，卧室里只有一张床和一个衣柜，衣柜里乱七八糟。他一个男人，也不怎么收拾，平时一般都待在消防队，调休偶尔回来一趟。

窗台上搁了几瓶啤酒，前些日子长城送的。

江措打开窗子，徒手开了一瓶啤酒，仰头往嘴里灌。他看着窗外一片暗淡清寂的山城，目光落在某处有着光亮的电线杆上。

他点了烟靠在墙上，脑子昏沉。

好像今天下午那个短短的瞬间不太真实，像在做梦一样。她比以前淡定了，没那么任性了。

以前什么样子？

高考考完最后一门，她跑出考场看见他，笑嘻嘻的，跟中了彩票一样，摊开手嚷着要他给奖赏。后来，他带她去游乐场，她开心得像个小孩，要坐摩天轮，拉着他排长长的队。

那天她特别开心，坐在摩天轮上一直向下张望。回过头的瞬间，他探身亲上她，女孩很明显地僵硬了一下，身子一缩，将头歪倒在他肩上，不敢看他。

他抱着她闷声笑：“不好意思了？”

她会抬手捶他的背，没一点儿力气，跟挠痒似的。也不会骂人，只会羞红着脸叫他名字，说“江措你真讨厌”。

夜一深，山城的风吹进来就有些凉了。

江措将空酒瓶扔进垃圾桶，兜头脱掉短袖上衣，一边解腰带一边往浴室的方向走。没走几步，听见有人敲门。

他皱了下眉，将腰带系好，过去开门。

小五和长城两个人笑眯眯地站在门口，小五灵活，从他身边先挤了进来，鼻子很快一皱。

“这么大味儿。”小五回头，“你喝了多少酒啊队长？”

江措跟着走近，问：“你们怎么来了？”

“我们在外边碰见张记者了，坐车里哭丧着脸。你不够意思啊，人家大老远赶回来就想和你多待会儿。”长城一屁股坐在椅子上，“你倒好，一个人跑回来喝闷酒？”

江措靠在桌上，又点了根烟。

长城问：“不会是因为下午那个女人吧？”

江措低头，沉默地抽着烟。

“队长，那女人是谁啊？”小五一脸八卦的样子。

江措抬起头，眼神里带了点儿警告。

小五缩了缩脖子，对长城抛出一个“请继续”的眼神，长城瞪了他一眼。

“太闲了是吗？”江措道。

小五嘿嘿笑：“不是我啰嗦，昨天救火的时候就是她跑过来采访我的，我还叫你来着，可你压根儿不理。”

江措拿着烟的手不由得一顿。

“她应该跟张记者是同一个电视台的吧。”小五琢磨着，“以前怎么没见过啊。”

江措啐了一口烟。

长城笑道：“我说小五，你打什么算盘呢？”

小五道：“队长要是认识，我这不近水楼台嘛，是吧队长？那女的是你什么人啊，前女友我不介意啊。”

长城一脚踢过去，小五侧身一躲。

“真出息你。”长城道，“边儿去。”

小五不好意思地挠挠头，说：“这不开玩笑嘛。”

江措将抽了一半的烟摁灭在烟灰缸里，后背离开桌子，站直了道：“我去冲个澡。”说完转身进了洗手间。

他脱掉裤子挂在镜子跟前的铁丝绳上，开了凉水冲澡。水流从头发上往下冲去，缓缓流过胸膛。

这些年长时间的训练出队，再加上他的身体本就高大挺拔，整个人似乎有种蓄积的力量，强大，精悍。宽肩窄腰，八块腹肌，线条流畅，双腿绷直，已经是出入火场血气方刚的铮铮铁汉。

有次她问他："人家都说男的到了中年都会发福，真的吗？"

那时候他喜欢从身后抱着她，揉她的头发，会不要脸地笑笑说："咱先盖个戳，到时候你就知道了。"

花洒下，江措重重地喘了一口粗气，仰头由着水流喷在脸上。

门外长城在喊："队长，我们先走了。"

小五叽叽喳喳的，不知道在说什么。

江措喘了好一会儿，冲了一下，关了水，直接从绳上拉下裤子套上，光着膀子开了门。

他重重往床上一躺，手盖在眼皮上。

那个夜晚他一直醒着，抽了一宿的烟。当年追她的时候，表白前一晚也是抽了一宿的烟，才做了决定。

时间可真快，七八年了。

第三章

他的信仰

徐鲁那晚住的旅馆，一晚上没睡好。

醒来头有些痛，晕晕沉沉。她不知道自己要做什么，走到电视台门口时，才想起今天刚好周末，电视台双休。

想着去找房子，却一直拦不到车。

马路上太安静了，很久才过来一辆车，很快又开走了。徐鲁站在街道边，一时有些愣怔，直到身边一道声音将她拉回。

她偏过头，呆了一下。

昨晚朝着江措奔跑过去的女孩子正笑着看她，迟疑道："你就是江城过来的地方记者吧？"说完停顿了一下，似乎在想她的名字，"徐鲁？"

徐鲁缓缓地点了下头。

昨天擦肩而过的那一瞬间，这姑娘或许没有注意到她，目光全是朝着一个方向，眼里那些似水的柔情都能溢出来。

"你好，我是张晓丹。这几天去乡镇跑新闻，昨晚才回来。听宋姐说省城来了个记者，原来就是你啊。"

徐鲁："嗯。"

"今天不上班，我过来拿点而东西。"张晓丹笑道，"刚来不习惯吧？我之前来这儿也是这样子。"

徐鲁"嗯"了一声。

张晓丹笑道：“你看起来好像不是很爱说话，去乡下调研采访没有嘴皮子可不行，你不说很多老太太都拉着你唠呢。”

徐鲁不太感兴趣，又不好拂了人家的热情，便问了句：“唠什么？”

“收成好不好呀，儿子娶不上媳妇呀，媳妇生不了儿子什么的，能说得很，你根本没有机会问别的。”张晓丹说了几句，又道，“跟你们江城比不了。”

徐鲁说：“我觉得挺好的。”

“你真这样想？”

“骗你干什么。”徐鲁淡淡笑了一下，“江城要是有那么好我干吗跑这儿来。”

张晓丹看着她，歪着头笑笑。

那目光比刚才看起来似乎更亲切了一些，好像找到可以诉衷肠的同类一样。都是二十五六岁的女孩子，有了共同话题就没那么闷了。

徐鲁沉默了会儿，问：“你来这儿多久了？”

“两年了。”

“自己考过来的？”

张晓丹迟疑了一下：“算是吧。以前在别的县城，离家太远，就过来这边了。”

“喜欢这儿？”

张晓丹的目光比刚才的柔和多了一份小女人的娇羞，莞尔道：“以前还觉得蛮无聊，现在挺喜欢的。”

徐鲁没说话，绕开视线。

现在挺喜欢什么意思？因为喜欢的人在这儿。徐鲁将手插进上衣口袋，使劲地掐了掐自己的掌心。

接着又聊了几句，徐鲁才清楚一般县里的新闻都是小张和其他两个同事跟，其他人主要跑乡镇，有时候人手不够就把小张叫去。反正节目一周一播，又没有硬性指标。县里一般大大小小的事说多也不多，说少也不少，挑着重点在播出的时候说几句就行。

半晌，徐鲁问：“之前昆山街着火你知道吗？”

提起这个，张晓丹脸色变了一下，很快又恢复正常。

“我是昨天回来在路上听人说的，还好只是小火灾。”张晓丹说，“没出什么大事，怎么问起这个了？”

徐鲁“哦”了声道：“刚好碰上。”

“你采访了？”

徐鲁摇摇头："拍了两张照片。"说完有意无意地看了张晓丹一眼，"那些消防员脾气挺不好，不接受采访。"

张晓丹低头笑笑，看着她道："他们人其实都挺好的，就是火场那种情况，只想着救火救人，完了都累得不成样子，哪还有力气和心情跟你说话。"

"我知道。"

"你别怪他们。"张晓丹说，"一般县里出什么事，都是他们干，苦着呢。"

徐鲁脸上表情淡淡的，勾了勾嘴角道："你这么为他们说话，是有亲朋好友做消防员吗？"

张晓丹面容有些羞涩："差不多吧。"

徐鲁没有再问下去，默默地吸了一口早晨的凉风，脑袋清醒了几分，旋即脸色沉下来。

她没了说话的兴致，只简单道："我去那边走走。"

眼看着等不来车，徐鲁就四处瞎转，附近卖小吃的地方最近也得走十分钟的路，刚好在一所小学跟前。

徐鲁要了碗豆花，坐下吃着。

隐约听见远处有训练的声音，铿锵有力地喊着口号，声音整齐洪亮。她抬头望了望，才发现隔了一条街的背后就是消防中队。

此时队里十几个人正在百米负重跑。

每一个人身上扛着八十斤的重物，一边跑一边喊着："一，二，三，四。"那声音辽阔得能冲破天去。

站在训练场中心的中年男人，表情严肃，嘴里含着口哨，道："再快点，再快点。杨初明，你没吃早饭吗？"

身后一声轻笑，中年男人收势回头。

江措穿着军绿色短袖，手抄裤兜走过来，一边走一边从兜里摸了根烟扔过去。中年男人接住，盯着他看。

"今天休假，怎么还过来？"

江措无所谓道："闲着。"

中年男人叫程勇，是市里武警部队里调过来的，四十来岁，干了几十年消防员，现在手里管着他们这一堆兵，天天训练，看着严厉，也是个心肠软的人。

“闲着才有时间考虑考虑个人问题，我看那个张记者就挺好的，你别总吊着啊，三十岁的人了。”

江措叼着烟笑道：“一个人习惯了。”

前边负重跑的一堆男人看过来，统一对江措摇手，喊着：“队长早。”脸上的表情却都是不修边幅的样子，一肚子坏水，接着又听到一道整齐的喊声，“一起跑。”

江措抬眼，勾了勾嘴角。

“你看看这群小子，你一来都成什么样了。”程勇笑道，随即皱眉，“你也少抽点儿烟。”

江措笑道：“这么多年了戒不掉。”

“我看你是没心思戒。”程勇摇头，“你有多克制我能不知道吗，队里没事，你找小张去，要不我给你约出来？”

江措吊着眼角道：“别玩我啊老大。”

张晓丹是他以前一个同事的妹妹。同事后来牺牲了，临终前拜托他照顾着点儿。张晓丹追着他跑了挺长时间了，江措明确表示过不谈儿女情长，可这姑娘誓不罢休；顾念兄弟情谊，他偶尔也会应一次。

“你就耽搁着吧。”程勇哼了一声。

江措笑笑，没说话。

“昨天电视台给办公室打电话说要给你们做专访。”程勇想起来这茬儿，又道，“我拒绝了，要做也是小张过来，别人我可不领情啊。”

江措原本没在意，眸子里却忽然闪过一道光。

“听声音不是本地人。”程勇说，“我琢磨着这个记者还会打电话过来，说不准跑消防队门口堵，记者都不好打发，你这几天留意着点。”

江措“嗯”了声：“知道。”

他想起昨晚站在消防队门口那道纤瘦的身影，试探地往里张望。她怎么会做记者，不是学的音乐吗？

程勇拍了江措肩膀一下，问：“想什么呢？”

江措：“女人。”

“你这小子。”程勇笑嗔。

江措捏了烟道：“我去检查装备。”说完朝着消防车走去。

听见身后那一堆男人哀号的声音，回响在这宽阔的训练场上，随即传来程勇的粗犷一喊："负重深蹲一百个，立刻执行。"

江措已经走到车前，将烟头扔进垃圾桶。

他转身走进放装备的房间换了消防服出来，没有穿外套，只穿了裤子，黑色短袖捅在裤子里，裤脚塞进消防靴，已经做好随时准备出发的准备。

他站在消防车前，低头查看水带和器械。

训练中场休息，大家伙四散开，随便找了个地方坐下，有的靠在墙上，几个人一堆聊着闲天。

江措回头看了一眼，将手放在离合器上。

六子不知道从哪儿猫过来，扔给他一瓶水。江措猝不及防，抬手接住，背靠着消防车，拧开瓶盖喝了几口，手背抹了下嘴。

"大好的日子回来干吗呀队长？"六子问，"落单了？"

江措拧好瓶盖，将剩下的半瓶水扔还过去，大会抱在怀里笑道："被我说中了？寂寞难耐没人理？"

江措附身继续检查，头也没回道："再说抽你。"

"这可不是我说的，小五、大会他们说的。"六子嘿嘿一笑，"昨天见着个漂亮姑娘，你眼睛都直了，说是比张记者好看。"

江措手上动作顿了一下，拿过抹布擦车。

"真没想到队长你资源不少啊，怎么就没人给我介绍一个呢？"大会边说边叹气，对着消防车的后视镜观赏自己的脸，"长得也不寒碜哪。"

江措偏头，轻笑了一声。

裤兜里的手机蓦地响起来，江措拿着抹布往六子身上一扔，下巴朝着消防车偏了一下，走向车前方，一只手搭在柱子上，一只手摁了接听。

张晓丹说话声小小的："这么早没打扰你吧？"

江措抬头看了眼天，灰蒙蒙的，云都往一处挤，被风一吹又散开。六子从身后蹭过来偷听，被他一把拧住胳膊将手反剪，左脸贴上柱子。

六子疼得大喊："我错了队长，错了错了。"

张晓丹在那边听到动静，忙问："怎么了？"

江措松开手，拍了一下六子的头，走向一边，道："没事。"

"哦。"张晓丹停了一会儿问，"你在队里吗？"

江措：“嗯。”

“那你忙，我不打扰你了。”

江措：“嗯。”

挂了电话，他点了根烟。六子又从身后猫过来，这次变机灵了，绕了一大圈躲在柱子上看他。

“张记者吧？”

江措抬眼。

“哥，你不要我追了啊。”

江措嗤笑。

六子正要说话，头顶柱子高处忽然警铃大作，声音急促。

江措目光倏地一缩。

训练场的气氛忽然急骤起来，不管是坐着的还是站着的，此时大家的本能反应都是往装备室跑，步子快速杂乱，又一致有序。

广播也同时喊起来：“惠民街道东街有厂房起火，原因不明，不排除爆炸危险。”

程勇虽说年纪已过四十，可是动作起来比年轻消防员还要利索两秒，率先到达指挥车，看到已经穿好装备要上车的江措，拦了他一下道：“你今天不值班，算了。”

江措拉了拉衣领，目光坚定道：“老大，你知道我性子。”

程勇没再阻拦，直接上了指挥车。大队值班人员十二人，短短十秒就搞定装备，开车出发。

红色的消防车行驶在清晨的街道上，尤为显眼。

徐鲁在小吃摊坐了有半个钟头，听着消防队那齐齐的操练口号，神色恍惚了好一会儿。她抬头去看那个方向，心里骤然发紧。

他早就不爱她了，她这样是干吗呢？

徐鲁揉了揉有些发烫的额头，正要起身就看见对面又来了两个中年男人。起初她并没有注意，可男人之间的谈话让她断了现在就走的念头。

她又和老板要了一碗豆花。

老板是个五十来岁的女人，看见她跟前那一碗还剩大半，不禁问道：“姑娘，你这还没吃完呢？”

徐鲁淡定地“嗯”了一声：“那还有什么吃的？”

“都卖差不多了，就剩馒头了要不要？”

徐鲁：“一个。”

老板娘将馒头放在盘子里给徐鲁递过来，徐鲁接过道了声谢，拾起馒头，一边剥皮儿，一边侧耳对着那两个中年男人。

一个有着络腮胡子的男人先开口：“你说他们家哪儿弄那么多钱，上个月还说手头紧，转头就能买个面粉厂出来？”

“她男人整天待矿里能挣个屁钱。”另一个人道。

“那你说她家钱哪儿来的，抢银行了？”

“谁知道怎么回事，说不准偷男人，相好给的钱，她一个女的能开个面粉厂？她男人在矿上一个多月没回来了吧，指不定被谁给弄死在哪儿了。”

“这话可不能乱说。”络腮胡做了个嘘声的动作。

两个男人吃饭快，几分钟就解决掉，转头走人。

徐鲁在他们走后坐直了，她的重点集中在一个字上：矿。记者的敏感不是空穴来风，她突然觉得这是一条线索。

一个月前打给报社的那通匿名电话是她接的，确实说的是矿上死人了，可派去记者查访，结果矿上只是震了一下，无人伤亡。

上面匆匆就结了案子，徐鲁不得不怀疑。

她一脸没事找话的样子，漫不经心地问老板娘：“大姐，刚才那两人说什么呢？什么面粉厂？”

现在没其他客人，老板娘闲着坐在桌子跟前，听到她问这个，面色紧了一下，便道：“臭男人的话可不能信，别听他们胡说。那个女的苦着呢，带个六七岁的男娃，肚子里还有一个，男人不知道跑哪儿去了。”

徐鲁接着问：“没去找吗？”

“一个女人还养着一大家子，上哪儿找去，之前她男人在矿上干活，挣不了几个钱。”老板娘皱着眉头道，“我也纳闷呢，开个面粉厂钱不少嘞。”

徐鲁沉默片刻，面色凝重。

老板娘抬手指了一个方向，又道：“看见那个路口没，旁边就她家面粉厂，正盖着的那家，地段是真不错，有钱。”

徐鲁顺势看过去，路口正对面是一家鞋店，左边开着一扇铁栏门，像是一个厂房。紧挨着就是那家面粉厂，还处于施工期，墙边搭着施工的脚手架，屋顶拉着一大块黑色网布挡着阳光，门口摆满了沙子和砖块，都快占据了大半条路，只能小心翼翼地过去一辆自行车。

她结了账，起身走了过去。

徐鲁没有直接去那家面粉厂，而是拐进了隔着一个厂房的鞋店。老板像是刚开门，正弯着腰拆开地上的鞋盒，一件一件把鞋往柜架上摆放。

听见声音，老板没回头道："还没营业呢。"

徐鲁刚踏进门槛，停住了脚。

"什么时候营业？"她问。

"九点。"

徐鲁看了眼时间，还有两个小时。她也没急着要走，反倒是站定在那儿四处打量了一下这家店铺。

"那您起这么早啊？"

老板六十来岁，穿着一件碎花短袖，腰上还系着一个黑色小包，应该是收钱用的。此刻停下动作，他站起来看向她："你要买鞋？自己看。"

徐鲁还真有模有样地看起来。

都是几年前的旧款，二三十块钱的帆布鞋，样式也花哨，比十年前的江城还落后不止一点。

她一边看，一边找话题问："老板，隔壁开什么铺子啊？"

"面粉厂。"老板说着"唉"了一声，抱怨道，"弄得这几天我生意都不好。"

门口的沙子石灰一大堆，挡了通行道路，都没人过来，施工起来也是噪音不断，吵得人难挨，确实影响生意。

徐鲁拿了一双鞋子，一只脚往里塞，问："听说老板是个女人，挺厉害的，在这地段开面粉厂挺挣钱的吧？"

老板冷哼道："谁知道那钱咋来的。"

说完，他瞥了她一眼说"你先看着"，然后进了里头，不知道是不是拿货去了。看样子知道得不多，徐鲁放下鞋子走了出来。

经过厂房的时候，徐鲁抬头往里看了一眼，总觉得有什么奇怪的味道，一时也没注意，便到了面粉厂门口。

这是个十字路口，通行四方的重要地段。

门口被那些建筑材料堆得满满当当，地上还有和石灰的泥水。徐鲁沿着外围绕了好一圈才过去，目光下意识地看了一眼旁边的路牌。两米高的棍子上挂了一个手写的牌子：惠民路。

徐鲁望了面粉厂里一眼，好像没人在。

里面是一个大大的几百平方米的空间，墙角都堆满了物料，屋顶盖着一层薄薄的玻璃幕墙。四周空空荡荡，柱子才刚架起来，地面有很多灰尘，风一吹就扑在人脸上，中间柱子边上还摆满了很多木头，堆着一些箱子。

再往后面，有一个一米多高的小门，大概是休息的地方。

徐鲁四下打量完毕，目光落在后面那扇小门上，刚想往里走，冷不丁听见后面一个冷冷的声音问："你是谁？"

她惊了一下，慢慢回过头。

一个三十来岁的女人，挺着大肚子，看样子有八个多月了。此时，女人盯着她，神色警惕，面颊紧缩。

徐鲁淡淡笑道："真不好意思，刚才没看见有人。我一个亲戚也想在这儿开家店，刚好路过这儿就想着进来问问。"

女人的脸色慢慢缓和了一些。

"这边租金什么行情？"她道。

女人不答反问："你保守多少钱？"

徐鲁迟疑着说了一个数字，女人冷笑了一声，摆摆手说"赶紧走吧你开不起"，说着就扶着肚子往外走去。

"那你这儿多少钱？"徐鲁跟上。

女人在门口找了个石墩坐下才看她一眼："你多少钱在这儿都开不了，这地方不是有钱就行的。"

像是实话。

徐鲁追问："为什么？"

"不行就不行，要问找政府去。"

女人把头一扭，不打算和她说下去了。

徐鲁不太甘心地看了身前这个正在施工的地方，忽然被什么刺激到，面向女人道："你有没有闻到什么味道？"

"我说你这人……"女人蓦地刹住话匣子，噌地抬眼看徐鲁，"哪儿着火了？”

徐鲁迅速抬头望去，隔壁那家厂房的屋顶已经有火蹿出来。女人忽地大叫一声，扶着肚子就要站起来。或许是起得太猛，肚子倏地一疼，女人猛地叫了一声艰难地坐在了石墩上。

“你没事吧？”徐鲁担忧道。

女人摇摇头，抬手却拉着她的袖子，急得语无伦次：“我儿子还在里头睡觉！”

徐鲁看了一眼高处那一团迅猛的火势，目光移到紧挨着厂房后院的那扇小门。她迅速回头，冷静地对女人道：“我帮你，你报警。”说完就跑进了面粉厂。

此时的山城才刚过七点，大多人都还在睡梦中。没人知道那把火是怎么烧起来的，只听到大家从屋子里往外边跑边喊的声音，有的人光着膀子就跑了出来，衣服都没穿。

火势太猛，风一吹，直接烤上了面粉厂屋顶平铺着的那一层玻璃幕墙。远远看去，黑烟滚滚。

消防车加速行驶在马路上，直穿街道。

大会坐在驾驶座后面，看了一眼远处那熊熊燃起的火，不禁道：“我的天哪队长，要不要开警铃？”

“这个点都在睡觉，还是别开了，以免引起恐慌。”江措坐在副驾驶，抬眼对驾驶的六子道，“再快一点儿。”

刚说完，对讲机响起来。

程勇的声音传过来：“江措，报警人说那家店铺有个小厂房，主要生产包装用品，库房存有大量的易燃塑料和纸板箱，可能会随时坍塌，不确定里面有没有人。”

江措浓眉紧锁：“收到。”

“还有，”程勇的声音忽然顿了一下，“隔壁是家面粉厂，正在施工，那条路可能过不去，面粉厂屋顶有大面积的玻璃墙。”

大会深吸了口气，看了眼江措。

“收到。”江措拿着对讲机冷静道，“六子，从北街区绕进去。”

消防车辆很快到达，厂房的火势已经蔓延到了面粉厂，主要着火点在后半部分，可能会很快坍塌。而屋顶的那面玻璃墙，被高温烤着，在水冲击的作用下，随时会爆裂，溅落伤人。

程勇道：“江措你带一队去厂房，我带二队去面粉厂。”

“小心点老大。”江措说完，从消防车上下来，看了一眼风向和火势，没有任何犹豫，迅速下命令，“一班铺设水带掩护，二班跟我进去搜救。”

众人道：“是。”

厂房里的起火区域烧毁严重，天花板有随时掉落的危险。江措带了几个人直接冲入了火场，黑色的防护服结实厚重，腰上的两道黄杠在清晨的朝阳和火光下显得极为耀眼。

一班消防队员直接开水冲向烈火，在中间开辟了一条路。趁着玻璃幕墙温度不是太高，采用低气压的水枪进行喷射，不一会儿，大部分火已经被控制住了。浓烟弥漫在整个大的空间，大家走得小心翼翼。

江措低声道：“小心复燃。”

地面已经多处渗出水。头顶的天花板这时候受不住重力的强压，猛地掉落下来，砸到地面。

隐约听到有人叫喊，声音断断续续，很微弱。

江措透过烟雾，很快在角落的房子里找到声音来源，一男一女躲在柜子下，女的已经处于昏迷状态。大概是易燃塑料起火猛烈，来不及往外跑，还没注意的时候就被挡在里面。

六子和大会已经抬了担架过来，将女人抬了出去。

江措拿着灭火器朝屋里喷洒一圈，扶起地上的男人往外走。厂房的火都是明火，烟雾也渐渐散去。江措扶着男人正往外走，突然听见隔壁面粉厂传来一声爆裂。

玻璃朝四方溅落，江措压着男人的头趴下，背部承受了一块玻璃冲击过来的压力，他忍不住闷哼一声，迅速扶起双腿已软的男人就往外走。

刚走出去，又听见一声爆裂。

江措将男人交给赶过来的医生，也不顾背后的伤势，转身就跑去查看情况。面粉厂因为正在搭建，多为木制材料，前面已经出现坍塌。玻璃墙的火已经扑灭，部分因温度太高承受不了水流的冲压出现爆裂，不过影响面积不大。

现在的困难是施工的钢架坍塌，堵住了前往里面的路口。不见火势，浓烟却猛，里面正在搭建的部分墙围也有一些倒塌，进去随时会出不来。

江措直接道："我去。"

程勇立刻制止："不行。"

"老大！"江措喊道。

"刚刚二队还没进去一半就有房梁塌下来，已经断了路进不去了，厂房和这边后面是连着的，电闸关着，火灾原因还没弄清楚，这地方会随时倒塌，不能再进去了。"程勇说。

江措抬眼看向面粉厂后墙冒过来的白烟，双目通红，脸颊被火烤得破了皮，半边布满了灰尘，此刻眼神深沉见底。

程勇又道："这家面粉厂是那个女人的，她和她儿子都在。"说罢指着医护车的方向。

江措抬眼看去。

女人挺着肚子坐在医护车边，怀里抱着一个小男孩，哭得鼻青脸肿，嘴里的话含混不清，只是一个劲地哭。

江措走了过去，拿下头盔。

他看了一眼身后快要塌陷的面粉厂，问那女人："里面确定没人了吗？"

女人这会儿只是一个劲地掉眼泪，嘴里喊着："没了，都没了。"忽然抱着孩子狂哭起来，"你拿命换来的都没了……"

江措抬脚正要走。

女人的哭声蓦地一停。

"有一个女的，她进去了。"女人脸色忽然一变，"我不知道她有没有出来。"

江措偏头的动作一顿，倏地回过头道："你说什么？"

面粉厂里此时传来嘎吱嘎吱的响声，是搭建的脚手架断裂的声音。江措戴好头盔，两三步走到程勇跟前。

忽然又一声崩裂，火星溅落开来。

江措抬眼看着已经熄灭的火场，还有那岌岌可危随时会塌陷的墙壁，不知道为什么，心里莫名地不安起来。

他的声音却极为平静："还有一个。"

第四章

相逢陌路

醒来是在医院，徐鲁的第一反应是腿麻。

她记得昏迷的最后一幕是窗户里涌进来很多浓烟，她找不到小孩儿，看不清路也跑不出去，被掉下来的木梁压住了腿。

嗓子被烟呛住，她喊不出声。

后来呢？后来好像就慢慢闭上眼睛。模模糊糊只记得有一个高大的身影朝她走了过来，她看不清他的脸。

徐鲁转了转眼睛，发现床边坐着一个人。

男人还穿着消防服，不过外套脱掉了，上身是一件卡通的蓝色短袖，头发乱七八糟的，一手打着绷带，那双眼睛挺清澈，看样子都没她年纪大。

“醒啦？”男人目不转睛地看着她。

徐鲁皱了下眉头，仔细回想了一遍，确定他们确实不认识，难道是将她从火海救出来的消防员？

她左手扎着针，只好撑着右手坐起来。

男人不好援手，给她后背垫了个枕头，让她靠着，然后笑了下说：“我大名柳真，大家都叫我六子，现在是矿山消防中队一名普通的消防员，今年10月正式退役。”说着举起三根手指，“还有三个月。”

徐鲁没有说话，只是听着。

男人上下看了她几眼，问道：“你有没有哪里不舒服？”

徐鲁摇头。

“你是电视台记者吧？那个点怎么在那儿呢，差点儿都收队了我们。”六子想想都心有余悸，这么好看一姑娘葬身火海那得多可惜，“要不说你命大呢。”

这张脸挺实在，徐鲁慢慢开口道：“那个孩子怎么样了？”

六子愣了一下，这姑娘不仅长得漂亮，声音也贼好听，队长哪儿认识的？看着柔柔弱弱的，可这说话的表情挺淡定，一点也不娇气。

“好着呢，起床外头撒尿去了，所以你没找着。以后可不能这样了啊，你自己的安全都不能保证怎么救人，你也得对自己负责。”六子说，“你不知道队长当时脸都变了。”

听到这儿，徐鲁愣了一下。

六子没觉得哪儿说得不对，继续道：“你这腿没伤到骨头，不严重，木梁是临时搭的，重量不行，所以说你幸运，不过也得在医院待几天才行，对了，你还发着烧呢，可别乱动。”

“你叫徐鲁是吧？”六子又问。

她抬眼看过去。

“我看你记者证写着呢。”这姑娘一脸疑惑，六子解释道，“哎，你和我们队长什么关系啊？”

徐鲁一直没怎么说话，这会儿淡淡道：“你觉得什么关系？”

听出她话音挺冷，六子讪讪一笑：“我就好奇问问，你别往心里去啊。”说着从椅子上站起来，“你好好休息，我就在外头，有事喊我。”

门被关上，彻底安静了。

徐鲁直直地注视了很久的天花板，她现在脑子一片空白。只要一想起江措，她就会睡不着。

冷风从病房的窗户窜进来，徐鲁咳了几下。

她揉了揉脖子，盯着窗外的视线偏了偏，一时眼睛又涩又疼，嘴巴都有些发麻，说不出话。

她伸手摸了摸受伤的腿，钻心地疼。

以前跑新闻也遇见过危险，有时候她想如果她就那样走了，有一天他知道了会不会为她难过，后悔当年分手。

方瑜说她是个奇特的存在，一个人能分裂出很多人格，可以和陆宁远没皮没脸，可以和采访对象苦口婆心，有时候慈悲为怀，有时候比石头还冷漠，使劲闹腾，永远伪装。只有面对江措的时候不一样，这些装出来的样子都没了，她幼稚，任性，真实，脆弱，忧伤，死不悔改。

想到这里，徐鲁低头看了眼受伤的腿。

现在这样也挺好的，坐坐轮椅，还不用走路，可以哪儿都不去，什么都不做，静静地熬着。

医院的早晨很安静，急诊却乱成一团。

六子在病房外坐了一会儿，琢磨着徐鲁的来历，自个儿偷笑起来。过了会儿看到医院门口来了一辆消防车，直接开到了急诊门口，便急急忙忙跑下去看。

一个兄弟被爆裂的玻璃片烧伤，正在手术室处理。

六子在人群里看到了江措，他满脸是汗，脸上像是用毛巾胡乱抹了几下，额头还有些黑灰，黑色的短袖紧紧贴着潮湿的后背，正靠在墙边喘气。

六子拨过人群走过去，喊："队长。"

江措闻声看过去，倏地站直了。

"胳膊没事吧？"江措抬抬下巴。

六子拍了拍打着绷带的手臂，笑着道："好着呢，我有什么不放心的？"话到一半，看着江措目光平静盯着他的样子，六子脑子一机灵又笑道，"你是不放心那位吧？"

江措目光一顿，将头偏向一侧，问道："她怎么样？"

六子瞥了一眼江措，眼神变得忧伤起来，故意道："高烧不退，医生说她身体素质太差，再加上还有腿伤，一时半会儿出不了院。"

江措皱眉："还没退烧？"

"这姑娘免疫力太差了。"六子说，"再烧下去人不得烧坏了？"

江措眉头皱得越发紧，道："她醒了吗？"

"醒过一次，估摸着又睡过去了。"六子噌地跳到江措跟前，头朝后偏了一下，一脸兴致道，"队长，那姑娘和你啥关系呀？"

江措脸色一沉，一副"你再问一句试试"的样子。六子住了嘴，挠了挠头，指了指手术室，道："这边交给我，你就放心吧队长。"说完倏地溜了。

过了一会儿，江措朝住院部走去。

医院的电梯下来很慢，江措直接去走楼梯。他刚抬步跨上去，脚尖一停，忽地顿住。他收回脚，靠在墙上点了根烟。

烟抽了半根，被他夹在指间。

江措烦躁地舔了舔牙尖，抬眼往上看了看楼梯，静了很大一会儿，最后将剩下的半截烟摁灭在垃圾桶上，头也不回地推开安全门，离开了医院。

他开着消防车，路上又点了根烟。

想起早上把她从火海里抱出来的样子，江措就有些烦躁。他夹着烟的手掌搭在方向盘上，由着烟雾徐徐而上。

回到消防队，他直接去了澡堂。

队里的设施比较简陋，洗澡的地方跟外头的大众浴池一样，开阔的空间，一堆男人胡乱站在喷头下，说着糙话嬉皮笑脸。

正是中午，澡池里只有他一个人。

江措站在喷头下，随意地抹了把脸。脸侧还有在火场里划伤的口子，此刻凉水冲着，伤口微微裂开。江措甩了一下头，水从发丝流下，沿着宽阔的后背没入结实的臀。

他猛吸了口气，附身握住管道。

身后空旷的环境里，传来程勇的声音："什么时候回来的？我以为怎么着也得晚上了。"

江措微微侧头，笑了一声。

程勇站在他身旁两米外的喷头下，看了眼江措道："你这两天休假也不多待会儿，那女孩子人没事吧？"

江措："不知道。"

"你这小子。"程勇自知有些话也不好说，只好叹了口气。一起出生入死这么多年，江措进火场救人跟玩命一样，今天抱着那女孩子出来的时候，还是头一回在他脸上看到害怕，"别太固执。"

江措没说话，洗了把脸。

"完事儿早点儿回去，好不容易休个假就别杵这儿。"程勇劝道，"队里有的是人，不缺你一个。"

江措道："我回去也没什么意思。"

"没意思不会自己找？"程勇哼了一声，"还说你是年轻人，没来山城以前不是挺能玩的？"

江措笑笑，抬了抬眉："您打哪儿听来的？"

"这还用听，我长眼干吗使的？"程勇说，"就你这性格，年轻的时候没少犯浑吧？"

江措低声笑了一下："是挺浑。"

程勇道："小张有一次问我你这人怎么样，我说坏着呢，可她不信。看在老二面子上，喜欢就给个话，别害了人家小姑娘。"

江措吸了口气，转过身靠在墙上。

他关了水，从一旁搁洗发水的板子上拿过烟盒，抽出一根烟塞嘴里，点上，吸了一口，慢慢吐出烟雾，和澡堂的冷气混在一起，融化在空气里。

提起二哥，江措肩膀耷拉了下来。

二十一岁他刚做消防员的时候，从来是二哥张淦挡在最前头。那几年，老大、二哥和他一起出生入死，感情深厚。二哥介绍自己妹妹张晓丹给他的时候，他还笑笑说不想谈，以后再说。可是没过多久，一场火，好好一个人就那么牺牲了。

江措又吸了一口烟，目光平静。

喷头没有关紧，还有水滴一点一点掉下来，落在他裸露结实的肩膀上，沿着胸膛慢慢流下，划过腹部那道半匝长的疤。

江措慢慢将视线聚拢，脸色淡下来。

"洗澡还带烟。"程勇皱了皱眉，"你最近抽得有点儿凶了。"

江措垂眸，将烟拿开几毫。

程勇想了想，又道："今天救的那姑娘认识啊？"

江措抹了把脸，眼前似乎出现了那个身影。

忽然想起很多年前，他住在江城的出租屋里，那时候一无所有，一天做得最多的事就是抽烟。有一天，她说什么也要尝尝，偷偷拿过他的烟就往嘴里喂，他一下子就火大了，一把抽掉她嘴边的烟，很生气地凶道："女孩子家家抽什么烟？"

她一点儿都不怕他，还顶嘴："你抽我也抽。"

江措本来就很大男子主义，听罢"啧"了一声："这玩意儿是男人的东西，你再动一下看我不抽你。"

她哼哼一下，作势就要从他手里抢。

江措一把揉掉烟，扔出百十米远，直接翻身将她压在身下，打了一下她的屁股，疼得她哇哇叫。

“还敢不敢了？”他冷声。

“敢。”小姑娘挺嘴硬。

江措又打了一下：“再说一遍。”

“就抽。”她吸着鼻子道，“你管不着。”

江措脾气一上来，直接扯掉她的裤子，吓得她直接往沙发里躲。他一只手握着她胳膊，把她拉在怀里，抬起一只手，眼看就要落在她屁股上。

小姑娘眼泪汪汪地看着他：“江措你再打，我就跟你分手。”

他听罢蓦地笑了一声，那只半空中的手慢慢向下，停在她的脸上方，轻轻刮了一下她的鼻子，笑道：“谁说我要打你？”

她睁大眼睛，瞪着他。

他语气又严肃了：“再说个分手试试？”

她不开口，只是抬眼看着他，半晌，蓦然抬手就往他胸口砸，一下一下劲儿还挺大。眼看着那双眼睛就要湿了，江措心软，拉着她的手就往胸膛放，哄着她说好了好了，我不抽了行了吧。

话音一落，她眼泪倏地没了：“再抽分手。”

江措听不得这话：“你敢！”然后俯身下去，吻住她的嘴唇。

自那以后，他真的戒了烟。只是千算万算，没有料到最后还是会分手。后来每次救完火出来他都会抽一根，再后来，就抽得凶了。

喷头下的水不流了，江措一根烟抽完了。

程勇看他脸色不怎么样，也没有多问，简单冲了几下，又偏头看了江措一眼。江措狠狠吸了口气，也偏过头，两人目光相碰，江措笑了一下。

“我答应过二哥会照顾晓丹。”江措淡淡道，“放心吧老大。”

程勇点头：“你记得就好。”

江措冲完澡，和程勇去了食堂吃饭。

周末值班的十几个兄弟，一看见门口进来人，那眼睛齐刷刷地抬了过来，个个嘴角挂着欠揍的笑，就是没人敢先开口说。

程勇用胳膊肘碰了碰江措，微微侧过头道：“都等着听你讲故事呢。”

江措扫了他们一眼，扬了扬声说：“都看我干什么，要不出个操去？”

一堆男人倒吸口气，又齐刷刷低下头去。江措去碗柜里拿了饭盒，过去窗口打饭。食堂师傅是当年部队炊事兵退下来的，和自己媳妇一起在这儿干，大伙儿都叫杨嫂。

江措站在窗口，正低头看着手机，听见杨嫂问："小江，我听说你救了一个姑娘，好像还是你前女友吧？"

顿时，食堂一阵闷声低笑。

江措慢悠悠地转身，冷眼扫了那几排桌子上的人，一堆男人立刻安静了。他收了手机塞进裤兜，这才抬眼看向杨嫂。

还没说话，杨嫂又焦急道："你可别犯浑，怎么着都是过去的事儿了，人家小张记者等了你这么久，咱做人可不能这样啊。"

江措舔了舔唇，笑笑："您都说过去的事儿了，提它干什么。"

这话正中妇人意，杨嫂满意地看着他，跟瞅女婿似的点了点头，给他打的都是平日里爱吃的菜，推出了窗口。

江措端着饭盒坐到一张桌子上，程勇也过来了。

"大家伙可都为你的终身大事操心着呢，下午别来队里了，出去走走。"程勇撮合他和张晓丹有些日子了，自然不能让他心里再想别的女人，"好玩的地方多着呢。"

这话的言外之意，江措不是听不出来。

他大口吃着菜，含糊道："再说吧。"

程勇吃了几口，去外边接了个电话。六子趁空坐了过来，对着江措嘿嘿一笑，贼兮兮地看着他。

"队长，真是前女友啊？"六子不死心道。

江措面无表情地抬了抬眼。

"我回来的时候还特意上楼转了一圈，以为你在呢。病房就她一个人在，腿成那样儿，又打着吊瓶，吃饭都是问题。听说她是江城调过来的地方记者，一个人无亲无故的，队长你心里就没点想法？"

江措低头吃饭，这回头都没抬。

"我是看着挺可怜的。"六子叹气道，"分手了还能做朋友，你说是吧队长？"

江措继续吃着饭。

“要我说你可别听指导员的，他撮合人就没对过，你和张记者这不明显的不来电嘛，追前女友又不是多丢人的事儿。”

“啪”的一下，江措将筷子重重搁到桌上。

六子噌地缩了缩脖子，弯着腰溜了。江措却再也吃不下，草草洗了碗去了外边抽烟。他今天抽得格外凶，一包都快没了。

想起她那时候来例假都疼得哭，江措没来由地心烦。

为了不那么心浮气躁，他掐了烟，去装备室换上了消防服，顶着大中午的太阳，拎着两个灭火器负重爬楼。

九层高的楼，他上下跑了好几回，出了一身臭汗，最后实在没劲了，靠在楼顶的栏杆上喘着粗气。汗水从脸颊流下，他偏过头看向远处，还是有些烦躁。

江措将灭火器放在一边，脱了消防外套，里面的黑色短袖已经湿透，紧紧地贴在身上，露出精瘦的胸膛轮廓和结实的肌肉。

歇了一会儿，他摸了根烟叼嘴里。

这些年来他很少有这样焦躁的时候，原来以为就这样混混日子，三十来岁相个差不多的女孩子，结婚要个孩子，一辈子也就这样过了。

江措深深吸了口烟，又吐出来。

他将烟夹在指间弹了弹烟灰，又重新咬回嘴里。

东南风从高处吹过来，烟雾瞬间随风消散。江措慢慢眯起眼，舌头顶了顶后齿槽。

半晌，他拿出手机拨了个电话。

那边几乎是立刻接了起来，语气里有明显可以听出来的女孩子的娇羞，张晓丹还特意停顿了一下才道：“你怎么想起来打电话给我？”

江措“嗯”了一声。

他偏头看向一侧，道：“没什么事儿，你不是一直想出去玩？在哪儿呢，我去接你。”

听他说完，张晓丹愣了一下。

江措几乎没主动给她打过电话，仅有的一次还是哥哥牺牲的时候，她得知消息从外地往回赶，乡镇上没有车，他打电话问她在哪儿，开着消防车就过来找她了。

张晓丹忘不掉那一天，她差点儿昏过去，埋在他怀里就是不出声。他隐忍地呼吸着，拍拍她的后背说：“趁着现在多哭会儿，过了今天我照顾你。”她痛哭出声。

这个电话有着历史性的重合，张晓丹半晌没说话。

江措也是很有耐心地等着，过了一会儿，才听到张晓丹用细细小小的声音说道：“梅花镇有个十里长廊，去那儿好不好？”

江措淡淡道：“你说了算。”

张晓丹忍不住莞尔，笑道：“我说什么你都听吗？那地方走起来可累人了，走不动了你得背我。”

烟头的火星一直亮着，江措半天没换口气，重重地吸着。

不见他出声，张晓丹抿抿嘴道：“你是不是觉得我挺娇气呀？”

江措夹着烟搁在嘴边，半垂眼睑。他只是想起很多年前，也有个女孩子围着他跑，娇气得不得了，可他就是喜欢。她也会这样说：“我是不是挺娇气？”

他那时候怎么说的：“娇气点儿好，老子就喜欢你娇气。”

半截烟很快吸完了，烫到了手。

江措回神，笑笑说：“没，你挺好。”

张晓丹已经心花怒放，还很紧张，又不知道说什么好，便道：“那你快点儿过来，我一个人在家很无聊的。”

江措说：“刚训练完，一身臭味儿，冲个澡就来。”

张晓丹含羞待放般地“嗯”了一声，挂了电话。其实还想说会儿，可又想让他早点儿来。

江措揉了烟，下楼去宿舍拿了换洗衣服就去洗澡，就简单冲了个汗味儿，换了身衬衫牛仔裤，开着队里还是四五年前配的一辆破本田就出了门。

张晓丹住在另一个街区，开车也就十分钟。

江措直接将车停在小区门口，给张晓丹打了个电话。听她说水管出了问题，三下五除二就上了楼。

门没关，刚进去就闻见屋子里的香水味儿。

江措皱了皱鼻子，看见张晓丹穿着吊带裙靠在洗手间的门框上，一根带子要掉不掉，转身看着他。

他不动声色地移开目光，道：“水管哪儿坏了？”

张晓丹俯身拧了拧龙头，水流停不下来。

江措走过去，挽起袖子，拉开洗漱台下的柜子，提了下裤管，蹲下来检查管道。张晓丹此刻脸颊粉红，一脸娇羞的小女儿姿态。

他眸子沉了沉，没有说话。

“好修理吗？”张晓丹扫了一眼他坚挺的后背，慢慢弯腰靠近，半咬着唇道，“这得多久呀？”

江措感觉到背后靠过来的温度，蹙了蹙眉。

“你出去歇着吧。”他说，“很快。”

张晓丹摇头：“没事儿。”说完，侧过头蹲了下来。

她吊带松松垮垮地挂着，江措一抬眼就看见一片香艳。他沉默了一会儿，脱掉自己身上的灰色衬衫披在她身上，这才抬眼看，轻声道：“晓丹，出去等。”

张晓丹的眼眶在他给她披上衣服的时候就湿了，认识这么久以来，他们之间若即若离，他对她是真好，可那种好是兄妹之间的好。他有过喝醉酒的时候，她壮着胆子亲上去，听到他嘴里喊得是另一个女人的名字，却还是不想放手。

别人看着都说他们合适，他只是笑笑，说：“我妹妹。”

张晓丹红着眼，忽然觉得羞耻。

她经常找他，偶尔制造机会，他都拒绝。她也只是个普通的女孩子，鼓足勇气跨出这一步有多难她知道。可要是不主动，永远都不会有机会。

张晓丹脸颊烫烫的，但还是忍不住问：“我们都这样快两年了，你总是这样子，我是不是真那么差？”

江措道：“和你没关系。”

“那为什么……”张晓丹压着心底的疑问，终究还是问了出来，“你有喜欢的女人吗？”

江措看她，顿了一下。

“现在没有。”他说。

张晓丹早该想到像他这样的男人，年少的时候肯定身边女孩子一大堆，不免伤心地迟疑道：“以前有？”

江措道：“已经过去了。”

张晓丹沉默了。

江措想了想道："我答应过二哥会好好照顾你，要我命都行。就这么不明不白让你跟着跑，我一个男人无所谓，你是个女孩子，毕竟不好。"

张晓丹忽然紧张起来。

"我也不是不负责任的人，你要是能接受，我们先从男女关系开始处着看，奔着结婚去，你觉得怎么样？"

张晓丹倏地一愣。

江措笑笑道："想好了和我说。"

张晓丹眨了好几眼，一时反应不过来。

江措抬腕看了眼时间，轻声说："去换件衣服，我这边很快。"

张晓丹一颗悬着的心松了下来，瞬间喜笑颜开，擦了擦眼角，应了声好就出去了。江措一个人蹲在那儿，沉沉地吐了口气。

修好水管，他先下了楼。

江措一边走一边又点了根烟，想着就这么定下吧。过日子不就是凑合，怎么着都是一辈子，和谁不是过。

回到车里，江措又抽了根烟。

他等了一会儿，看见张晓丹出来了。她头发向后梳了个马尾，穿着淡蓝色的裙子，看着他的时候脸颊还是会多一些红晕。

坐上车，张晓丹问："去哪儿啊？"

江措一边打着方向盘上了车道，一边说："你不是想去十里长廊？"

"现在吗？"张晓丹惊讶道，"这个点去肯定要在那边过夜的。"

江措"嗯"了一声，说："你害怕？"

张晓丹看着他，摇摇头。

"我以前读大学的时候和朋友出去玩，住的是那种很普通的宾馆，那时候没什么钱，都是穷游，三四个人挤在一间房子里，她们都吓得不敢睡觉，就我一个人趴在窗台，窗外还都是野地，后半夜还下了大雨，打雷闪电什么的。"张晓丹说。

江措笑笑："你胆子还挺大。"

"你不觉得很美吗，风雨雷电多爽啊。"

"风雨雷电火？"江措有些意外，挑眉道，"你怎么也喜欢这个？"

张晓丹愣了一下，问他："我可不喜欢火，你说谁还喜欢这些啊，这么多年我都没找见这样的朋友，你给我介绍一下呗。"

江措怔了一下，脸色随之淡下来，轻描淡写地说："很多年没联系了，不熟。"

张晓丹失望地"哦"了一声。

从矿山县到梅花镇开车得一个小时，江措开得快了些。正准备上高速，他手机忽然响了起来。六子闲着没事，询问下他的踪迹。

江措刚要挂掉，听见电话那头的消防警报突然响了，他立刻问六子怎么回事。六子叹息一声，说："南街医院一个小孩儿头给卡床头了，这熊孩子。"

六子说话的时候，他听见程勇就在边上。

江措道："把电话给老大。"

程勇接过"喂"了一声，知道这小子想干什么，直截了当地说："没你什么事儿，玩你的去少操这心，这么点事儿我让六子和初明去就行。"

江措直接拐弯，将车开上应急通道。

"我这边过去五分钟，后备厢有现成的破拆工具，交给我吧，您就甭操心了啊老大。"江措说，"要是等你们去小孩早哭得不成样子了。"

程勇还没开口，江措又道："四分钟，挂了。"

说完，江措把手机扔到一边，扫到张晓丹瞥过来的视线，这才想起来刚才忽略掉她的感受。他目光缩了缩，正要说话，张晓丹已经先他道："你的事儿更重要，我没关系。"

江措沉默了一下，有些歉意道："等忙完了，我补给你。"

他说这话的时候，没有刚才和老大说话时的随意散漫，多了三分认真在里头，有种真要和她过日子的样子，张晓丹顿时觉得心暖了起来。

张晓丹想，顺便去看看小徐记者也好。

医院下午的走廊本来静悄悄，过了一会儿渐渐地听到骚动。徐鲁被那些细细碎碎的声音吵醒了，她从病床上爬了起来，想去卫生间，左脚使不上劲，只能扶着床沿慢慢跳着走。

烧已经退了，可还有些晕。每跳一下就觉得头疼，她扶着床边的输液杆，一脚一脚跳到卫生间，艰难地推开门，坐在马桶上感觉已经脱水。

她抬头看天花板，忽然觉得孤独。

事实上，左腿压得并不是很严重，养上几天就能出院。可是出院她也没地方住，到时候拄个拐走路多难看，还不如在医院耗着。

从卫生间艰难地出来后，她按了呼叫铃，托一个小护士帮忙租了一个轮椅，为了走路好看一点儿，坚决不拄拐。

方瑜以前总是笑她："没见过你这么娇气的。"

山城的下午有些凉，她在病号服外头裹了件医院的薄毯，就摇着轮椅出去透气了。走廊骚动的那个病房外挤了一堆人，还有医生和护士。

有人问："119 打了吗？消防员怎么还没来？"

徐鲁远远地看了一会儿，正要往电梯方向拐，就看见楼梯口有一个人影走了上来。他穿着消防服，走路很快，手里拎着工具，直接走向那个病房，没有看见她。

很快病房门口让出一条道，他走了进去。

徐鲁就那样静静地看着，曾经那个特别温柔地对她说着"妍妍你看，我也没那么混"的人真的已经离她而去了。这七八年等待的时光，好像梦一场。

他从来就挺狠，要不是对她没了心思不会不来看她。

徐鲁慢慢低下头去，想远离这个地方。她摇着轮椅的动作还不太熟练，没看见后面的人，一下子撞到了。

回过头一看，对方也惊呼："小徐记者？"

徐鲁先是愣了一下，才反应过来。张晓丹许是跟着那个人一起来的，那之前他们一定在一起。

张晓丹则笑了笑说："还正要去看你，没承想就碰到了，你这还没见好怎么就乱跑了？可别到时候严重了。"

徐鲁摇摇头，浅笑道："没事。"

张晓丹问："你这是要过去吗？我推你一起吧。"

"不用了。"徐鲁说完看了一眼前方，"我是想下楼来着，你快忙你的吧，我一个人可以。"

张晓丹确实想先过去，便不太好意思地又看着徐鲁说："一个小孩儿脑袋卡床头栏杆了，不知道什么情况，那我过去一下，回头找你。你这个也算是工伤，周一去了我向台长帮你请个假，你就在这儿好好养着。"

徐鲁说了声谢谢，让了个道。

她看着张晓丹挤进了那堆人里，一脸担忧的样子，可是那目光里明明又有些女人的骄傲在，和她以前很像，像是恨不得和全世界宣布，这个能独当一面的男人是我的。

徐鲁自嘲地笑笑，摇着轮椅上了电梯。

有一瞬间，她回了一次头，那边还是人头攒动。而他就在那扇门里，不会出来，不会看见她。

徐鲁下到一楼，径自摇到医院的一条小路上。那条小路直直的，通向大门口，可以看见夕阳，红满了半边天，有着江城看不到的宁静。

她抬头望了望，又慢慢低下头去。

一颗心好像还是一直吊着，偶尔会往楼上瞥一眼，又耷拉着肩膀，失望地瞥向一边，也不知道是在等待什么。

身后一道熟悉的声音忽然响起："看什么呢？"

徐鲁愣了一下，不可置信地偏过头。

陆宁远还穿着一身西装，扣子开着，里面是一件白色衬衫，袖子卷到了胳膊肘，没有系领带，像他平日里下班时的样子，只是发丝有些许缭乱。

见她还愣着，陆宁远叹了口气，将她从上到下看了一眼，目光最后落在她打着绷带的左腿上，微微侧头，轻声道："疼吗？"

徐鲁蓦地鼻子发酸，小嘴轻轻抿起来。

陆宁远看她还是发着呆，只好无奈地慢慢蹲下身去，将滑下来的薄毯给她掖了掖，微微笑了笑道："不想说话？"

徐鲁摇了摇头。

陆宁远故意皱了下眉头，道："你这还没正式报到就把自己弄成这样，我有充分理由考虑要不要换人了。"

徐鲁不知道是哭还是笑，眼眶有些许湿润。她抬手匆匆抹了抹，急急出声："那不行，我好不容易来这儿。"

陆宁远笑："怎么还哭上了？别太感动，我不过是出差路过，半个钟头就得走。"

徐鲁忍不住翻了个白眼。

陆宁远笑了一声，无可奈何道："这么快就不待见我了？"

"您可是我上司，哪敢。"徐鲁嘴上这么说，可那表情让陆宁远看在眼里不由得笑了笑。徐鲁觉得那笑有点儿怪，讷讷道，"您来这儿出什么差？"

陆宁远扬眉，语气轻飘飘的："我的日程除了小陈和女朋友可以知道外，其他人无权过问。”

是有点儿僭越了，徐鲁住嘴。

她的表情忽然有了拒人于千里之外的样子，陆宁远脸色慢慢淡下来，别开眼看向一侧，摸了摸鼻子又回过头看她。

“哪个病房？送你上去。”陆宁远说。

徐鲁想到上楼可能会遇到那个人，不禁道：“不了吧，就想在这儿坐会儿，楼上太吵了。”

陆宁远问：“你现在住哪儿？”

“医院。”这是实话。

陆宁远笑了：“要不要我帮你找个地方？”

徐鲁摇头：“这儿挺好的。”

“哪儿好？”

“有吃的有住的，还省房租。”

徐鲁眨着一双无辜的眼睛看陆宁远，看得他实在气不过，便道：“作为上司想给你升级一下待遇，不愿意？”

陆宁远此时站着，俯视她，目光在夕阳的余照里看起来温柔极了，没有一点以前严肃的样子。

徐鲁忍不住仰脸道：“要不您重新给我配一台摄像机吧？我那台来的路上丢了，怎么着也算是工伤的一种对吧？”

陆宁远抽了抽嘴角。

看着他的脸一点一点黑下来，嘴角还有点儿嘲笑的意味，徐鲁一不做二不休，干脆一口气又道：“您也知道，这边电视台环境不是那么好，好歹也算是个县级市电视台，就配一个摄影师，出门还得去婚庆店借，多麻烦，对吧？”

陆宁远都快被她气笑了，敢情这趟来错了。他让小陈给这边台长打电话问她入职情况，没想到还没打响第一炮就受伤了。当时让她过来说的话是挺冷淡的，可到底还是有些放心不下。没承想过来，这小丫头嘴皮子还是那么溜，一心就惦记着一台破相机。

徐鲁等他说话，等得心都凉了。

她正要再卖点惨，忍不住打了个喷嚏，一时间嗓子干干的，鼻子难受得不行，揉了好几下才好一点。

陆宁远冷笑一声，不给面子道："少说两句吧。"

徐鲁："……"

说完，不给她任何反驳的机会，他推着她朝住院部走去，看着她蔫蔫的样子，走了几步还是心软道："等你好了再说，不然免谈。"

徐鲁松了一口气，舒舒服服地坐好了。

陆宁远推着她上了楼，从电梯间出来的时候，门口那一堆人基本已经散了。徐鲁只看了一眼便回过头，将薄毯裹紧了一些。

"是前面这个吗？"陆宁远问。

徐鲁"嗯"了一声。

陆宁远将她推到床边，问道："上去躺着？"

"睡了一天了，就这么坐着好了。"徐鲁说，"您不是只能待半个钟头吗？都这会儿了。"

陆宁远沉默了一会儿，说："你好像巴不得我走？"

徐鲁反应快，忙道："工作为重。"

陆宁远笑哼了一声，低头看了眼时间。他是该走了，本来直接坐高铁去无锡，不知道哪根筋不对，愣是中途转车，倒腾出两个小时赶过来。

陆宁远笑了一声："以前在江城也没觉得你工作有多积极，这热忱吧是有，就想得太多了。"

"有吗？"她装愣。

陆宁远毫不留情地拆穿道："太会装。"

徐鲁："……"

陆宁远看了眼她撇着的嘴角，笑道："不爱听也得听着，这地方可能比你想象的还要艰苦，遇到事太能装了不好，明白吗？"

徐鲁捣鼓蒜泥似的点头，嘴巴张了张又闭上。

看她欲言又止的样子，陆宁远问："想说什么？"

徐鲁支支吾吾道："我……"

她默默地指了指卫生间的方向，陆宁远瞬间明白过来道："我去叫护士。"说完就往门口走，手还没碰上门把，门就被人从外头推开了。

张晓丹一进来看见个男人愣了一下，陆宁远反应快，朝后退开半步。

徐鲁道："张记者，你怎么过来了？"

张晓丹回过神"哦"了一声，笑道："我现在没什么事了，走之前看看你有没有需要我帮忙的。”

徐鲁正要说话，陆宁远先她道：“你好，能麻烦你扶她去一下洗手间吗？”

张晓丹自然而然以为陆宁远是徐鲁男朋友，这一回又笑了一下，看了徐鲁一眼，说当然可以。

“谢谢。”说完，他拉开门出去了。

陆宁远并没有走开，就是想抽根烟。他四周看了一眼，径直走向楼梯间安全门，一抬眼，楼梯口还站着一个男人，看那一身穿着是个消防军官。

江措抬眼间，也怔了一下。

两个男人平静地对视了一眼，轻轻颔首算打过招呼。江措随即又低下头去吸烟，听到耳边男人道：“你好，能借个火吗？”

江措抬眸，从裤兜里掏出打火机扔过去。

陆宁远接过点了火，又给扔回去道：“谢了。”

江措淡淡地笑笑，咬着烟侧过身下了楼梯。他脸上没什么表情，只是默默地吸着烟，烟头那火簇一亮一灭的。

病房里徐鲁上完厕所，被张晓丹扶着坐回床上。那条受伤的腿还是会隐隐作痛，挪动的时候徐鲁忍不住“嘶”了一声。

张晓丹吓着了：“好点儿没？”

徐鲁笑笑说：“没事。”

她这话说得轻轻的，听得张晓丹也跟着心疼了一下，腿被房梁砸，能不疼吗？张晓丹弯腰给她掖好被子，才道：“刚那个人是你男朋友啊？”

徐鲁想了一下说：“我以前报社的领导。”

“那真挺好，跑这么远来看你。”张晓丹笑了一下，道，“对你有意思吧？”

徐鲁说：“他就是路过。”

“路过还来说明一切。”张晓丹不依不饶道，“徐记者以前没谈过恋爱吧？像这样的人一定想追你。”

徐鲁沉默了一下，笑笑不说话。

“你这领导看起来还不错。”张晓丹说。

徐鲁没搭腔，反问：“你有男朋友吗？”

张晓丹听罢，嘴角弯了弯道：“六子早上给我打电话，说救了一个电视台记者，问我认不认识。没想到是你。我和台长说的时候，他还挺关心这事的，让我多来看看你。不过那会儿我还在忙，就没第一时间赶过来。”

徐鲁觉得张晓丹话里有话。

接着，又听她道：“就那会儿，他说想和我处处，奔着结婚去的那种。不知道你有没有印象，就是抱你出火场那个消防队长，江措。”

张晓丹说起这个名字，笑着抿了抿嘴。

徐鲁“哦”了一声故作不知：“是他？”

“你认识？”晓丹吃惊。

徐鲁忽地一笑：“我之前和你说这儿的消防员脾气挺差的，那天在昆山路吼了我一声那个人，就是他。”

张晓丹不好意思地握上她的手：“他就那脾气，你别生气。”

徐鲁说：“谢他还来不及，你帮我说声谢吧。”

“放心吧我一定和他说，以后见面的机会肯定多着呢，咱找时间一起吃个饭，不过他还挺忙的。”张晓丹说。

徐鲁笑笑：“刚是和他一起来的吗？”

张晓丹点头道：“那小孩儿脑袋卡床头出不来，他弄了好一会儿。本来想拉他一起过来，他烟瘾重，就下楼抽烟去了，你别介意啊。”

徐鲁扯了个干笑，摇了摇头。

“你说他们男人好像都喜欢抽烟，真不知道有什么好抽的，我和他说了百十来遍，就是戒不掉。”张晓丹已经有了女朋友的自觉，这会儿说起江措来一句接着一句，“嗳，你有什么好办法吗？”

好办法？徐鲁抿抿唇。

她想起两人在一起的时候，江措每次回来都一身烟味，被她推进浴室洗澡散味儿，他总会不要脸地故意凑近逗她：“不好闻？”

她想了很多法子让他戒烟，最后还亲自尝试，他不喜欢女孩子抽烟，被她闹得没办法，只好哄着她说：“我戒还不行吗？”

开始还有几天忍不住，他背着她抽完烟散散味才回来。有一次，她去桌球俱乐部找他，看见他和一堆男人在抽烟，气呼呼地跑回家，买了包烟坐客厅抽。

他那天都快气炸了，黑着脸说：“以后不许碰这个。”

她才不听，顶嘴道：“谁让你骗我！”

他忍着怒气好好和她说话：“男人在外头抽烟是难免的，见了人怎么着也得递根烟，我这几天真没抽多少。”

“我不管。”她直接将头扭向一边，“你抽我也抽。”

后来呢？后来她蛮横使性子非要抽，他那时脾气大却也是真心疼，硬是软下来哄着她说“咱不闹了，行不行妍妍”，慢慢地，他就真不抽了。

张晓丹见徐鲁不说话，喊了她一声。

徐鲁回过神，笑说：“他抽你也抽。”

张晓丹吃惊地“啊”了一声：“行吗这个？”

“试试就知道了。”她说。

房门这时候被人叩了三下，张晓丹道：“一定是你领导，我不打扰你们了，有时间我就来看你啊，你好好养着。”

说着站了起来，门刚好被推开。

陆宁远看了一眼徐鲁，目光落在张晓丹身上，淡淡颔首算打招呼。张晓丹礼貌笑笑，擦身出去了。

徐鲁看向陆宁远道：“您不走吗？”

陆宁远一副不着急没听到的样子，拉开床边一把椅子坐下，道：“你刚在教人家男朋友戒烟？”

“啊，怎么了？”徐鲁愣愣道。

陆宁远都快笑了：“有你这么教的吗，还他抽你也抽？”

徐鲁说：“我觉得挺管用。”

陆宁远不禁收了笑，慢慢道：“你有经验？”

徐鲁调皮一笑，歪头道：“您想挖我情史啊？然后爆料给娱乐版，明天头条就能定了，还能省一笔广告费。”

陆宁远嗤笑：“那我不赔光了。”

“不会不会，您那么有钱。”徐鲁说得还挺认真。

陆宁远真气不出来，看她一眼无奈笑了笑，又低头扫了一眼手表，确实不能再停留了，便低声道：“我得走了。”

他声音压得低，在这异乡听出了别离感。

徐鲁话到嘴边又咽了回去，她今天其实挺感动的，一个人孤零零待在医院，陆宁远来这儿多少有些安慰。

陆宁远说：“你的工作有一定的危险性，遇见重要情况一定要先和我说，不要擅自行动明白吗？”

徐鲁想，将在外军令有所不受。

像是知道她心里想什么，不会就这么乖乖听话，陆宁远又补了一句：“如果再出什么变故，让你回江城一句话的事儿。”

徐鲁：“……”

陆宁远说完看了她一眼，从椅子上站了起来，将椅子靠墙放好，轻声道：“再休息会儿吧，我走了。”说完转过身走出了病房。

陆宁远关上门的时候，刻意停了一下，才慢慢抽回手，朝电梯间走去。出医院大厅的时候，或许是身影太过挺拔显眼，张晓丹多看了他几眼。

那时他们还没走，江措接了个电话。

等江措通完电话，张晓丹走过去问：“你晚上想吃什么？”

江措说：“随便。”

“那回我那儿吧，我做给你吃。”张晓丹说，“好不好？”

耽搁了这么久天色都黑了下来，自然是去不了梅花镇了。江措自知有些对不住，应了下来。

他们开车回张晓丹住的小区，罕见地全遇上红灯。

张晓丹一直在找话讲，想起徐鲁便道：“你早上救出来的徐记者还记得吗？我那会儿去看她遇见她在江城的领导了，两人挺般配，我之前还想介绍长城给她认识呢，这下没戏了。”

江措开着车，没说话。

“每年调咱这儿来的地方记者都待不了多久，人家在大城市待惯了，今天我看她身体素质还挺差的，搁我得多疼呀。”

江措抿唇，摸了根烟叼嘴里。

张晓丹正说着，看他抽烟，想起徐鲁教的法子，斟酌了一下，细声细气道：“给一根，我也抽。”

江措皱眉：“什么时候学的这个？”

看他脸色变了，张晓丹继续添油加醋道：“让你戒烟你又不听，以后凡是看见你抽一根我也抽一根。”

江措吸了一口烟，半晌道：“女孩子抽这个不好。”

张晓丹嘟囔道：“你们男人抽就可以呀，你这是性别歧视。反正我不管，你抽的话那我也要。”

江措偏头看了张晓丹一眼，将烟盒扔过去。

张晓丹愣了一下，真要抽吗？她犹豫了很大一会儿，偷偷看了一眼江措，他正开着车，好像不当回事儿一样，顿时有些泄气，将烟盒又给他扔回去。

“没见过你这样的，真让我抽啊？”张晓丹赌气道。

江措咬着烟，有些烦躁道：“你不是说要抽？”

张晓丹撇撇嘴，忍住不理。江措本来就话少，现在张晓丹又不找话说，车里顿时安静下来。

没一会儿，就到了小区。

江措熄了火，道：“我想起还有点事，今晚就算了吧。”

张晓丹忽然一愣，想着自己哪里不对，急急道：“你答应好的，是不是我刚说抽烟你不喜欢了？”

江措揉了揉眉心：“不是。”

“那明天还出去玩吗？”张晓丹小心翼翼道。

江措：“再说吧。”

张晓丹想他性子就这样，不能急着一时半会儿。林蕙姐教的引诱不管用，任性好像也行不通，只能顺着来，便不再多说了。

她下了车，轻声道：“你回去开慢点。”

江措意识到刚刚语气有些冷漠，发动引擎的时候看了张晓丹一眼，声音稍稍温和了一些：“有时间我给你打电话。”

一听这话，张晓丹心底又回温了。

说完，江措打着方向盘，将车开了出去。回的路上，他又点了根烟，想起医院里遇见的那个男人，眸子渐渐深了起来。

那人推着她上楼，她笑得还挺开心。

又是红灯，江措将车缓缓停下。他拿着烟的手搭在车窗上，等红灯的间隙不时地递嘴边抽几口。

刚才忙完，在医院里张晓丹说：“你救的徐记者是我们电视台的，一起过去看看吧，她一个女孩子背井离乡的又受伤挺不容易。”

他怎么说的？

他说：“你去吧，我抽根烟。”

第五章

远方的样子

车流慢慢动起来，江措吸了口气，将烟又塞回嘴角咬着，两手放在方向盘上，薄唇紧抿，车速玩到最大，踩了油门一刺溜开了出去。

回到消防队，江措先去停了车。

他穿过操场走回宿舍的路上，烟瘾又来，摸兜掏出烟盒，摇了摇，发觉是空的，揉在掌心扔了出去。

走到楼道，迎面遇上六子。

六子看见他跟见了鬼似的惊呆了，道："队长？"

江措抬眼扫了六子一眼，不咸不淡地"嗯"了一声，径直上楼进了宿舍。屋里住了四个男人，小五和长城休假，六子睡他上铺。

江措换了身平常穿的短裤，光着膀子，一手拿着洗脸盆，一手拎着换下的消防服去了洗漱池，出门发现六子还跟在后头。

他眼角一抬，问："杵这儿做什么？"

六子贼兮兮一笑："队长，有情况？"

江措冷冷道："有个球，边儿去。"

六子不吃这一套，紧跟在后面追问："不是和张记者出去玩吗，再说南院那小孩儿都没事了怎么还回这儿来了？"

江措把消防服扔进洗衣机，回到洗漱池，将毛巾搭在肩膀上，挤了牙膏刷牙，没听见似的无动于衷。

镜子里男人宽肩窄腰，身上隆起的肌肉，像骨头一样坚硬，曲线分明。额头的伤斜划在右眼上，平添了一些刚毅和野性。

他吐了口泡沫，睨了一眼六子。

“很闲？”江措声音低沉，“负重十圈，跑不完别想睡。”

六子：“……”

江措又啐了口泡沫，打开龙头低头搓了几下脸完事儿，抬头看向还呆滞的六子，冷笑一声道：“还不去？”

“别这样吧队长，我也是为你着想。”六子可怜地扯着嘴道，“你这都奔三了，感情还没个着落，让人怎么想啊你说是不是？”

江措：“怎么想？”

“就是吧……”

江措脸色沉下来：“二十圈，少跑一圈老子废了你。”

六子顿时有些生无可恋，恨不得扇一巴掌自己这张嘴，垂头丧气掉头就要下楼，又被江措叫住了，还以为有转圜的余地，心底一乐，笑着凑上去。

江措：“烟给我。”

六子：“……”

回去宿舍，江措咬着烟往床上一躺，听见楼下操场那臭小子一边跑一边喊一二三四，笑了一声，双手交叉枕在脑后，慢慢地沉了口气。

他盯着半空浮起的烟圈，吸了吸脸颊。

不到一个小时，他把六子那一包烟抽完了。六子跑完上来的时候，喘着气倒在长城的床上，瞥见一地烟头，“我去”了一声。

还正要接着说，警报忽然响了起来。

就这一声，所有人的精神立刻回到紧急状态。江措冲到门口，回头看了眼正爬起来的六子，命令道：“行了，休息。”说罢无半点儿停留，迅速沿着竖直长杆从二楼住处滑下到一楼车库，换上消防服。

深夜里，几辆消防车依次开出车库。

红色的消防车行驶在安静的街头，警铃一闪一闪。江措坐在副驾驶，手里拿着对讲机在和程勇说话，回了个“收到”。

他瞥了眼最后出车关头溜上来的六子，挑眉：“挨得住？”

六子拍拍胸脯：“平时也不是白练的，这会儿怎么能尿呢？”说了两句笑得贱贱的，又道，“看在我这么敬业的分上，队长你就满足一下我的好奇心吧。”

驾驶座的小林忍不住笑了：“我看你早晚得栽在这张嘴上。”

六子嘿嘿笑着，特意看了一眼江措，说：“人活着就图个痛快，老是憋着有什么意思，你说是不是队长？”

江措淡淡道：“别得寸进尺。”

小林摇头笑：“今天也不知道怎么回事儿，邪了门了，这都几场事故了，再下去人得废了，对了，还是那个面粉厂的女人？”

六子听到这儿正经了些：“估计是厂子没了，受不了。”

“那也不能要跳楼啊。”小林说，“对了，今天江队救的那个记者还搁医院里躺着呢吧，要知道这女的跳楼不得气晕？”

六子瞄了江措一眼，清了清嗓子道：“可不是，白受伤了，刚来咱这边，人生地不熟的，在医院还没人照顾，你说算怎么回事儿。”

江措微低着头，没什么表情。

六子道：“开快点吧，别真跳就来不及了。”

消防车急速行驶着，很快就到了现场。

面粉厂对面是一栋老旧的居民楼，有七层高。那个女人站在楼顶，白色的裙子随风飘着，黑发捂住了半张脸。

一队去疏散人群，江措一边下车一边道：“六子，去支安全气垫。”

他站定在空旷处抬头，看了眼周围的房屋结构，从这儿跳下来不死也没半条命，更何况这女人还有身孕。

程勇走到他身边道：“闹了有一会儿，俩警察接近不了。”

江措皱紧眉头。

要没怀孕，好说。现在这情况，实在不好办。搁平时，他直接上去一个撂挑子连带两人落下来，废话一句不讲。

警戒线外面此刻围了一圈人，还有些骚动。

程勇一直盯着楼顶看，道：“那女的一步都不让动，我估摸着这俩警察有些搞不定。”

江措皱眉：“这得耗什么时候，我上去看看。”

程勇急道：“你小子可别乱来啊。”

江措抬眉，一圈一圈地将安全绳拴在腰上，另一端缠上手腕，舌尖顶了顶腮帮子，冷笑道：“要跳早跳了。”

顶楼风大，江措穿着消防服都觉得有凉意渗进来。那个女人站在楼顶，脚再往前抬一步就得掉下去。

江措从后面绕过，站在那两个警察斜后方。

一个瘦高个说："该说的都说了，这怎么劝呀。"

另一个留着络腮胡的叹气："我都两个月没发工资了，穷得天天吃草，站那儿的人怎么着也该是我吧。"

江措没有说话，不动声色地观察了四周的情况。

这里地势开阔，从旁边要悄悄潜过去胜算不是很大，再加上夜黑风高的，照光又容易被察觉，真刺激到跳了确实挺棘手。

江措退到角落，低头看了楼下一眼。

就那一眼，程勇就知道他要做什么，急忙在对讲机里喊道："别胡来啊。"

江措冷笑了一声，勒紧腰上的安全绳，直接从楼顶一侧跳到下面伸出来的围着墙面一圈只有十厘米宽的窗檐，或许是黑夜的缘故，他的身影并不是很明显。

他慢慢靠近那个女人，一边将绳子一端绑在女人正下方的栏杆上，一边侧身，抬眼看上去，一副眉目间不耐烦的样子，道："我说大姐，你到底跳不跳？"

那女人愣了一下，低头才看到江措。

"想跳就干脆点，别浪费大家时间。"江措吊儿郎当道，"这样，我给你让个道儿，赶紧的。"

女人："……"

"麻溜点儿行吗大姐？"江措道。

女人怔了一下，愤慨道："我……我要投诉你！"

"随便告。"江措嗤笑一声，"矿山中队，江措。"

女人忍不住抬手指，气得不行，整个身子都有些抖。江措迅速和那两个警察交换了下眼神，趁着女人不注意，两个警察从后面冲上去将其抱离了楼顶。

整场就跟一闹剧似的。

江措靠在墙边，从兜里摸了一根烟抽。他眯了眯眼，看向远处漆黑一片的夜，淡淡地吸了口烟。

程勇在对讲机里喊他："赶紧下来，找抽呢吧。"

江措笑得没皮没脸："这不抽着呢吗老大。"

他又吸了两口，将烟咬在嘴里，微微偏头，松开拴在栏杆上的绳子一端，直接就掉了下来，双手撑开，重重地落在安全气垫上。

烟还咬在嘴里，尾端的火星亮着。

江措猛地又吸了一口，从气垫上下来，一边往消防车跟前走，一边解开系在腰间的绳子，不经意地一抬眼，动作一顿。

五米开外，徐鲁就站在那儿。

她穿着病号服，踩着棉拖，一张小脸惨白惨白的，头发被风吹起，凌乱地撒在肩头。

江措抬眼看她，目光笔直。

徐鲁目光漠然，跛着脚，似乎再往前一步都很艰难。她是晚上睡觉前，护士来查房才知道这事儿的，当时就笃定这女人是为了博同情卖惨根本不会跳，可为了那点线索还是来了。

她压根儿没有想到会遇见江措。

他们以一种别扭的姿态僵持着。

江措舔了下干涩的唇，下意识地从兜里摸烟，什么都没有。他有些烦躁地别过脸，抬脚就要走。

听见一道干干净净的声音："江措你浑蛋。"

六子刚收完安全气垫回来，看见徐鲁还愣住了。显然没有听到她说了什么，但也是个会来事儿的人，特意过去混了个脸熟。

"徐记者你怎么来了？"六子这一声问得特热情。

徐鲁没有说话，只是淡淡地看着江措。

六子抿了抿嘴，也看了眼江措，不识趣地道："老大你站那么远干吗？"说着拉了江措一把。

江措一手抄兜，别开脸。

空气瞬间凝滞，六子正要说话，就看见徐鲁踮着脚朝前走了两步，在江措面前站定。她的眼神有气无力又坚定异常，还有种悲伤在。

只听"啪"的一声，她打了他一巴掌。

周围好像静止了一样，一双双目光齐刷刷地看过来。程勇眼睛都直了，更别说看过来的队里兄弟。

六子："……"

江措微偏着脸，嘴角的烟都掉在了地上。他用舌头顶了顶左边脸颊，真疼，这丫头下手够狠的。

他慢慢看向她，那双眼神还是那么固执。

“打完了？”他淡淡道。

冷风蹿进脖子，徐鲁眼眶红了。

江措烦躁道：“别跟这儿哭，我受不起。”说完身影虚顿了下，不再有半分犹豫。他步子大，很快就上了消防车，也不顾所有人还呆愣着，直接把车开走了。

留下一地灰尘，随风扬起。

消防车缓慢地行驶在深夜的街道上，路两边的街灯昏昏暗暗，或许是不远处有施工，一束亮光从高处照了过来。

江措借着那光，扫了一眼后视镜。

他舌尖顶了顶右脸颊，侧过脸看，半边脸都红了，很清晰的掌印，得，这一巴掌打得真是够狠。

江措收回目光，脸色沉了下来。

他偏头看了一眼窗外，路边一家小卖部还亮着灯，顺势打了两圈方向盘，将消防车靠了过去，从车上跳了下来。

进了小卖部，他从兜里掏钱往桌上一搁，道：“玉溪。”

老板是个中年男人，正在柜台后追剧，身上盖着被子，看得是热火朝天，丝毫没有发现跟前站了一人。

江措皱眉，敲了敲玻璃柜。

老板这才抬头，看见江措一身消防服的样子愣了一下，嘴皮子倏地动了起来，道：“哟，这哪儿出事了？”说着瞄到男人脸上那个红印子，倏地又闭上嘴，“要啥来着？”

江措没空搭理，又道：“玉溪。”

老板低头从玻璃柜里拿烟，抬头问：“软的硬的？”

江措说：“硬的。”

老板递过烟，江措拿在手里，直接撕开上头那层薄膜，抽了一根叼在嘴里，抬了抬眼皮，扫到柜边搁着的一盒打火机。

他抽了一个，道：“借个火。”

老板趁此开口：“人都爱抽软的，要不试试？”

江措点上火，吸了两口，淡淡道："硬的。"劲大。他说完将打火机塞回盒子，说了声谢，又走进黑夜里。

回到消防队，已经深夜。

队里开着大灯，敞亮得跟白天似的，他们应该刚回来不久，还能听见训练场有说话的声音，宿舍灯也亮着。

江措去装备室换下消防服，直接往澡堂走。

山城的半夜，风吹进脖子里都跟冰块贴过来似的。江措没有拧热水，三两下脱了衣服就往喷头下站，凉水袭过他结实的后背，没入臀下。

寒气从身上散出去，江措清醒了很多。

他眸子慢慢变得深刻起来，抬手捋了一把头发，让水从脸颊流下，沿着脖子、喉结，滑过胸膛。

她今晚怎么骂他来着？

皱着一张小脸，还是固执的样子，那双眼睛他以前最喜欢，现在几乎没了神采，瘦得脸上都没肉。

江措吸了口凉气，甩了下头。

他很快又用凉水冲了一下，套上裤子短袖就出了澡堂。有些意外在宿舍楼下看见程勇，男人像是特意等他似的。

江措走近，扔了一根烟过去。

程勇道："戒了。"又给他扔回去。

江措嘴里已经叼了一根，将那根烟别在耳后，手抄在裤兜，也不看程勇，目光落在训练场上。

程勇指了指自己的脸："那姑娘手劲挺大的。"

江措闻声笑了下。他用力吸了一口烟，烟雾从嘴里吐出来，他这几天烟瘾太重。

吸了一口烟，他才"嗯"了声："挺重。"

程勇眉头一皱："真是前女友？"

江措这几口烟都吸得挺用力，不一会儿已经累起一大截烟灰，他低头掸了掸烟灰，不咸不淡地"嗯"了一声。

程勇一颗心又悬起来，道："还有意思？"

江措闻声，吸烟的动作顿了下。

都过去这么多年了，还能有个什么意思？就算再次遇见也不是二十郎当岁的时候，这都奔三的人了，还折腾个什么劲儿！

见他不吭声，程勇又道：“伤害过人家？”

江措喂了几口烟，想了想还真没有。他唯一一次对她发火就是那件事，至今却是连想都不敢想。

只记得她站在门口，眼睛都红了。

他那时跟火上了头似的，又急又气，拿她没办法，在房间兜圈子，最后实在狠了心，拿起桌上的玻璃花瓶往地上就是一摔，碎了一地。

她吓得往后退，颤抖着小声喊他。她也是真固执，嘴里半分不让：“你不能去，去了就是从犯，是要坐牢的，过几天等这事过去了……”

他气急了，直接打断她吼道：“那是我爸！”

他从来没有对她这样吼过，那一声真是把她吓到了，眼泪噼里啪啦就往下掉。他早已经心烦意乱，哪顾得上哄她。

只是忽然冷静下来，冷静得出奇。

然后，他问她：“你报的警？”

她没说话，只是看着他。

就那一眼，江措知道，算是完了。他后来没再说什么，只是蓦地冷笑了一下，说了声：“就这样吧。”说罢拉开门走了。

现在想来，他们之间连分手都没说一声，就那么分开了。这么多年他很少回老家，总觉着就这样吧。

训练场悬起一阵风，程勇打了个喷嚏。

知道这小子能藏事儿，没想到一句话问不出来，程勇摇头叹气道：“不管怎么着，都过去的事儿了，真伤害了人家姑娘好好道个歉去。今儿闹这么一出，回头小张知道了可不好。”

江措笑了一声，吸了口烟。

“下周有个事儿走几天，先和您请个假。”江措说。

程勇：“什么事儿？”

“看个人。”他说。

程勇正要说话，忽地反应过来，道：“替我多上束花。”说完拍了拍江措的肩膀，先上了楼去。

江措抽完一根烟，随后也上去了。

山城的这一边渐渐地平静下来，另一边却还吵着。跳楼的女人嚷嚷着要去公安局讨公道，没喊几句肚子疼起来，医护车直接拉向医院。

徐鲁叫了车，是跟着一起去的。

她的脚晚上用的劲儿太大，到了医院就已经发疼，值班的护士看见她，数落她乱跑，硬是扶着她回了病房。

等到安静下来，她才发起呆。

翻开右手看了会儿，好像打他那一下的余温还在。没人知道她那时候腿都是发抖的，看见他不要命一样，可气急了打完了鼻子也跟着会酸。

他绝情，冷漠，不爱她了。

想来也该是这样子，她有些过于强求。可看他对她还不如一个陌生人的样子，总是会难过。

好在她还有事情做，忙着总归是好事。

徐鲁坐了一会儿，揉了揉脸。看见病房外有人走过来走过去，慢慢静下来，回头按了一下呼叫铃。

没半分钟，那个值班护士进来了。

不等她开口，护士已经先一步道："已经帮你看过了，那个孕妇没什么大事，胎象也挺好的，观察两天就可以出院。"

徐鲁问："她在哪个病房？"

"217。你们做记者的是不是都这样子？你这伤得也不轻，还到处跑，我看呀明天不肿才怪。"

徐鲁挤了个笑："没事儿。"

"身体是父母给的，可不能这么糟蹋。年纪轻轻就不在乎自己的身体，以后有的罪受知道吗？"

徐鲁听话地"嗯"了一声。

看她还算听话，那个护士没再多说，关了灯出去了。徐鲁躺在床上，来这儿之后她就没好好睡过，这一晚可能是哭过，又太累了，腿还隐隐作痛，一觉醒来竟然已经八点半。

九点的时候有护士进来给她打今天的吊瓶，她趁机问了两句那个女人，才知道那女人好像昨晚半夜就走了。

她在这地方单枪匹马，也不能找人多打听。现在除了了解到这个女人的消息，其他的她什么都查不到，明目张胆也会打草惊蛇，可能下一步就是万丈深渊。

就这样，徐鲁在医院混吃混喝了三天。

第四天的时候，她已经可以随意走动了，只要不过度用力，走路还是可以的，虽然看着会有些跛脚。

这几天，台里的两个大姐来看过她。

听那话里的意思是，她这还没上一天班就先让台里支出了千百块也是本事。于是，徐鲁第五天一大早就办理了出院。

去电视台之前，她先跑了一趟那女人的面粉厂。

这几天她偷着空也会跑过来看看，就是没找见人，被烧过的地方都没处理过，跟个废墟似的。徐鲁转了两圈，多问了几个人，都说没见过那女人回来。

她有些挫败，坐在台阶边。

隔壁那家鞋店老板认出她道："都烧成这样了，你还想租她这地段？"

或许是那场大火影响到鞋店，她这几天来的时候都没看见鞋店开过门。徐鲁回头，想了想问："你知道在哪儿能找见她吗？"

"你说李寸红啊，她很少和我们打交道。"老板摆摆手道，"我看你还是算了，重新找个地方得了。"

徐鲁笑笑："就挺喜欢这儿。"

老板想了想道："她那个儿子爱往我这儿跑，好像说过老家在南坪，这都烧了，肯定是回老家了。"

回去台里，正赶上开例会。

徐鲁第一次见到电视台七八个人都在的场面，大家围坐在一个长桌上，低头不知道在说什么，看见她进来，霎时都安静了。

台长四十来岁，笑着问候道："伤好彻底没有？"

徐鲁笑着点了下头，找了个地方坐下。

弯腰的一瞬，她看见张晓丹一直在低头写什么，没抬过头。她暗自呼了口气，将椅子往外挪了挪。

开会主要说的是下乡的事情。

台长话里有话道：“南坪这地方是有些偏远，穷就不说了……”

听到这名字，徐鲁愣了一下，她抬眼扫了一圈众人，一个个低头撇嘴，避之唯恐不及一样。

她连想都没想就道：“我去。”

话音刚落，一堆人目光看过来。

这些人里，张晓丹的眼神很不一样，有惊诧、意外，好像还存在一些别的东西。徐鲁说不出来。

徐鲁看了一眼众人，又说了一遍：“我去吧台长，都来矿山调研一周了，也没做过什么有价值的事儿，还给台里添了麻烦，这次刚好给我个机会，顺便跑跑附近的乡镇，也算调研，还给台里减轻劳力，您说是吗？”

宋姐趁机插话道：“小徐，那地方挺苦的，能受得了吗？”

张晓丹说：“徐记者大城市来的，自然早就做好了吃苦的准备，可比咱们有觉悟，您说是吧台长？”

台长笑了一下，看向徐鲁：“你想好了？”

徐鲁：“没什么好想的。”

后来决定下午出发，徐鲁一个人先去，摄像过两天跟拍完别的采访再过去和她会合。因为要准备一些材料，徐鲁跑了一趟三楼资料室。

张晓丹没一会儿也来了。

“这是我以前存放的一些资料。”张晓丹抱着一堆文件夹搁到她跟前，“你看看或许可以用上。”

徐鲁抬头说了声谢，又低下头忙。

张晓丹也不着急走，倒是靠在一边的门框上，看着她，悠悠然道：“南坪是什么地方，你知道吗？”

闻声，徐鲁动作一顿，抬起头。

张晓丹说：“几年前有一个记者去那边采访，被人贩子拐进了山，警方救出来的时候肚子都大了，人也傻了。”

徐鲁没有说话。

“毕竟在山沟里，还是多准备些防身的东西吧。”张晓丹说。

徐鲁说：“谢谢。”

张晓丹笑笑，转身走出几步，想起去消防队里听到有关江措前女友的那些话，一颗心渐渐沉到底，回头问她："你为什么来山城？"

徐鲁坦然答："服从组织分配。"

张晓丹看了她一眼，走了。

从电视台离开的时候，台长特意送徐鲁到门口，多叮嘱了两句。她心里知道，这里头有陆宁远的面子。天还是灰蒙蒙的，也不知道，前边的路是什么样子。

第六章

遇见又分开

做记者就是这样，时刻准备出发。

徐鲁只带了一支录音笔，一身换洗衣裳，就这么坐了辆三轮车去了汽车站，摄像得晚两天。到车站才得知没有去南坪的直达车，要中转两趟。第一趟车两个小时，是那种长途汽车，四周的窗户都是封闭性的，蓝色的窗帘捂着，不透气。一上去，她一颗心就开始往下沉，她晕车厉害，那味儿闻得简直难受。

前排的座位已经坐满，徐鲁坐去后排。

她抱着包直接倒头就睡，耳机的音乐调到最大。隐约感觉到车子开起来，慢慢地有些颠簸。她迷迷糊糊地睁了睁眼，又睡过去了。

再次醒来，车停在路边。

听见有人喊着当地话："师傅，前面到底咋回事？"

"堵啰。"中年司机回了一下头道，"这几天浇地嘞，这片都挖通了。"

"那咋走？有别的路没？"

司机大声道："走小路，不过那边有个壕，容易翻车。"

徐鲁听着他们一句两句地喊，掀开窗帘看了眼窗外。一望无际的黄土地，静谧，深沉。庄稼长得很高，都快要盖住头顶了。风吹过来，波浪似的摇晃。

车子又开起来，大家一致决定走小路。

如果等下一辆车过来还不知道得啥时候，眼看着天就要下雨了，再不走，原路返回都很困难了。这边大都是土路山路，歪歪扭扭不好走。

徐鲁扫了一眼车里的人，都没有系安全带。

像这样跑村镇里的长途车，对安全带这个事情都是睁眼闭眼从不要求，总觉得事情不会出在自个儿身上。

她晕得难受，用手捂住嘴。

正想要再眯会儿，只觉得车子忽然咣当一下，朝右闪去，经过土壕的时候一只轮子没踩实陷进半空，没办法往前开。

车里的人都惊慌地“啊”了声。

有人问：“咋回事？”

“大家别动，我下去看看。”司机说。

徐鲁被那最后一道猛烈的急刹车弄得再也忍不住，拿着包就往车下跑，刚下车，直接哇一口吐到草地里。

她扶了扶额头，蹲在地上又吐了会儿，用矿泉水漱了漱口，这才站起来。整个人一点儿精神都没了，蔫蔫的。

她往身后一看，车头幸好朝外，车尾右边一脚陷进壕的半空，打滑。

司机上了车，安慰大家道：“我已经打电话给公司了，后头还有一辆车等会儿过来，到时候不行大家转坐那趟车去。现在都下车转转，别走太远。男的跟我下车，咱鼓个劲试着看能不能推上去。”

徐鲁看了一眼时间，怎么着也得有一会儿。

她也没在原地停留，干脆就沿着壕边往前走。绿草丛刷过鞋子，远处的天比头顶要蓝很多，空气也很新鲜，比大城市好太多。

徐鲁站在一处，看着一堆人三三两两站一块。车上男人不多，除了两个老年人，只有四个年轻力壮的，其他大都是女人和小孩儿。

就这几个人的力量，大抵是推不动的。

约莫等了有半个小时，远远看见一辆长途车开了过来，停在路边，车上下来了七八个男人。

徐鲁没兴致看，歪过头仰脖吹风。

山野路上没有信号，她想给方瑜打个电话半天拨不出去。那一年诺基亚手机里有个盖楼房的游戏，玩起来也挺解乏的。

徐鲁胡乱摁了会儿，又往车边看了一眼。

一群男人齐齐吼着一二三，每次使力往前推一次都会喊一次，那个车轮打滑得太厉害，每次收力又会往后冲击。

一个男人喊："这不行啊。"

"得有人去车下推一把，可站在这壕边太危险了。"

徐鲁就是那个时候看见江措的。

他从人群里走了出来，头发剪得很短，板寸头，穿着灰色衬衫，里头是一件黑色背心，衬衫衣角被风吹起。

"我下去。"他说。

徐鲁不可置信地看着，他每次都这么拼命吗？

他身手很好，一手撑地跳下去，一脚踩在壕下凸出来的地方，和司机对视一眼，司机将油门调到最大，一口气提上开了出去。

有小孩儿在一边跳着鼓掌，徐鲁松了口气。

她在江措看过来的时候将头扭向一侧，装模作样地踢着脚下的石子，听到司机喊集合，这才回过身，他已经不见人了。

汽车虽然推了上来，可轮胎坏了，车前盖还有一些小的问题，暂时走不了。所有人只好挪到另一辆车上去。

徐鲁最后一个上去，余光里不见他。

她又从车上下来，站在车门那儿，朝着四下看了看。恍觉身后有脚步声，她竟然不敢回头，只是微微侧了侧脸，江措就这样从她身边目不斜视走了过去。

司机对他很热情："兄弟，来根烟？"

他淡淡笑道："刚抽过。"

徐鲁呆呆地站在那儿，直到那个司机喊她才回神，匆忙上了车，看见他就坐在副驾驶，和司机有一搭没一搭地说话，耳后别了根烟。

而她，闻着车里的味道又想吐了。

她还坐在最后排，眼睛一瞥就能从背椅间的缝隙里看见他。他偏着头，嘴角有淡淡的笑意。

刚刚一起推车的男人里有一个道："兄弟，练家子啊。"

他笑笑说："没办法，吃这口饭的。"

"干哪行啊？"

他说："救火。"

"哟，那是挺辛苦的，平时没少练吧，这出一趟车就是把命拴在裤腰带上，危险着呢，我看你刚才下壕，都不带犹豫的。"

他说："习惯了。"

“还没媳妇儿吧？”

江措笑笑。

“就你那不要命的样子，一看就是个打光棍的。要是心里惦记着人，谁能这么豁出去不要命？”

徐鲁听着心里猛地一抽。

那人又道：“要不哥给你说一个？”

江措抬手摸了摸鼻子，道：“谈着呢。”

他说完手机响了一下，低头看了一眼，没什么要紧的事，又将手机塞回裤兜，目光下意识地看了一眼后视镜，那个身影小小的，缩在一角。

看她神色恹恹的，该是晕车的缘故。

以前她也晕得厉害，为此他想过很多法子。那一年，他还特意和朋友借了辆车，要教她开车。她死活不上车，两只手紧紧拽着车门，可怜巴巴地看着他。

后来看她哭腔都出来了，这还没上车就开始反呕，她固执起来有时候真够他头疼的，这事儿也就随她去了。

江措慢慢收回目光，将脸别向一边。

司机师傅问：“兄弟，你哪儿下车？”

他说：“前面再看吧。”

到去南坪的中转站已经是傍晚，天色都暗下来。车门刚一打开，一股凉风吹进来，下车的人都拉紧了衣服。

徐鲁是被身边的大妈叫醒的，还迷糊着。

她先是朝副驾驶座看了一眼，他不在。心底顿时沉了下去，慢慢拿起包下了车。站在没什么人的车站中心，她有些无所适从，鼻子蓦地酸了。

他以前从来不会舍得她难过，会变着法地哄她开心，跑大老远来学校看她，带她出去玩。她路痴，但她知道，跟着他就行了。她不喜欢一个人，他那时和朋友搞了一家投资公司，早早就翘班跑学校找她，一起吃饭。他会逗她开心，还说要给她养只肥猫和大狗。

现在呢？连个照面都不愿意。

徐鲁缓缓吸了口气，耷拉着肩膀。都过去这么久了，那些往事好像还历历在目，稍稍一想就全都冒出来。

她摇摇头，做了个深呼吸。

或许是半路上的事故耽搁太久，已经没了去南坪的车。她身上就穿了一件薄毛衣，牛仔裤，帆布鞋，她的头发已经长到肩膀，披散着，被风吹乱了，身形纤细，眼睛迷离，此时站在这样一个荒凉的车站，颇有些可怜。

她在原地站了有一会儿，才迈开脚。

刚走出车站，天上就下起小雨来。徐鲁仰头看了看黑蒙蒙的天，干涩地扯了扯嘴角。车站在郊外，现在去镇里的车也没了，路上人很少。

她正要走，听见身后有脚步声。

徐鲁愣了一下，僵直着背，慢慢转过身去。江措靠在墙上，一手还捏着半截燃烧的烟，头微微低垂，眼眸半抬，黑漆漆的目光看不太清楚。

“去哪儿？”他低沉道。

徐鲁就这样看着他，瞬间有些恍惚。

这些年来她不是没有期待过这样的场景，有时候梦里醒来以为他还在身边，可是手一摸，床边都是冰凉的，才惊觉他已经离开很久了。

她看他一眼，忽然不想说话。

就像没看见他一样，平静地移开目光，就往前走去。走到第一个路口，迎面过来几个男人，有高有矮，眼神往她身上瞟。

徐鲁蓦地停下脚。

她想起张晓丹说的“南坪那是什么地方”，深深吸了口气，等到那几个男人擦肩走过后，才松了口气。

四下望了望，两边都是黑漆漆的土路。

徐鲁犹豫着不知道要往哪边走，这地方连个路灯都没有，小雨还淅淅沥沥地下着，头发都半湿了。

半晌，听见身后人冷声道：“左拐。”

徐鲁提着一口气，憋着根本不搭腔，连头都没有回，直接朝右边拐，步子还走得很快，小雨点淋在脸上，边走边抹。

这条路好像怎么都走不完似的，路两边渐渐地都成了小树林，天也越发黑了，路边不时会有鹧鸪叫，叫得人难过。

要搁以前，他肯定会追过来的。

徐鲁走到半路，停了下来，慢慢转身，一个人影都没有。她只觉得眼眶一湿，鼻子也酸起来，可就是不回头。

一下子没踩好，脚闪了，伤又犯了。

她低头看了一眼湿透的帆布鞋，听着路边小树林里的叫声，隐约察觉到有脚步声从后面传来，心底慢慢地多了一丝恐惧。

她望向后方，眼睛直直地盯着。

一个穿着黑色衣服戴着帽子的男人慢慢跟上来，手里还拎着一个黑色塑料袋，直直地朝着她走过来，一直低着的头在快要靠近的时候忽然抬起。

徐鲁被那眼神吓了一跳。

有一刹那，她觉得这个男人要对她动手，可那只拿着塑料袋的手刚抬起来，忽地又放下，没有半分停留地经过她。

徐鲁悬着的心在往下落。

稍一定神，抬眼，黑色的雨幕里，她看见江措就站在几米开外，手抄兜，沉着脸，静静地看着她。

他凉凉地问道："怎么不走了？"

徐鲁咬唇，别过脸，嘴硬道："不用你管。"

他冷笑一声。

"知道这什么地儿吗？再往前走你试试看，指不定哪儿猫着两个人，就等着你钻进去。"江措丝毫不留情面，下巴抬了抬，道，"走啊。"

徐鲁想起刚才那个男人，后背发凉。可听他就这么冷嘲热讽，心底的气噌地就冒上来，抬脚就要走。

江措厉声道："你走个试试？"

徐鲁眼眶瞬间红了，还未抬起的脚慢慢收了力，偏开脸不看他，由着雨水打在脸上，还是要对着干。

"我的事不用你管。"她淡漠道。

江措眯了眯眼："别多想，就是个普通人我也得跟过来看一眼，这是工作。退一万步讲，怎么着咱俩也是一起长大的。"

说到这里，他停了一下又道："就凭这个我不得管管？"

徐鲁说："我不承认就不是。"

江措看她一眼，缩了缩眸子，一时不知道该拿她怎么办好。她要是倔起来他得十里地跑，以前是，现在也是。

他蓦地心烦，摸兜抽了根烟。

徐鲁往后退了一小步，道："我不喜欢那味道，离我远点儿。"

江措低头点烟的动作一顿，抬了抬眼皮，没有说话，看了她一眼，低头，点上烟，咬在嘴里，吸了两口。

徐鲁皱了皱眉头。

小雨好像有下大的势头，灌进脖子里凉意瞬间袭满全身。她忍不住拂了拂胳膊，咳了几声。

江措偏头，顺势将烟掐了。

“听说这里晚上有狼。”他说得很慢，刻意顿了一下，“自己走还是跟我走？”

江措说完，转身就走。

他步子大，走得又快，一下子就走出很远。徐鲁左右两边看了一下，泄了气，跛着脚跟在后头。

走出一会儿，江措回头。

徐鲁还在慢悠悠地走着，一手扶着腿，一瘸一拐，头发湿答答地贴着脸颊，眸子低垂着，小嘴微张。她的脸很白，惨白，一双眼睛湿漉漉的。

以前和他做那事的时候，她就是这个样子。

那时候的每一天都是好日子，虽然他忙得要死，晚上经常喝得醉醺醺地回来，可一看见她，一天的疲乏就都没了。

雨水拍打在江措脸上，他眸子渐渐软下来。

看着后头那个走得很笨拙的身影，江措最终还是叹了一口气，大步朝她走过去，在她面前蹲下。

他回头，低声道：“上来。”

徐鲁：“不用你背。”

江措蹙眉：“别让我说第二遍。”

想起他刚刚走得那么坚决的样子，徐鲁就是不肯松口，声音扬高了些：“我有脚，会走。”说着就侧过身抬脚。

江措“啧”了一声。

他直接起身，也不打招呼，直接俯身揽上她的腰，将她拦腰抱起。

徐鲁惊呼出声，挣扎了一下，无奈他手劲太紧，根本挣脱不开。

“再闹我真不管了。”他忽然出声道。

徐鲁知道他说到做到，就像当年一样，一句话都不留就不见了。他从不打听她，她也不打听他。

她抿紧唇，泪水混着雨水无声地往下流。

他抱着她，却不看她，目光笔直干净，身上有烟草味。两个人身上都湿了，此时黏在一起，雨水把他的味道也冲淡了。

徐鲁僵硬地抓着他的肩，一声不吭，也不靠着，整个人保持着身体接触的距离，固执又骄傲。可这姿势太累了，她两只手都酸了，被雨也淋了很久，他的胸膛贴着又硬又烫，没一会儿困意袭来，眼眶迷离，摇摇晃晃的，微微低下了头。

郊外到镇子走得快了也不远，十几分钟就能进镇子。雨水很冷，他的身上很暖，徐鲁不知道什么时候睡了过去。迷迷糊糊只觉得他走到一户人家门口，敲了敲门。

开门的是个老妇人，看见他怀里抱着个睡着的小姑娘，匆匆开了门让他进去。她感觉到头顶有昏暗柔和的灯光，两个人说话声音很轻，很低。

"这么晚了还过来？"老妇人轻声细语，"快抱里屋去。"

江措低头看了一眼怀里的女孩子，她只有睡着的时候还挺乖，不像平时那么伶牙俐齿，给个台阶都不下。

"愣着干什么，快呀。"妇人催道。

江措应声疾步走去里屋，将徐鲁慢慢放到炕上。她的脸颊有些不一样的潮红，闭着眼也皱着眉头，像是很难受。

他抬手覆在她额头上，像被开水烫了一样。

坐了一下午的长途车，还晕车，腿伤也没好彻底就敢往荒郊野外跑，又淋了很久的雨，不烧才怪。

"麻烦您给她换身衣服。"江措回头对妇人说，"我出去一趟。"

徐鲁睡得不知所云，只觉得身上舒服了很多，也暖和了，她满足地嘤咛了一声，又睡了过去。屋里光线柔和，妇人正拿着热毛巾给她擦了擦手脚。

过了会儿，江措回来了，手里拎着退烧的药。他拿着勺子将药一点点碾碎成粉末，用水冲开在碗里。

妇人轻声道："我来吧。"

"麻烦您了婶子。"他说。

妇人看见江措站在那儿，便道："帮我扶起来。"

江措走上前去，轻轻托起徐鲁的头，让她的背靠在自己怀里。她吃药的时候有些不老实，嘴巴闭得紧紧。

他低声轻哄："妍妍，张嘴。"

怀里的女孩子好像真听到了一样，乖乖地张开嘴巴。妇人看了江措一眼，无声笑了笑，又低头给徐鲁喂起药。

药喂好了，妇人收了碗。

江措将徐鲁的头轻轻放在枕头上，掖好被子，关了灯，从屋子里轻步退了出来，去了门房小屋。

小屋里烧着炉子，妇人拿了衣服进来，看见江措便道："这是牙子生前我给他买的，还没来得及穿，你换上，我去给你倒杯热水。"说完将衣服递到他手里，转身出去了。

江措换好衣服，坐在炉子边的板凳上。

半晌，妇人端着杯热水回来了，掀开门帘，下巴朝着里屋的方向抬了抬，笑道："说说吧，怎么回事儿？"

江措低了下头又抬起，笑了笑："过去的事儿了。"

妇人摇头说不信，道："过去了还记着人家姑娘怎么吃药，没见过碾成末的，以前不定怎么往心肝里疼呢。"

"婶儿。"江措无奈。

"我就说这都两年了，你身边也没见有个人。"妇人说，"这姑娘眉眼生得好，一看是个心肠软的。"

江措闻声笑了："您打哪儿看出来她心肠软？"

妇人轻摇头道："你这性子和牙子他爸一样，心里怎么想嘴上却不说，也不怕憋出病来，真把人家姑娘气跑了，有你后悔的时候。"

江措低声："早气跑了。"

妇人叹息一声，问道："对了，今天怎么这么晚才过来？"

这一问，江措想起他下午趁所有人都上车了，还去检查了一遍车子，总觉得不像意外。他犹豫了一秒，简单说："车半道出了点问题。"

"以后忙着就别过来了，又远又偏的，你人好婶儿知道。"妇人轻声道，"牙子能有你这么个兄弟，不算白活。"

江措道："以后这话不许说了。"

妇人湿了眼眶，笑着"欸"了一声。

"我想起牙子刚入伍那年，你第一次带他出去救火，他后来给我打电话可自豪了，说自己第一回做英雄。"妇人笑说，"你不知道我害怕的呀，还不能让他听出来。"

江措跟着笑了：“他那回高兴了好几天。”

“可不是，这孩子好像不害怕一样。”妇人说，“别人说一句他那工作的不是都不行，以前还真没见过他这样子。”

乡下的夜晚好像很漫长，炉火烧着，有人说着话，屋子里暖和得不得了，屋外的雨声渐渐大了，衬得这夜又长又静。

妇人说到兴致处，道：“他高中好像还喜欢过一个女孩子，不敢和人家表白，把照片藏到褥子底下，可把我乐的。”

江措挑眉：“还干过这事儿？”

“多着呢。”

“您慢慢说。”江措笑。

“有一回呀……”妇人就那样坐在炕上，盖着被子，歪着头，想起什么说什么，时不时地看江措一眼，好像又想起了什么道，“那女孩叫什么来着？”

然后，她一拍被子，说道：“妍妍，好像是左边一个女，右边……”

江措轻声接上去：“右边是开。”

“对对，就是这个字。人长得好看，名字也挺秀气。”妇人说到这儿看了一眼江措，“里屋那姑娘，我刚听你叫她什么来着？”

江措顿了一下，说：“她也叫妍妍。”

屋外雨打着窗户，炉火烧得更旺了。

那一天和以前江措来的每一天一样，晚上总会陪着妇人说很久的话，直到深夜，妇人睡去，他再起身，加些煤炭，封上炉子，然后离去。

睡前，他去了一趟里屋，徐鲁睡得踏实。

她现在睡相还挺好的，不怎么乱折腾。小脸藏在被子下，只留了一双眼睛在外头，纤细的手指搭在耳边，呼吸很轻。

江措看了一眼，退了出去。

当时已经凌晨了，雨还下着，从屋檐上滚落，掉在地上的水洼里，溅起一片水渍，滴答的声音很响。

她喜欢这样的天气，尤其在夜里。

江措站在房檐下抽烟，星火明亮。

他和程勇请了几天假来看战友母亲，也没有想到会遇见她。一个女孩子单枪匹马往山沟里跑，从前可是看见虫子都会叫，现在真是变了。

江措把烟抽完，回去睡觉。

他躺在床上，一手枕在脑后，目光望着窗外黑漆漆的夜，想起雨里抱着她的样子，深深吸了口气，慢慢闭上眼。

半晌，听见外头有声音。

江措睁开眼，皱了皱眉头，下了床很快走到门口，掀开门帘看了一眼，没有人，脚刚踏出门槛，房檐下一声轻响。

他微微侧眸，徐鲁坐在台阶上。

江措站了一会儿，从屋里出来，顺着墙壁摸到灯泡线绳，“啪”的一声，灯亮了。昏暗的光线里，雨水静静地下，柔和暗淡的光落在雨水里，倒衬得这夜温暖了几分。

她身上穿着乡下女人的粗布衫，淡淡的烟青色，布鞋，头发散落在肩上，几缕凌乱地别在耳后，就那么靠在那儿，恬静得不像话。

江措看着她的背影，说：“进去睡觉。”

两个人之间的气氛难得这样缓和，她也罕见地没有回嘴杠他，倒是歪了歪头，淡淡道：“再等会儿，明天就看不到了。”

这一句让人听得莫名忧伤，江措蹙眉。

“山城雨季很多，以后有的是时间。”他说完顿了一下，“你在江城待得好好的，来这儿做什么？”

“工作。”徐鲁的回答很简单。

江措摸兜掏了根烟：“什么时候干的这行？”

徐鲁看着雨，轻道：“你什么时候抽的烟？”

江措舔了下唇，像是说一件无关紧要的事，漫不经心道：“很多年了。”

徐鲁“哦”了一声：“我也是。”

她说罢，江措低头点烟。

“这些年你是不是很讨厌我？”徐鲁问。

江措抬眼：“没有。”

“不想见我就是讨厌。”徐鲁说。

江措没吭声。

徐鲁想，男人是不是都这样，不喜欢一个人就真的不喜欢了，说走就走。像点烟的时候会低头一样，自然得很。

“来这儿做什么？”江措问。

“找人。”

江措皱眉。

“说说看，或许我能帮到你。”他说。

能帮到吗？你都不来医院看我。

徐鲁摇摇头：“我自己可以。”

江措没再说话，吸了口烟。

“在这儿待多久？”过了会儿，他问。

雨噼里啪啦地砸着地，咣当响。凉风吹过来，徐鲁缩了缩脖子，抬手去接雨，掌心冰凉湿透。

她看着手里的雨水慢慢滑落，道：“不知道，可能几天，可能几个月。”

江措吐了口烟圈。

徐鲁低着头，慢慢收回手，交叠在膝盖上，将下巴搭在上头，沉默了一会儿问：“你和张记者，在谈恋爱吗？”

江措垂眸，盯着烟头，停顿了两秒：“嗯。”

徐鲁问：“会结婚吗？”

江措：“会。”

“你还怪我吗？”她忽然问。

这句话没头没尾，他却明白。

江措掸了掸烟灰，低声道：“没有。”

“不许骗我。”她这话声音很小。

“没骗你。”江措道，“都过去了，妍妍。”

徐鲁鼻子蓦地酸了，眼泪抑制不住地往下掉。他叫她妍妍的时候，声音特别低，特别轻，像告别似的。

她紧紧咬住唇，掩住哭腔。

至今都记得后来方瑜给她打电话，说他爸拒捕，被当场击毙。新闻里在现场的记者播报说，死者生前做了一大桌菜，是要给儿子准备过一次生日的。可他生日不是那天，她知道。

那天之后，她就大病了一场，怎么都好不了，吃了很久的抗抑郁药，退了学。只听说他离开了江城，后来她就去做了记者。

如今再听他叫她妍妍，恍如隔世。

徐鲁低着头，轻轻说道：“想起个事儿，我觉得张记者可能对我有些误会，你和她解释一下。”

江措：“嗯。”

徐鲁从地上站起来，搓了搓手，看向他，挤了个笑道：“我不会打扰你们的，办完事就走，睡觉了。”

她说完也不等他开口，就转身进了屋。

该问的都算问清了，可她还是很难过。

十五六岁的时候迷恋他的浪荡不羁什么都不往眼里放，总是会想，像他这样的男人后来都会娶了谁呢？十八岁他追她，她想嫁给他给他生孩子。可是后来，他走了。

那晚直到后半夜，徐鲁才睡着。

人一直迷糊着，睡得也不踏实。醒来是凌晨四点半，她起身出了门，雨已经停了，门口的小屋灯亮着。

徐鲁走近，掀开门帘，妇人正在缝衣服。

妇人看见她，笑道：“醒了，快进来暖和暖和。”

徐鲁“嗳”了一声，坐去炉火边。

“怎么不多睡会儿，天还早着呢。”妇人的声音和她迷糊时听到的一样，温柔慈祥，“还难受吗？”

徐鲁摇了摇头。

“昨晚小江跑了半个镇子买的退烧药，能不好得快嘛。”妇人笑，“这地方雨水多，不注意就着凉。”

徐鲁接上后半句，道：“我喜欢雨。”

“那你可来对地方了。”妇人道，“干脆在这儿多住几天，小江每次都会待两三天，帮我干干农活啥的。对了，今晚有雷雨，不怕打雷吧？”

徐鲁笑：“不怕。”

“怕也没事，不然要男人干啥。”

徐鲁闷声不响，过了会儿道：“您误会了，我和他不是那种关系，我跟他老家一个地方的，论辈分，我得叫他声小叔。”

妇人明显愣了一下。

“没血缘吧？”

徐鲁顿了一下，摇头。

妇人松了口气般，一边低头穿线一边道："那就没事儿，这都什么世道了，咱还能倒回去搞老祖宗那套不成？"

徐鲁垂头道："会乱了辈分的。"

妇人笑着说："你们年轻人怎么比我还放不开？他昨晚给你喂药那样子婶儿一看就知道怎么回事儿。"

徐鲁低头不语。

妇人："你是叫妍妍吧？"

徐鲁："我叫徐鲁，妍妍是小名。"

妇人咀嚼着她的名字，问她怎么起了这么个名字，不像个女孩子名字，还是小名好听，妍妍叫着多招人疼。

徐鲁笑："鲁是笨，我小时候挺笨。"

妇人失笑："你爸妈怎么想的，哪有人给女儿起这么个名儿。"

徐鲁笑，也不辩驳。

说着说着天微微亮了，徐鲁看了眼窗外。妇人将烘干的衣服给她，去了后院给鸡喂食。

徐鲁换好衣服，回过头看了一眼里屋那扇紧闭的房门，片刻后收回目光。她看了眼时间，犹豫了一会儿，还是走了，没打招呼。

妇人出来见没了人，朝屋里喊了几声。

这一声把江措喊醒了，事实上他也没怎么睡着，听见声儿下床打开门，妇人刚好从门口进来，看见他就道："刚还在呢，我就出去了一下回来就不见人了，大清早的能去哪儿呢这姑娘？"

江措皱眉："我去找找。"

他穿着黑色短袖，清晨的凉风蹿进胳膊里，也顾不上套件衣服就出了门。镇子里的汽车站没有开门，一路走过来也没见到人。

没找见，江措又原路返回。

看见妇人在门口张望，他走近道："她和您说过什么没有？"

妇人想了想说："就随便聊聊，挺正常的。"

江措深吸口气，眉头紧锁。

昨晚发个烧半夜醒来，或许是生病的缘故性子软了不少，这天一亮又跟变了个人似的，琢磨不透。

"我想起来了。"妇人惊醒道，"她问过我南坪怎么走？说有同事在那边。"

江措想起他昨晚问她来这儿做什么，她说找人。

他点了根烟抽起来，回想了一下来山城见她的这几面。第一面是消防队门口，第二面是面粉厂，她为了救那个女人的儿子。后来就是扇他巴掌的那个晚上，大半夜的从医院跑出来。再后来就是昨天，车子出事。

妇人见江措眉头紧皱，道："别担心，说不定是遇见个顺风车什么的过去了，找不见也不是没道理。"

江措一口一口地吸着，脸色沉得发冷。

"电话能打通吗？"妇人问。

江措摇头，他没她电话。

"大白天的应该不会出什么事儿，地里都忙活着人呢，你快找找去，这么闹别扭可不行。"妇人说。

江措低头，掐了烟。

"婶子。"他抬头，淡淡道，"走了就算了，本来也没想着遇上，都赶巧了。"

"她去的是南坪，那可是个贼窝子。"妇人说，"一个女孩子跑那儿去，我这不相干的人可都操着心呢。"

江措用脚碾着那根没抽完的烟，淡淡道："不是有同事在那儿？"

妇人抬手指着江措，气不打一处来。

"真出了事你小子别后悔。"妇人说完进了门，走出几步又回头道，"不找别进我门。"

江措手抄兜，别过脸，目光复杂。

徐鲁已经搭了一个村民的车去了南坪，并没有打听到什么消息。这地方分两片，南北坪和东西坪，都住着百来号人，并不大，几条街就能走完一个村庄。她也不能明目张胆地打听那女人，只能说远房亲戚。

摄像的小林打电话过来说今晚雷雨，车过不来，要明天才能到。徐鲁等不及，问了路想去东西坪走一趟。南坪和北坪是邻村，隔了一条两公里长的渠。村里还是土路，路边栽满了树，大人都下地了，有几个大孩子带着几个小孩儿在渠边玩水。徐鲁看了一眼，水还挺深。

那个时候还有太阳在，却一点儿也不暖和。

徐鲁毛衣外套都穿在身上，还戴着口罩，都能感觉到有凉风往袖子里钻。那些小孩儿一个比一个穿得单薄，都快入秋了还是T恤，脏脏的，像在地上打过滚。

她走了一会儿脚脖子疼起来，只好坐在路边的墩子上休息，偶尔有人经过，要么扛着锄头，要么挑着担子，穿着粗布衫，经过时会看她一眼。

那会儿已经正午，要去东西坪还得走土路。

徐鲁早上没吃，现在只觉得肚子饿得不行。

她歇了一会儿又开始赶路，中间方瑜打过一个电话过来，她没有接到，站在路边找信号，足足转了十几分钟，两人才通上话。

方瑜感慨："终于通了我的天。"

徐鲁昨晚没睡好，又走了这么久的路，眼皮子都在打架，有气无力地说："这边没什么信号，你有事快说。"

"我能有什么事儿，就问问你查得怎么样？"

徐鲁叹气："没进展。"

"让你别去你偏去，去了几个记者都前赴后继地回来了，要真能查到，还能轮到你啊？"

徐鲁皱眉："我是真觉得有问题。"

方瑜犟不过她，无奈道："有什么需要我帮忙的？"

"现在没有，有了会和你说。"徐鲁道，"我现在只跟踪到一个女人，还不敢百分百确定就是遗孀，先问问看。"

"能问出来吗？"

"总得试试，而且……"徐鲁顿了一下，声音忽地放低了些，"我老觉得有人一直在跟着我。"

方瑜一惊："你在哪儿呢现在？"

"南坪，这边一个村子。"徐鲁说，"我打听到那个女人老家在这里，过来看看。"

"你一个人？"

徐鲁沉默了一下："还有一个摄像，明天到，放心吧大白天的不会有什么事儿，我就想赶紧弄完回去。"

方瑜本来还担心着，听她说这话，揶揄道："回江城？想我还是陆总啊？"

徐鲁没好气道："你。"

方瑜笑说："那你速度啊，我可等着呢，还有，注意安全，别去太危险的地方，听到没有？"

徐鲁：“知道了。”

太阳这会儿躲去了乌云后头，眼看着天阴了下来，一会儿明一会儿暗的。徐鲁算了算时间，照这样走下去，到东西坪应该得一两小时。

她一刻都不能再耽搁了。

那天她走了很久的路，偶尔在路上看见一两个农忙的村民，到西坪已经是三点多，天色刚阴下来。

整个村子街道看起来很破败，有很多树，枝丫乱七八糟地伸展着。

这个地方是真的穷，穷得叮当响。徐鲁这一路走来，就看见过很多要饭的，那个时候已经是2009年了。

她看见有一户门口坐了一个老奶奶，走了过去。

老奶奶八十多岁，耳朵不好，徐鲁说什么都听不到。她又接连走了几户询问那个女人的事情，都说不认识，没听过。

她在东西坪转了几个小时，没有得到任何有价值的消息，甚至一度怀疑那个鞋店老板是不是说错了地方。

趁天还亮着，徐鲁加快了步子往镇上走。

距离西坪最近的镇子也得五公里远，她一天没吃饭，走得也慢，到镇上天都黑了，亮着的馆子没有几家。徐鲁随便进了一家，要了碗面。实在是太饿了，面条刚上来她就狼吞虎咽地吃起来，毫无形象可言，头发从耳根后掉下来，挡了半张脸。

面吃到一半，店里又进来了几个男人。

他们一坐下就开始胡侃，还要了几瓶白酒。徐鲁慢慢低下头，将脸侧向里面，想快点儿吃完这碗面。

却无意间听到：“听说给了十几万，他老婆拿着钱就跟人跑了。”

“他那个女娃咋办？”

“不是说白血病吗，治不好，又不是她老婆亲生的，谁管你呢。”

一个男人叹了口气，道：“也是可怜，非跟着二幺干，二幺那婆娘也不是个东西，拿了钱屁都不放一个。”

“你说寸红？就一祸水。”

寸红，是那个女人的名字。

徐鲁握着筷子的手蓦地一抖，偏头，冷静道：“你说什么？”

几个男人被这突如其来的一问惊住了，尤其对方还是个陌生女人。此刻的徐鲁有些狼狈，那双眼睛却犀利得很。

她嘴角一颤，放下筷子，走到那一桌男人跟前，慢慢道：“谁得了白血病？寸红家在哪儿？”

其中一个男人反应贼快，脱口而出：“你不是那女娃她亲妈吧？”

徐鲁故意不言，脸色沉着。

她现在这副样子，看起来确实像是急切痛心的母亲，凌乱的头发，疲惫的面孔，嘴唇还干咧着。

为了以防万一，她低着头，叹息道：“寸红去年借了我老公十万，说是年前给，这都过去多久了，连个信都没有，我老公也病下了，你们说这钱我能不找她要吗？”

一个男人摇头道：“他们一家不在这儿住好几年了，她男人也没了，你这钱呀，估计是打水漂了。”

徐鲁装着急迫的样子道：“那怎么才能找到她？”

“她家就在坛平东口，你可以去看看。”

坛平？南坪。听着还真像。

徐鲁心里叹口气道：“那个生病的女孩子怎么回事？”

“也是个苦命的，听说去江城大医院不知道跑了多少趟，白血病可是要命的病，没钱谁给你看。”

这一下子就牵扯到两个家庭，两个男人都死了。一个老婆跟人跑了，留下个得白血病的女儿，一个也就是寸红，面粉厂没了，人也不见了。

徐鲁问：“她男人怎么没的？”

桌上几个男人互相对视一眼，一个道：“几年都没联系，这就不清楚了。”

再也没打听到什么有价值的，徐鲁道了谢付完面钱转身走出了馆子。想着坛平今晚是去不成了，她得先找一个地方睡一晚。

都快要走遍整条街，她才看到一家旅馆。门也是挺破旧，外头挂着个牌子，写着一晚三十。老板是个中年男人，坐在柜台后看电影。

徐鲁戴着口罩，走到柜台前。

老板见来人，定定地看了她一眼，问：“几个人？”

徐鲁不动声色地皱了皱眉，感觉这话里有话，但还是道：“一个，单间。”

老板给她钥匙的时候又多看了她一眼。徐鲁低下头，拿了钥匙就走，刚进房间就反锁上门，又把柜子桌子拉着堵到门口，才算松了口气。

一口气没到底儿，她就听见隔壁的闷声喘息声。

这小镇子的旅馆，徐鲁也没有要求能有多好，能睡觉就行，可这隔音也未免太差了，她都能听见那两人调情。这提醒了她，可能隔墙有耳。

徐鲁好像想起什么，很快走到窗户边，慢慢地掀开窗帘一角向下看，后面是一片荒原，地上的垃圾袋随风扬起，荒凉得怪瘆人。

她顿时松了神，坐到床边给方瑜发短信。

隔壁弄出的声响实在太大，徐鲁听得面红耳赤。短信又一直发不出去，她放下手机跑去洗手间，打开水龙头，结果还没拧，龙头就掉在水池里。

徐鲁缓缓闭上眼睛，深深吸了口气。

她太累了，连发脾气的劲儿都没了。干脆也不梳洗了，直接就往床上一躺，被子一卷，就那样睡下了。

她以前很焦虑，方瑜说那是你不够忙。

今天她没有一刻停下来，可一到夜里，静下来，脑子又乱了。整个人很累，可还是会冒出江措的样子。

她有一次问方瑜："男人什么时候最性感？"

方瑜难得深情："酒后说想你。"

徐鲁就笑，不停地笑。

因为那时候他特别忙，每天晚上都喝得烂醉，她经常叫车去接他，他身边的朋友会问，谁啊这是？他笑，我女朋友。

他们当时还没公开，她喜欢他说，我女朋友。

回去的车里，说他醉了吧，倒也不像，走路还得她扶着，一进门就狼子野性。

好像这一切都是真实的，没有这消失的七八年，从前的日子都还在，你一个电话他就来了，发发脾气耍耍小性子，肯为了你跑过十万八千里路。

她想，还是赶快睡吧。

第七章

她的痛苦

睡到半夜，门外传来一阵急促的脚步声。

徐鲁这一觉睡得很沉，只当是做梦，迷迷糊糊将被子胡乱捂上头顶继续睡，想着不是说今晚有雷阵雨，怎么还没来？

过了几秒，好像有人在喊什么。

她还以为是在读大学的时候，方瑜在楼下喊她，她听不清，只觉得浑身酸痛，筋疲力尽，一丝力气都使不上一样，想回句话也没劲，脑袋一沉又睡过去。

渐渐地，呼吸难受，直接被呛醒。

她捶着胸口一把掀开被子，大口喘气，嗓子被呛得厉害。她很快意识到什么，匆忙捂着口鼻下床，去开门，却打不开。

有烟从门缝里渗进来，徐鲁又跑去开窗。

这边的镇子大都是依山野而建，一个镇子不到上千户，几条街，大门朝着街道，后院都是田野和庄稼。房间里就这一扇窗，双层玻璃，里头一扇，外头又加厚了一扇木板，像是被人从外头拴住了，根本推不开。

想起洗手间还没水，徐鲁心底一沉。

她只能去砸门，可外头好像没人听到一样，一点儿声音都没有。她吸进了一些散烟，喊了几声已经被呛到。

隐约只听到远处有骚动，她使劲儿叩门。

“有人在吗？”徐鲁喊了一声被门缝下溜进来的烟呛了一口，声音小了些，又接着喊，“帮帮忙。”

烟雾渐渐地爬进了屋子，徐鲁靠着门坐在地上，手上还在一下一下地敲着门，一边喊一边咳嗽，力气和声音慢慢地一点一点地小了下去。

她手里握着没有信号的手机，目光昏沉。

以前不是没想过生命到最后一刻的时候会是什么样子，就连方瑜也会问她“临死前做一件事的话，你会做什么”这样的愚蠢问题。

她当时想了想，忽然笑了，问方瑜：“你说我要是有一天真死了，很久以后他回来了，会不会问起我，然后对方说‘你说妍妍啊，几年前就走了’，他会是什么样子？”

方瑜骂她傻，说死了什么都没了。

徐鲁后来想了很久方瑜那个问题，她做记者这几年比谁都拼命，哪里危险去哪里。那一年去偷拍一场犯罪交易差点没了命，躲在厚厚的垃圾堆里的时候，她想，如果方瑜再问她一遍，她会说：“想听他叫我一声妍妍。”

屋子透不过气，烟雾缭绕。

徐鲁眼睛都快酸得睁不开了，可她意识还清醒着，听到有人一声声喊她的名字。她想自己是不是出现了幻觉，怎么这声音这么像他呢。

她猛地一震，忽然停下了手上的动作。

甚至连嘴巴都不想张开了，她就那样靠着门，闭着眼睛，想象着他着急起来的样子，面目有种可怕的平静。

而门外走廊，江措正一间一间找。

火是从库房烧过来的，弥漫得很快，还未完全铺上二楼，主要围绕在一楼。

他今天跑了南坪好几趟，都没找见人，想来晚上总该找地方住，这一片的镇子就这一个是最近的。他前脚刚到，就听见有人喊救火。

旅馆的住客听见着火都跑了出来，江措在人群中没有看见那个瘦弱的身影，心下一沉，一边跑一边将衬衫脱下来捂住口鼻就往里冲。旅馆环境设施差，没有消防栓和灭火设备，除了人力毫无办法。

江措一边找一边大声喊：“还有人吗？”

没有人回应，火势太大，把江措给逼得退了出来。

他脸上落了一层黑灰，黑色背心紧贴着胸腹，汗都浸湿了。衬衫被他用来煽火和浓烟，也已经脏得不成样子。

江措推开人群，找到旅馆老板，脸色阴沉，道：“你这儿晚上有个女孩子过来吗？瘦瘦的，长头发。”

老板看着这大火，没好气道：“没有。”

江措皱眉：“附近还有别的旅馆吗？”

老板：“不知道！”

江措一把揪住男人的领子，眼神像攥着把火，咬着牙厉声道：“我问你话呢？有没有？”

旅管老板被那眼神吓得呆住了，结巴道：“没……没有。”

江措慢慢松开手，深吸了口气。他四周环视了一圈，忽然想起什么，从裤兜里掏出手机，翻出一张照片，举起就问：“好好想想，见过吗？”

老板哆嗦道：“有……点眼熟。”

那是徐鲁十八岁的照片，扎着马尾，露出光洁的额头，龇牙咧嘴笑起来，眼神干净又清澈。她和同学出去玩用相机拍的，江措还记得他跑去网吧帮她给同学传 QQ 照片，偷偷导出一张存在自己手机里，这事儿她都不知道。

见江措目光狠厉，老板又接着道：“长头发，倒是有一个女的，穿着毛衣背了个包，我也没细看。”

话还没说完，江措吼断：“哪个房间？！”

“好像是一楼……”

江措半分犹豫都没有，又重新冲进火海，迅速在脑子里把旅馆的布局过了一遍。他刚刚把一楼都差不多推开门检查遍了，靠走廊尽头那两间没法靠近，浓烟太大。

他瞳孔陡然一缩，将视线定格在了走廊深处。

江措心底生起了一阵愤怒和恐惧，脸颊吸进两个深坑。浓烟扑鼻，江措一手挥着烟，不顾一切地往尽头跑，大声用力嘶喊着：“江妍！给老子出声！”

一阵烟猛然从鼻子进入，徐鲁忽地急促咳起来。

这一咳就停不下来，难受得胸腔都要被撕开一样。她一手扶着地，弯着腰反呕，耳边传来一阵撞击门的声音。

“咚、咚、咚——”

又重又急。

门“啪”的一声被撞开，徐鲁侧过脸还没看清他的样子，就一头栽倒下去，只觉得脖子被一个温热的大掌托着，结实，有力，很快没了意识。

凌晨两点，雷阵雨到。

这场雨彻底将旅馆的火浇灭了，只留下熄灭后的一地破败。天上的惊雷一个接一个，轰隆隆的声音快要将大地震裂，雨水急速地砸在地上，像要把这镇子的黑夜砸开。

小镇除了雨声，静悄悄的。

徐鲁醒来是在一个小时后，雨还在下，轰隆隆的雷声也没停。她睁开眼脑子空了好一会儿，只觉得周围很安静。

她从床上坐起来，扫了四周一眼。

房子很小，一张床，一个柜子，一面桌子，一把椅子，地面很干净。椅子放在床边，应该是有人在这儿坐过。

门口这时有响动，徐鲁抬眼看过去。

江措拎着水壶，一手还搁在门把上。

他只穿了一件黑色背心，下摆塞进裤子里。或许是常年训练的缘故，手臂上肌肉结实，宽肩窄背，胸前两块腹肌挺起，下颌紧绷。

徐鲁没说话，将头扭向一边。

江措看了她一眼，走了进来，顺手关上门，走到桌前放下壶，也不说话，只是背靠着桌点了根烟。

屋子里太静，静得她背后都起了寒意。

他的脸色冷得让她害怕，徐鲁慢慢抓紧被子。她有些预感到会发生什么，想到这里，莫名地平静下来。

她张了张嘴，低着头半晌道：“给你添麻烦了。”

江措没有说话。

她也不看他，接着道：“我来这儿有事要办，很快就会走的，不会耽搁太久，如果给你造成困扰，我先道个歉吧。”

江措薄唇紧抿。

“我……”

江措忽然打断她，平静道：“为什么不出声？”

徐鲁脑子“轰”的一下，攥着被子的手发紧。

江措低头抽了口烟，声线平稳，听不出喜怒道："问你话呢。"

徐鲁垂眸，淡淡道："烟太呛。"

她认认真真地回答，他也一本正经道："烟太呛？我算算啊，正常情况下，起火五分钟左右浓烟会达到最大，睡得再熟也会在几分钟内被散烟呛醒。我第一次跑进去，烟刚蔓延到走廊，从我推开房间查看的情况看，那个时候平均每个房间的烟雾并不足以让人喊不出声来，就算被呛得很厉害，也不至于连个砸门的动静都没有，可我冲破门的时候，你就靠在门边。"

江措一口气说到这里，顿了一下。

"所以妍妍，能不能告诉我，你当时在做什么呢？"

他说得很冷静，好像真的是帮她在分析一样。

徐鲁感觉心向下沉，她闻到空气中从他那边飘散过来的烟味，忍不住咳了两嗓子，才慢慢道："我也忘了。"

江措"嗯"了一声："连砸门也忘了。"

他的声音低低的，特平静。

徐鲁不说话。

江措咬着烟，眯起眼看她："怎么做到的，嗯？妍妍。"

这是他生气的前兆，徐鲁知道。

她想过很多次他叫她妍妍的样子，不是火场着急的样子，也不是现在听起来的无奈和悲凉。她这些年过得也挺累的，去了也好。

那一年抑郁，是方瑜硬把她拉出来的。

方瑜不知道的是，她并没有走出来，只是隐藏得太好了。在每个人能看见的地方能说能笑能生气，看不见的地方呢？他们不知道。

徐鲁静静地坐在床上，头有些晕。

江措凉凉地笑了一声，问她："不想说还是不敢说？"

她微微低着的头轻轻抬了抬，慢慢吸了口气，嘴唇紧紧抿着，目光落在被子上。这床被子像小时候外婆给她做的，粉粉的，缀着花，很好看。

她轻道："我想不起来了。"

江措的眸子慢慢眯起来，眼神像要把人吞噬一样，黑漆漆的，深沉，克制，看不见底。

他一手拿下烟，笑了一下。

他问："我要是今晚不在，知道会是什么后果吗？"

徐鲁沉默。

“妍妍。”他这一声叫得好像用了很多力气，疲惫不堪，“为什么？”

徐鲁不语。

真的是一瞬间，江措倏地抡手摔了烟，吼道：“我问你为什么不出声？”

徐鲁眼睛都颤了一下。

空气刹那间凝滞，静得只有下雨声，整整齐齐，干干净净地落向大地，然后四溅开来，无声无息。

江措抬眼看她，声音拔高，又极为克制：“江妍？”

他生气的时候会叫她江妍。

可是徐鲁不喜欢他这样叫她。有时候她才不管他生不生气，总会不厌其烦地纠正他：“我姓徐。”后来他就很少这样喊了。

徐鲁想，现在他是真生气了。

她将落下来的一缕头发别到耳后去，不紧不慢地说道：“我叫徐鲁，林则徐的徐，鲁智深的鲁，你可以叫我徐记者。”说完抬头看他，目光平静。

这双眼睛，淡漠又生疏。江措不知道为什么，心里倏地一紧，他下巴绷着，喉结慢慢滚了滚，忽然不知道这话该如何说下去。

他深深吸了口气，别开脸。

房间里安静了一会儿，谁都没有再开口。只剩下屋外的雨砸着窗，啪嗒啪嗒，风从窗户缝里溜进来，吹得灯泡晃，穿过墙上他的影子。

房间里明明有两个人，却衬得寂寞极了。

半晌，江措淡淡问道：“怎么做起记者了？”

他记得她以前的理想是要做钢琴家的，从小到大弹得一手好曲子，大学专业自然而然读的是音乐系。

那时候她很骄傲，谁都不往眼里放。

以前总觉得她看他的时候眼神里有少女的轻视，恃才傲物，太干净了，总想弄些污点上去。后来在一块了，哪里还舍得，别人多看一眼他都会皱眉头。

可她转行太快，还是八竿子打不着那种。

徐鲁只是简单回道：“想做就做了。”

“弹琴呢？”

“不弹了。”

江措看向她，女孩子的表情还是那副淡漠的样子，头发丝儿有一缕粘在嘴角，不说话的时候看着很娴静。

他想象不出那双曾经蹦跶在钢琴上的纤纤手指拿起笔杆的样子，写不出稿子是否会和练不好曲子的时候一样，发个火吃东西？

江措说："这行挺危险，你爸妈也同意？"

徐鲁看向他，不答反问："消防员不也很危险？"

江措看她一眼，说："我是男人。"

徐鲁冷笑了一声："这都什么年代了，女战地记者多得是，女消防员也不少，江队长不会歧视女性吧？"

江措静静看她，没有反驳。

"差点忘了，你女朋友不也是记者吗？"徐鲁歪着头，"难不成你们以后结婚了她相夫教子啊！"

江措的唇抿成一条线。

"我看张记者挺热爱她的工作。"徐鲁说。

江措垂眸，又抬眼看她。

"你呢？"他问。

徐鲁也看他。

"热爱吗？"他又开口。

徐鲁错开他的目光，说："当然，我宣过誓的。"

江措没说话。

徐鲁接着道："愿意付出生命那种。"

江措看着她，目光变得复杂起来。

他直起身，倒了杯水，道："把水喝了，我去找点吃的。"

说完就出了门。

江措并没有立刻走，他在门口站了会儿。

他莫名觉得烦躁，抓了下头发，转身去了厨房。灶台上搁着青菜西红柿，碟子里放了几个馒头，凉的。

他又出去，冒着雨从后院拾了些柴火，往锅里添了些水，很快生起火，拉起风箱，顺便抽了根烟，凑近火点上。

江措看着那火，嘴里吐出一圈又一圈的烟。

他想起她刚刚说的话，上次从面粉厂抱她出来时候的样子，和今天一样，抱在怀里总感觉就要失去一样。这些年总是克制着不去见，总觉得她该过得很好。

江措被烟忽地呛住，咳了好几声。

他握拳闷声压制住，脸上慢慢浮现出一种极为痛苦的表情，重重地闭上眼，又缓缓睁开，眼角竟然有些湿润。

江措扯了扯嘴角，低声咒骂了一句。

他抹了把脸，将烟摁灭。

外面的雨好像又下大了，溅了一些进来。江措从灶台前站了起来，削了西红柿在锅里，又打了两个鸡蛋，下了点青菜简单调了味儿，没几分钟，捞在碗里。

他端着碗走到她房间门口，停了一下，才推开门进去。

床上的女孩子抱着被子坐着，双腿曲起，下巴搭在膝盖上，眼睛无神地盯着一处，动也不动。

江措看了一会儿，走上前去。

他将碗推到桌前，道："没什么条件，凑合吃吧。"

徐鲁偏头，也没看他："我不饿。"

江措也没再劝，手抄在兜里。

他沉默了一会儿，说："这地方还是不太安全，你一个女孩子不适合待，明天我送你回去。"

徐鲁想起被人从外面锁着的门，拴住的窗，心里一阵寒意，想了想还是说道："这是我的工作。"

江措闻言蹙眉："没商量，明天就走。"

徐鲁倏地抬头，看他。

江措道："看我也没用。"

"你有什么资格阻止我？"徐鲁怒道，"说了不回就不回，要么你打晕我，不然爬也爬过去。"

江措轻"嘶"了一声。

"我也说过了，这事没得商量。"他直接道。

徐鲁气急："江措？"

他听罢笑了声，说："底气挺足，看来没什么内伤，也不需要静养了，那就聊聊之前那个问题，你觉得怎么样？”

徐鲁一愣：“什么问题？”

江措：“你说呢。”

徐鲁垂眸，不语。

江措：“我在旅馆地面上发现了燃油，也只有你的门从外面上了锁。除了这个我有理由怀疑那天的大巴也有人捣鬼，你不适合待在这儿。”

徐鲁面无表情道：“我的事不用你管。”

江措：“我总得给你爸一个交代。”

“不需要。”

“那就没什么好说的了。”

徐鲁将头扭向一边：“做记者就是这样，总不能临阵退缩吧，你不也是拼了命地跑火场吗？”

“我和你不一样。”

徐鲁笑了：“哪不一样？”

江措看了她一眼，目光落在她有些烧焦的发尾，并没有直接回答她，倒是沉默了一会儿，目光又落在她脸颊上。

“真的是烟太呛吗妍妍？”他淡淡道。

徐鲁眼睛稍抬，面色冷凝。

江措很轻地摇了摇头，低声道：“我觉得不是。”

徐鲁很烦他老是抓着这个问题不放，不由得偏开脸，道：“总之我不会回去，我同事明天就到了，各走各的吧。”

江措收回视线，并不打算理会她的话，径自道：“把汤喝了，睡吧。”

说着就转身要走了。

她也不想和他拌嘴，只是想起什么，忽然叫住他：“等一下。”

他回头，挑眉。

徐鲁说：“手机借我用一下。”

江措顿了一下，从兜里掏出手机扔过去，然后走了出去。他没走远，就站在门口。

房间里，徐鲁正看着他的手机出神。

她有些不太敢去触碰，她知道这上面还有他的体温在。熟悉的，温热的，有一股暖意流淌，摸着却透彻冰凉。

徐鲁想起她第一个手机是他买的。

那一年她高中毕业，他问她想要什么毕业礼物。她抬手拨了拨他染的黄头发，说我想看你剃个光头的样子。

后来那晚去 KTV 玩，他请了一堆狐朋狗友。以前没在一起的时候，她瞧不上他的那些朋友，现在大大方方在一块，看着他和那些朋友喝酒抽烟，心底就觉得有什么化了一样，软软的。

朋友笑他："怎么还弄个光头？"

他正低头给她倒果汁，眼皮抬了抬看她，徐鲁抿着嘴笑，听见他对朋友说："就说老子帅不帅？"

徐鲁在一旁忍不住笑了。

朋友附和着说："你看妍妍都不觉得。"

晚上回家他推她在墙上，威胁着问他帅不帅。她差点儿笑弯了腰，不住地点头，看见他从裤兜背后拿出一个手机出来，笑得邪里邪气："说帅就给你。"

她就是不说，被他折腾到半夜。

徐鲁想到这个，敛了敛眉，缓缓呼出一口气，从床上拿起手机，紧紧地握在手里又松开，按下一个熟悉的号码。

信号有两格，电话过了很久才被接起。

徐鲁立刻道："是我，方瑜。"

那头的人愣了一下："妍妍？这不是你的号啊，你现在哪儿呢，人没事吧？我给你打了多少电话你知道吗？"

终于安静下来，徐鲁无奈："我先回答哪个？"

方瑜没好气地说："大半夜的你差点儿吓死我了。"

徐鲁道："我没事，挺安全的，出了点儿事，手机丢了，给你发的短信收到了吗？"

"收到了。"方瑜松口气，道，"你让我找一个叫梁阳的女孩子，谁啊？"

"这个我以后再和你说，江城所有的医院你都要查一下，白血病，符合这一个条件的应该也不是太多，我过几天可能会回来一趟，你尽快找到。"

方瑜惊讶："就几天时间？"

徐鲁叹口气道："我还怕太慢了。"

她语气郑重又有隐忧，方瑜说："我知道，放心好了，你现在在哪儿呢？"

"一个村子里。"

"一个人？"

徐鲁想了想说："和同事。"

"男的女的？"

徐鲁笑："问这么清楚想干吗？"

方瑜叹了口气："真不知道装不知道啊，昨天陆宁远可是特意叫我过去送材料，醉翁之意不在酒地问了你一句。"

徐鲁："哦。"

"太辛苦了就赶紧回来，有他给你撑着一片天有什么好怕的。女人这一辈子就是得有人疼着才行，知道吗妍妍？"

徐鲁弯弯嘴角，道："好了不说了，记得快点找。"

刚说完这句话信号就断了，徐鲁暗自庆幸，默默坐了一会儿，听见外面的雷雨，想下去看看。

那会儿已经是凌晨四点，她睡不着。

正想着下床，看到窗外江措就站在那儿，又停下了动作。他背靠着她，低着头。

徐鲁看了一会儿，重新躺回被子里。

她扫了一眼桌子上的西红柿青菜汤，又缩回脑袋。想来他做饭还是不错的，至少她读大一那一年住他那儿，只要他没有应酬都会给她做菜。

徐鲁闭了闭眼，不愿意再想了。

听到屋里渐渐地没有了声音，江措透过窗帘看了一眼，她已经睡下了，侧着身睡得很安静。

江措慢慢推开门，拉了灯绳。

屋子里黑下来，安静得只能听到她浅浅的呼吸声。手机就搁在她的脑袋边儿，他轻轻抬脚拿了过来，拉上门出去了。

房子是他和人租的，抱着她从火场出来实在没处去，大半夜的对门一个老太太出门看怎么回事，直接让他进了屋，腾出一间房子给他。

江措去了厨房，坐在灶火跟前。

他一手转着手机，把玩了会儿，打开手机翻了下通讯录，不出意外看到一个江城的号码，他目光朝下，落在另一串号码上。

那是他早上找不见她，问张晓丹要的。

张晓丹没问为什么，只是道："你什么时候回来？"

江措说："很快。"

第八章

像没发生过一样

第二天是个好天气，空气新鲜，万里无云。

徐鲁半夜才睡着，一觉醒来也不过七点半。乡下的清晨大家都起得很早，五六点就能听到街上有人路过低声说话，时不时地伴着一声狗叫，静谧，踏实。

她下床推开门，潮湿的青草气扑面而来。

这家的后院养了几头猪，几只鸡，院子里的笼子里还有两只兔子，一灰一白。有麻雀从树上飞下来，落在兔笼上。

昨晚的阵雨太大，地上湿漉漉，坑坑洼洼，不知道是谁在地上摆了砖头，隔半米放两块，有通向厨房的，后院的，前院的，兔笼那儿还铺了一条小路。

徐鲁沿着砖块，走到兔笼那儿蹲下。

两只小兔子低着头在吃草，门牙一上一下，吃得很快。她和兔子玩了一会儿，四周看了一眼，去了后院。

后院没有门，是一面拱形的墙。

徐鲁一手扶在墙上，想找厕所，往里一看，愣了一下。这样寒冷的早晨，江措就穿了一件昨晚的黑色背心，站在猪圈外面，一手拎着木桶，一手拿着大勺，正一勺一勺地给猪喂食。

她不是没见过他这个样子。

小时候去七婶家玩，偶尔也会看见他喂猪，她一来他就逗她，问她要不要试试。她本来胆子还挺大，结果刚一凑上跟前，他就用腿钩开猪圈的小门，一头小猪眼看着就要冲出来，她吓得回头就跑，他闷声直笑。

再大些，她懂事了，就不理他了。

十四五岁的时候，有几年他们之间特别陌生，见了面也不说话不问候。旁人问怎么不叫人，她撇撇嘴直往后退，也不看他。他也别开眼，到底是外头混过，已经长成了一个十八九岁的小伙子，对着那旁人闲淡笑笑："走了。"

等他走远，她才敢回头去看。

真没想到，时间一晃很多年。

早些年的乡下人都喜欢养猪卖钱，现如今已经很少有人养牲畜了。山城这一片落后太久，现在还养着也不稀奇，倒有些近乡情怯的意味。

看见她站那儿发呆，江措皱眉："站那儿干什么？"

徐鲁回过神来，目光和他对视，又移开。

她往两边看道："我找厕所。"

江措看了一眼角落里那片用几块木板搭成的地方，看着摇摇晃晃一碰就能塌了，木板间还滑出了缝儿，乍一眼很容易看到里面。

他的视线又落在她脸上，道："着急吗？"

徐鲁脸颊竟有些红晕，模模糊糊地"嗯"了一声。

江措放下喂食的木桶和大勺，四下看了一眼，从墙上挂着的钩子上取下整块篷布，抬手用力抖开，胳膊甩了一下，将篷布展开，往上一扔，搭在这个简易厕所上，盖住了木板。

弄完两边一看，从猪圈外头的墙角搬了几块砖分别扔过去，隔半米一块，刚好到厕所跟前。

徐鲁看着他的动作，心底五味杂陈。

江措拍了拍手，说："去吧，小心地滑。"说着又走到猪圈跟前，欲弯腰拎起木桶。

听见身后的女孩子犹豫道："你不走吗？"

江措弯腰的动作一顿，放下桶站直了。

他偏头看她，沉吟片刻道："昨晚雨太大，猪圈的门坏了，我不敢担保它们一会儿不会跑出来。"

徐鲁："……"

她没再说什么，轻手轻脚地踩着砖块走过去。

后院太安静了，那些猪一个个正吃得香也不哼一声。徐鲁想起以前读书，书上写女子落泉声为男子一趣也，不禁脸红。

从厕所出来，江措已经不在这儿。

她看了一眼猪圈的门，被一圈铁丝钩着，一群小猪美滋滋地咂着嘴，哼一声。她不禁腹诽，真是个骗子。

走出几步，听见他在和人说话。

那是一个七十来岁的奶奶，头发梳得很整齐，脑后围了一个发髻，笑起来眉眼弯弯，看到她招了招手。

“好点没有啊丫头。”很热情。

徐鲁笑了一下：“挺好的。”

奶奶眯眯眼，笑道：“我做了点早饭，吃完再走？”

她正要拒绝，江措已经道：“麻烦您了。”

他们坐在小厨房，江措搬了张桌子，徐鲁去拿凳子，奶奶打饭，三个人围了一桌。

许是很久没有吃到这样生活气的一顿饭了，也就是简单的西红柿炒鸡蛋、青椒土豆，徐鲁却低着头看了很久。

奶奶问：“怎么不动筷子？不会嫌弃乡下菜不好吃吧？”

徐鲁忙抬头否认：“可能是很久没有好好吃一顿早饭了，以前工作太忙，忽然这样坐下来有些不太习惯。”

“现在年轻人都这样，我那几个孙子都去了北京上海，一年能回来一次都算好的，打电话还没说几句就忙去了。”奶奶摇头道，“都这样。”

徐鲁吃了口菜，意料中的香甜。

奶奶说：“多吃点。”

徐鲁“嗯”了一声，道：“您也吃。”

许是一直没有看见他俩说话，奶奶不禁道：“夫妻之间床头吵架床尾和，得互相理解。昨晚你俩吵得吓我一跳，也不好进去劝，这都过了个夜，就别赌气了。”

徐鲁听完才明白奶奶在说什么。

正要说话，奶奶拍拍她的手，又道：“昨晚他抱你回来的时候，整个人都不成样子了，你也不心疼，可不能这样，女人啊，该软还得软。”

她抬眸看了一眼江措，他正大口喝粥，低着头，也不着急解释，给奶奶碗里夹了菜，才轻声道："奶奶，您误会了。"

"怎么啦？"

江措淡淡道："我们不是夫妻。"

徐鲁往嘴里喂了口菜，忽觉得苦。

"不是？"奶奶不太信，"你昨晚……"

江措说："我是干消防的。"

奶奶恍然，又皱眉头问："这工作多苦啊，还危险，每次出活不得把脑袋拴裤腰带上，一个大小伙子怎么想起来干这个？"

他笑笑，说："人各有志。"

徐鲁只顾着低头吃饭，也不插嘴。

奶奶的话题又转向她："丫头做什么的？"

徐鲁咬着菜，含糊道："记者。"

奶奶忍不住"哎哟"了一声，说也是受苦的活儿。徐鲁一边嚼着菜一边笑了下，又低头吃起来，不再吭声了。

一顿饭吃完，徐鲁帮着洗碗。

从厨房出来没有看见江措，她正想就这么走了算了，一抬头，江措不知道打哪儿弄了一辆面包车，从车上下来。

他朝她走近，她第一反应就是后退，道："我不回。"

江措有些好笑徐鲁的反应，无奈地叹口气说："你的东西都落在旅馆烧没了，怎么联系你那个同事？"

徐鲁怔了一下，讶异他的改变。

"我们在南坪见。"她说完又补了一句，"南坪村委会。"

江措听罢道："走吧，送你过去。"

"我晕车。"

江措说："我会开得很慢。"

徐鲁想了一下，说："不用了，我自己走。"

"几十里路，你怎么去？"

"我有嘴会问，有脚会走。"

江措："非要跟我犟？"

"不用你管。"

她这话是认真的，他已经决定朝前走了，她也不应该再遇见他才对。他现在也不过是怕她出事，做一件就算一个毫无干系的人都会去做的事，可这样她只会更难受。

“要么送你回，要么送你去。”江措说完，看她，“你自己选。”

徐鲁吸了口气，皱眉：“你女朋友要是知道你这一路都和别的女人在一起，她会不开心的。”

江措：“你可真替我着想。”

徐鲁：“我不能坏你名声。”

江措凝视了她一会儿，说：“你知道我为什么这样，要挑明吗？张晓丹那儿你也没必要担心，她知道我和你在一起。”

徐鲁冷笑：“你女朋友还真大方。”

江措：“过奖。”

徐鲁不再理会他，回头去小厨房和奶奶告别，经过他的时候冷着脸直接上了车，车门摔得噼啪响。

院子里，奶奶拍拍江措的肩：“我都这把年纪还看不出来你们怎么回事就白活了，丫头堵着气呢，让着点儿。”

江措“嗯”了一声：“我知道。”

太阳这会儿已经从薄薄的云层里爬了出来，悠闲地挂在天上，看着这地上的人、车、猫猫狗狗、花草和树木。

江措开得慢，乡下的路也不好走。

他看了一眼身边的女孩子，她正歪着头靠着窗，也不知道在想什么，像是打定主意不会和他说一句话了。

江措收回目光，沉默地开着车。

过了一会儿，他淡淡地道：“送你到地方我就走，别想太多。”

徐鲁脸色一沉，道：“放心，我没想赖着你。”

江措皱眉，他只是看她一脸愁绪，不免多说句话，可她这嘴回的，他叹了口气，道：“我不是那个意思。”

“是不是也没关系。”徐鲁说，“我不在乎。”

江措：“不能好好说话吗？”

徐鲁偏过头。

江措也别开脸，一手搁在方向盘上，不说话了。

车里又重新安静下来。

徐鲁有些难受，她现在和江措待在一个空间就难受。他不是她的，他会为了另一个女人活下去，她不舒服，就想远离。

总觉着呼吸很堵，想让他停车。

她捂着胸口，下意识地抬头看了一眼，前边路口堵得严严实实，好像是车子出了事故，站了一堆人，推推嚷嚷。

她正要开窗，江措出声："别开。"

她回过头看他。

江措停下车，偏头对她说："待这儿别动，我下去看看。"

路口向西停了四五辆汽车，车头都布置成了婚车的样子。再看看前边路口的架势，江措瞬间明白过来。

这是半路截道，得给条烟才让过的民俗。

江措从裤兜里掏出烟盒，靠近路边一个男人，抖了一根递上去，自己又咬上一根，一边点烟，一边问："兄弟，怎么回事？"

"给条烟就了的事儿，人家就是不给，这边也不让过。"

江措看了眼那辆婚车，吸了口烟。

身边的男人继续说道："男方不是咱这儿的人，不晓得这边的习俗，说不给就不给，你看这路堵得没法儿过，不误了时辰才怪。"

江措抽了半根烟，回去车上。

他看到徐鲁乖乖等着，车窗都没开一下，眼睛从他上车到坐好一直没离开他，像是一只猫等着喂食一样。

江措不禁笑了一下。

徐鲁："你笑什么？"

江措摸摸鼻子，说："没什么。"

徐鲁皱眉："前面怎么回事啊，能不能过去？"

江措简单说了一遍，徐鲁眉头皱得更紧了。

"那怎么办？"

江措说："等着。"

"这要是等到下午怎么办？"

江措说："不会。"

“你怎么知道？”

江措看了她一眼，这一连几个问题问出来的方式倒还真是没变多少，有那么一刹那好像看见了很多年前那个骄傲的少女。

他咳了几声，说：“看看就知道了。”

徐鲁不信。

事实上，她心里是相信的，他做事说话从来都很有分寸，以前就是这样，他说什么她信什么，永远坚定，从不怀疑。

过了会儿，徐鲁看见路口的人慢慢散开，车子开始动起来，没两分钟，婚车走光了，人也散了。

她看他一眼，撇撇嘴，打开窗户。

他们去的路和婚车方向一致，乡下路窄，一次只能过一辆车，江措只好稳稳地开在婚车后头。

徐鲁看着前面的婚车，一辆辆，不自在地移开眼。

她还是个小女孩的时候，就很喜欢远远看着婚车笑。后来长大了，每次看见婚车，都会想车上的男女会不会现在很开心。

也想过有一天她结婚的样子，会不会也坐在婚车上笑。不过大抵是笑不出来的，因为方瑜说真到了那一天，她一定会哭，可能哭得比谁都难看。

徐鲁忽然出声问他：“你说新娘子开心吗？”

江措足足静了三秒，才道：“可能吧。”

“我觉得不开心。”

江措侧头看了她一眼：“为什么？”

徐鲁轻声道：“你看那个男人，连一条烟都舍不得给她的家乡人。”

江措没说话。

“她应该很难过。”

江措目视前方，道：“这是她的选择。结婚前她就应该知道对方是什么样的人，真到事儿上没什么值得难过的。”

徐鲁皱眉：“你怎么一点同情心都没有？”

江措：“我只是就事论事。”

徐鲁白眼，扭过头去。

“冷血。”她说。

江措挑眉，不置可否。

这条路有些长，路有些颠簸，不好走，婚车开得慢，他们也快不了，一路上会有尘土扬过来。

江措说：“把窗关上。”

“不要。”徐鲁直接拒绝，“我晕。”

她刚说完，就被迎面扑过来的尘土呛了一口，咳嗽了好几下才缓过来，靠在座椅上轻轻喘气，就是不关窗。

江措：“要闹也有个度，别拿自己开玩笑。”

“我什么时候闹了？”

“现在不是吗？”

就是现在，他也是轻轻松松一两句就能惹她生气。徐鲁说不过，就不理会。以前他还会想着法地哄。

江措看她一脸吃瘪的样子，道：“说到底，我不太明白你为什么能为别人的生活，涌出那么多的喜怒哀乐。人家结个婚，开不开心也是他们的事情，你难过什么？”

他云淡风轻地说完，徐鲁抬眼看他。

她觉得呼吸困难，面无表情道：“停车，我要吐。”

江措把车停在路边。

徐鲁很快拉开车门下去，刻意走远了一些。四周都是田野树林，荒凉得都看不见附近有人烟。她弯着腰干呕了几下，吐不出来。

就是想呼吸一下新鲜空气。

真不知道以前怎么那么能将就他，觉得他哪儿哪儿都吸引人，流氓起来的样子让她心花怒放、小鹿乱撞。

方瑜以前有一天说：“江措就是个直男。”

后来他们分开了，方瑜干脆叫他渣男了。

徐鲁在路边站了好一会儿，扭头朝身后方看了一眼。车里好像没有人，不知道他去了哪里。等了几分钟，看见他从树林里跑了出来，手里拿了两个梨子。

江措用手擦了擦，递给她一个。

“将就吃点。”他看着她，“还难受？”

徐鲁摸着梨子，小小的，凉凉的，还有一点微微的暖意，大概是他手掌的温度。她拿在手里看了看，问他：“会有毒吗？”

说这话时，他已经咬了一口，完了看她。

他笑了一下，说："小时候没给你摘过？"

徐鲁一愣。

江措也是。

他说那话是顺口说出来的，完了发现不太对，两人表情都有些微妙的变化，各自别开眼，看向其他地方。

江措说："上车吧，起风了。"

回到车里，徐鲁还在咬着半个梨子，眉头稍稍紧了紧，她揉揉肚子，江措见她这样子，忍不住道："怎么了？"

徐鲁说："有点儿凉。"

"那别吃了。"江措直接伸手将她手里的那半只梨子拿掉，手又搭在方向盘上，"到前边镇子找个馆子喝点热汤。"

徐鲁看着空空的手掌，"嗯"了一声。

她穿着毛衣此刻有些冷，不知道是不是晕车受凉的缘故，开始是和他赌气，现在倒还真不舒服起来了。

她想了想，问他："坛平距离南坪远吗？"

江措看她："问这个干什么？"

"工作。"

江措说："不远，三四十里路。"

徐鲁说："要不先去坛平吧。"

江措问："人还没找着？"

徐鲁心里一惊，疑惑地看着他。印象里她并没有和他说过任何事情，也从来没有和别人提及过。

"那个面粉厂的女人？"江措又道。

徐鲁这回坐正了，严肃道："你怎么知道？"

江措："猜的。"

他确实是猜的，从这几天的观察还有之前在山城的几次相遇来看，那个女人应该很重要，要不然她也不会大老远跑这儿来。

徐鲁信了七八分，还有两分保留。

"要是不方便说就算了。"江措没有看她，"不过我这倒有一点线索，你要不要听听看？"

“什么线索？”

江措：“还记得面粉厂那次大火吗？”

怎么会不记得。

她那次为了救那个小孩儿差点儿出不来，醒来就在医院，窝了好几天，他一次都没来过，还在那几天谈了女朋友。

想到这个，徐鲁脸色淡下来。

江措说完看她一眼，好像意识到什么，移开目光，接着说：“我后来听她说过句话，大概是和她丈夫有关。”

徐鲁倏地看他：“什么话？”

“如果没记错，她开面粉厂的钱应该是拿的她丈夫的抚恤金。”江措道，“听说她丈夫是在矿上出的事。”

徐鲁心里一震。

江措看她脸色变了，不紧不慢道：“好像前段时间来过几个记者，去过矿里也没发现什么事故就走了，都是道听途说不能尽信。怎么，你怀疑什么？”

徐鲁半天没吭声。

江措不由得确定了心里的想法，语气极缓：“你是为这件事来的山城？”

徐鲁淡淡道：“别问了。”

江措眉头却皱得更紧了。

“还有多久到镇子？”她问。

想着她这一路遇到的危险，江措真有些怕了。尤其是昨晚那场大火，他到现在背后都有寒意，可看她若无其事的样子，他实在没法子。

他又放慢了车速，声音低了些：“睡会儿，到了我叫你。”

因为婚车队的耽搁，土路又难走的缘故，硬生生晚了一个多小时，到坛平镇已经是中午十一点。

他们随便进了一家馆子。

徐鲁胃不舒服，趴在桌子上，用茶水捂着暖手。江措在看菜单，然后点了一份小米粥和面条。

饭上齐了，她也不动。

江措用勺子给她搅了搅：“怎么不吃？”

早上吃的就是稀饭，现在还是，徐鲁自然没有胃口，看见他碗里的辣椒油，再看看自己的，更是一点儿食欲都没了。

江措知道她在想什么，直接把话撂下了："别动歪心思。"

徐鲁把碗朝他一推："你吃吧。"

江措抬眼，忍不住语气也重了："你这些年怎么弄的，二十来岁一个人，好好的胃成这样了？"

听他长辈似的语气批评她，徐鲁咬牙。

"我身体是我自己的，用不着你操心。"她说得干净利落，也不看他，"你还是管好你自己吧。"

江措将筷子往碗上一放，皱眉看她。

徐鲁用余光扫了眼对面正襟危坐的男人，似乎面儿上还有点儿严肃，薄唇紧抿，正直直地看着她。

她眸子轻轻一抬，随便道："要吵架吗？"

江措定定地看了她一会儿，错开目光。他想起昨晚问她为什么不出声，她就是嘴硬不说，好像随时做好了赴死的准备。

良久，江措站起来："我出去抽根烟。"

他站在路边点了根烟，不耐烦地把玩着打火机，眯着眼呼出一口口烟圈。一根烟抽到一半，他给程勇打了个电话。

程勇几乎是立刻接起，刚通就问："什么时候回来？"

江措低头吸了口烟，盯着远方某处，慢慢道："出了点事儿，可能还得晚几天，和您再请几天假。"

"牙嫂出事了？"

江措："不是。"

听声也不是很着急，程勇揶揄道："你小子多少年都没怎么请过假，这回一走就是好几天，可不够我批的啊。"

江措笑笑："那您把这几年的年假给我补上算了。"

"臭小子。"

江措低头又吸了口烟，余光扫了眼饭馆里的女孩子，趴在桌上有气无力的样子，正和那只碗大眼对小眼。

程勇道："有事打电话。"

江措静静地看着她，将烟从嘴里拿了出来，说："谢了老大。"

挂了电话，他四处看了眼，走过马路去了对面的小超市，买了些小零嘴，最后站在女士生活区，一排排货架上都是卫生棉，他迟迟挑不下。

老板问他：“给媳妇儿买？”

江措笑笑没说话。

他记得她喜欢用哪个牌子，对这很挑剔。

倒也真是意外，她第一次来例假的时候刚好是个农历新年。晚上跟着大人来他家玩，长辈都聚在前院屋子里喝酒吃菜说一年的辛苦和忧愁，他们这些小孩子就跑去里屋玩，坐在他床上盖着被子打扑克牌。

他在前屋招呼着长辈，等到忙完进去的时候，就剩下她一个人低头在穿鞋，隐约能看见裤子后头有一片血，立刻就明白是什么。

他想给她提个醒，又觉得不太好。

他只能委婉地说：“妍妍，裤子好像脏了。”

她一脸疑惑地看着他，抬手摸了摸，手指沾到血，吓了一跳，看向他，不知所措：“我没受伤啊。”

就这一句，江措明白了。

这丫头是第一次来例假，他想了一下，从自己床上随便拿了件外套给她披在身上，他的衣服大，堪堪挡住她那里。他隐晦道：“应该是哪儿碰上的，回去让你妈看看。”

等她走了，江措竟感觉出了身汗。

他一把掀开被子就要往下躺，就看见床上一大片血迹，直直盯了会儿，不由得笑了出来。大半夜的扯了被单扔洗衣机，跟做贼似的。她那日子也实在好记，江措不会忘。

恍惚间，听到老板问：“你要哪个？”

江措下巴抬了抬，轻声道：“这个吧。”

后来，江措拎了一大黑袋子回去，徐鲁还趴在那儿。她抬手拨了拨袋子里的零食，都是很解馋的薯条、番茄片、浪味仙、豆腐干，小孩子玩意儿的无糖饼干棒，还有一包苏菲卫生棉。

徐鲁抬头看他：“干吗买这个？”

江措低头捞着面条，正大口吃着，头也不抬道：“你不就这两天？”

她定定看了他一会儿，挑了一包浪味仙，撕开包装袋，一个一个往嘴里喂，对他说：“青葱味儿没有番茄好吃。”

江措捞着面条的动作顿了顿，抽空瞥她一眼，那眼神似乎在说，有的吃就不错了。

徐鲁不以为意，撕开了一包豆腐干，吃了两块，觉得有些不够味儿，又去拿番茄片和饼干棒，发觉江措在看她。

“拆这么多吃得完吗？”他问。

徐鲁边吃边点头。

江措很快解决掉一碗面，去和老板付了钱。回头看见她手腕上挂着袋子站在路边，低着头在踢脚下的石头，手里还攥着一包薯片。

他走近道：“那女人住哪儿？”

他们现在正待在坛平镇上，往东就是南坪。徐鲁捏着一块薯片喂在嘴里，指向西方，说：“去那儿。”

江措说：“你先上车，我抽根烟。”

徐鲁下意识地皱起眉头，偏头看他从裤兜里掏出烟盒，正欲点上，道：“你刚不抽了一根吗？”

江措将烟喂嘴里，抬眸。

徐鲁不说了，扭头去了车上。她从挡风玻璃看见他眯着眼深深地吸了一口，将脸侧向窗外。

过了一会儿，江措上了车。

他身上还有淡淡的没散完的烟味，有一瞬间的扑鼻。徐鲁揉了揉鼻子，看着后视镜，目光忽然凝滞了一下。

江措正要发动车子，被她开口一拦。

他停下动作，顺着她的视线看过去：“怎么了？”

徐鲁盯着后视镜里那个黑色的人影，喃喃道：“你不觉得那个男人有些眼熟吗？好像在哪儿见过。”

江措看了会儿，黑眸一缩。

徐鲁眯了眯眼：“这些日子我总觉得有人跟着我。”

江措倏地看向她，目光复杂。

徐鲁想起那天雨夜从中转车站下车，和江措赌气走错了道，后来发现有人跟着，她一回头，一个戴着帽子的男人低头和她擦肩，江措当时正好在身后。如果江措没有跟上来，她现在怕是已经被抛尸荒野。

徐鲁冷静道：“把他引过去。”

江措知道她的意思，直接拒绝道：“不行，太危险了。”

“你有更好的办法吗？他目标是我。”

江措言辞果决：“跟着你又不着急，要是怕事情败露，那女人早被转移了。现在看来，去了也没用，我们直接去南坪。”

他话音一顿，又道：“去那儿解决他。”

徐鲁想问得更清楚一些，江措已经发动车子，看着前方，脸色不是很好看，好像也并不打算和她说这个。

她也累了，不想问，靠窗睡觉。

照这样的速度，三四十里路，开车也不过近一个小时。徐鲁睡得迷迷糊糊，听到他在打电话，阳光从窗户照进来，她难得安下心来，又睡了过去。

到南坪是下午一点，太阳很晒。

江措直接开车将徐鲁送到村委会，她还睡着。他也没叫醒她，直接下了车，看见门口站着个男人。

男人也瞧见了他们，朝他走过来，指了指车里的徐鲁，道：“你好，我是矿山电视台的摄影师，徐记者的同事。”

江措微微颔首：“让她睡会儿。”

男人挺年轻，看着也就二十五六岁的样子，笑眯眯地看着他，问：“我叫蓝天，你是徐记者的男朋友吧？”

江措：“不是。”

他从烟盒里抽出根烟递过去，蓝天笑着摆摆手说：“谢谢啊，抽不惯玉溪。”说着又道，“太硬。”

江措笑笑，给自己嘴里塞了一根。

“你们来这儿干什么？”他问。

“徐记者没和你说吗？”蓝天睁着个大眼睛，男孩子气地嘿嘿笑了，“差点就以为你俩那关系了。”

江措抽着烟，没吭声。

“电视台就这些上山下乡的活儿，只能我们新来的干。徐记者也来没多久，江城过来的地方记者，这回来南坪还是她主动请战的。”蓝天说罢摇摇头道，“没见过哪个女孩子主动要往山沟里跑吃苦的。”

江措闻言，不动声色地掸了掸烟灰。

蓝天似乎是等了些时间，没人说话，这会儿对着江措滔滔不绝，一张嘴都停不下来。

江措问："你们下午去哪儿？"

"就附近的村民家里先转转，看有没有接受采访的。就担心遇到那种蛮不讲理的，还没进门就被赶出来。"

江措抬眉："不至于。"

蓝天眼角一提："哥，你不知道我们这行，上次去个村里采访，被一堆村民围攻，差点儿跑不出来。"

话匣子一打开，就很难停下来。

江措一边听一边抽烟，偶尔附和两句算是听着，这大男孩说得就更起劲了，手舞足蹈的，怎么看都不像是个干摄影的。

江措看了眼车里，她还睡着。

他打断蓝天的话，道："你们晚上在哪儿休息？"

"镇上。"蓝天说，"南坪有条民俗街还没完全开发，很多人都不知道，有个向阳民宿，靠山靠水的，我们就住那儿去。"

"不近吧？"江措问。

"一个多小时。"

他们正说着，徐鲁慢慢睁开眼。其实他们说话声音并不大，可她就是听到了。他声音淡淡的，莫名地让她静下来。

蓝天最先看到她醒了，兴奋得直招手。

江措下意识地皱眉。他掐个烟的工夫，蓝天已经走过去，给徐鲁拉开车门，笑着说："要不是昨天有雷雨早来了，等急了吧？"

这话说得一副很熟的样子，徐鲁没有立刻开腔。

她从车上下来，道："没事儿。"

江措走过来，将自己的手机给她，说："这两天先用我的，一个人别乱走，我会随时给你打电话。"

徐鲁一愣："你呢？"

她这话是下意识问出来的，问完觉得不合适，送她到这儿已经可以了，再纠缠下去就不清不楚了。可他说的，她当真了。

江措看着她，说："我找他去。"

蓝天看他们说话一来一往的没听明白，凑过来笑眯眯道：“说什么呢，怎么啦哥？”

徐鲁听蓝天叫他哥，忍不住弯了弯嘴角。

她对蓝天说：“咱俩是同辈，我按老家辈分叫他叔，你要叫哥吗？”

蓝天：“……”

江措看她，顶了顶牙根。

蓝天恍然：“原来如此。”

徐鲁恶作剧地笑了笑，将手机塞到口袋，想了想，又看向江措，说：“我们要工作了，你不走吗，小叔？”

她最后这两个字说得很轻，很慢。

江措眼角挑她一眼，真想骂脏话。再看她那得逞的眼神，江措吸了吸气，侧过脸，看了一旁的蓝天一眼，后者一副同情他的样子撇撇嘴。

他拍拍蓝天的肩，说：“注意安全。”说完就走了。

徐鲁看着他的背影，忽地出声：“等一下。”

江措回头，眼眸半抬。

“给我点钱。”她说。

江措掏了掏裤兜，钱包里就剩下两张一百和一些零钱。徐鲁知道他没多少现金，他早上给那个奶奶枕头底下塞钱的时候她看到了。

他拨了拨钱包隔层，将那两张一百的给她，然后头也不回地开车走了。

徐鲁盯着那辆车远去，直到在路口消失，才将钱攥紧在手里。她故意为难他，这地方刷不了卡，身上不揣钱睡野地吗？

蓝天在边上感慨：“一个没钱的男人啊，你也是挺狠的。”

徐鲁冷冰冰道：“干活。”

那个下午，他们跑了几十户人家，只有两三户愿意接受出镜采访，有一个老头还特意跟着他们走到门口，问：“给钱吗？”

蓝天和她对视一眼，她给了一百。

路上，蓝天说道：“这地方穷人多了，要不给都别给，不然容易惹事儿，咱会被堵在这儿。”

徐鲁说：“正好，闹大点儿。”

蓝天：“……”

徐鲁：“这样才能引起重视。”

蓝天："可别，我还年轻。"

徐鲁嗤笑，上下打量了一眼对面这个大男孩，和她一样的年纪，却活得很不一样，比她轻松简单。

"你半路干的这行吧？"她问。

蓝天"咦"了一声："你怎么知道？"

"猜的。"

蓝天一脸玩味地瞧了徐鲁一眼，说："你可别对我说你喜欢干这行，这年头有几个是真正做着自己喜欢的工作的。"

徐鲁笑了笑，摇头。

"我就知道。"蓝天语气笃定，"咱电视台没一个喜欢的。"

徐鲁："张记者不喜欢吗？"

蓝天耸肩："反正我是没看出来，你那天刚离开她就请假了，好像是去江城看一个亲戚，看那样子像是探病，脸色不怎么好。"

徐鲁只是"嗯"了一声，没再多问。

她想起和方瑜进报社的第一天，被主编叫去开会，一堆人坐在办公室里，她和方瑜站在最后头，看见人手一个笔记本低头就写，急急忙忙，面色都一致的不轻松。

方瑜说："她们看起来怎么都不开心？"

那时候方瑜热情挺大的，刚进一个大报社，充满了雄心抱负，热爱新闻，忠于真实，有着满腔热血。

后来稿子被打下去，喜欢的课题搞不了，所有的步伐都跟着政策走，方瑜的热情好像是在一夜之间被打散了。

有一天，方瑜对她说："你知道我毕业那天许了什么愿望吗？"

徐鲁问什么愿望。

方瑜感慨："想着做个合格的记者，有点儿信仰，就算很辛苦也能笑着说'我是真喜欢这份工作'。"

能说出这句话的，世间有几个？

那两天徐鲁一直在南坪跑，白天穿梭在村民家野地里，晚上就回蓝天订好的宾馆。蓝天说出来一趟不容易，吃不好也得住得好，反正单位报销。

有时候日头太毒，为了找好的采访位置，站在太阳下晒，或者被风吹。草丛里全是虫子，也得忍着。蓝天把摄像头对准，她也不顾形象，头发稍微一捯饬就开始录，晚上再回去写稿子剪视频，忙起来能到半夜。

徐鲁赶时间，想在两天弄完。

南坪的天气也是变化挺快的，当天还艳阳高照，到了夜晚就是雷阵雨。听这边的阿婆说，南坪的雨季今年提前了。

晚上回宾馆，徐鲁趴在床上看录像。

她站在田野里，手上握着话筒，背靠着南坪的山，光秃秃的。她还穿着毛衣牛仔裤，一双脚渗进高高的草丛里，头发随风扬起，脸色还真是挺苍白，可是很生活气。

蓝天当时评价说："你这气色比我第一天见你好太多了。"

第一天见大概就是在电视台，她刚从医院跑回去，赶上开会，整个人死气沉沉心事重重的样子，谁见了都不愿意接近。

徐鲁看完录像，从床上爬起来。

她从窗户往下看了一眼，街道上安安静静的，有些荒凉。两边的路灯昏昏沉沉，都能看见虫子在绕着飞。

这条民俗街是这两年新开发的，上面有意向在这儿弄个美食街，还没有引进商户，毕竟南坪是真穷，环境再好也没人愿意来，到现在投资建好也就几个月，来这儿的人实在太少，街道光溜溜的，拉着长长的红色横幅，写着低价租赁什么的。

蓝天打电话给她："我在街上找了一个地方，取景还不错，你过来试个景呗，一会儿我发地址给你。"

徐鲁洗了澡，下楼出门。

一路上就见到了四五个路人，看样子大都是来这儿找清净的。街道布置成了古时候的集市样子，古建筑样式居多，店面都是镂空的窗，走几十步一个门洞一条河，店门口都挂着幡。

徐鲁沿着河边走，看到远处一家店亮着灯。

她走近看，是卖馄饨的。

看她眼神往店里瞧，老板娘笑着问："来一碗？"

她是不太饿的，下午和蓝天在镇子吃过了。可在这有些清凉的夜晚，这热腾腾的汤让她心生暖意。

于是，她走了进去坐下，说："不要葱姜蒜。"

馄饨都是提前包好的，用白布盖着，汤也是现成的，没两三分钟老板娘就煮好给她端了上来。

店里就她一个客人，冷清得很。

徐鲁拿着勺子搅了搅汤，从热气里抬头，看了眼门口边坐着的女人，女人也看她，徐鲁笑道："一个人辛苦吗？"

"还行，人也不多。"

徐鲁问："晚上几点收摊？"

"看情况吧，有时候八九点，有时候十一二点。"女人笑眯眯道，"回去早了也没别的事儿，闲着也是闲着，反正娃也不在这边。"

徐鲁说："这边人挺少的，挣钱吗？"

"差不多，够生活了。"女人说，"我们这基本都是本地人开的，政府收了地一人一个门面，你出去了不还得给人打工，还不如在这儿自己弄个摊，舒坦。"

徐鲁笑笑："倒也是。"

她低头咬了一口馄饨，再抬头的时候看见门口又进来一个人，穿着黑色风衣，戴着帽子，一直低着头。

徐鲁微微侧眸，看不清那张脸。

那人背对着她坐在角落里的桌子上，要了碗馄饨，说话的时候刻意压低，好像故意隐藏起自己的声音。

跟了她这么久，终于见上了。

就这一点，徐鲁就已经相信，这次的矿山坍塌无人受伤的新闻百分之八十的可能全是假的，要不然也不会发生这一连串事件。可见她一来这里，就有人盯上了。

兜里手机响了一下。

徐鲁拿出来一看，两个字：出来。

第一反应就是江措就在这里，她心里一惊，忙抬头朝外面看去，昏黄的路灯下一个人都没有。

她淡定地站起身，对老板娘道："忘了说我对虾片过敏，还是不吃了。"

“我给你重新弄一碗。”女人忙道，“不另外收钱。”

徐鲁说：“不用了，也不太饿。”

她说完将钱搁桌上，走了出去，又故意在门口站了一会儿，看着像是不确定要朝哪边走。她假装低头看了眼手机，还是两个字：右边。

她慢慢走过去，后面没人跟着。

走到河边一个门洞，忽然只觉手腕上多了一股力量，猛地被拉了过去，一股熟悉的味道扑面而来，徐鲁没有挣扎。

江措将她拉到巷子另一边，捏得她腕子疼。

他像是要发火的样子，隐忍着怒气，低头看着她，呼出的气息有股温热的烟味，淡淡的、轻轻的。

有脚步声从一边传来，江措抬手放在嘴边做了个嘘声的姿势，慢慢偏过头看过去，低声道：“待这儿别动。”

江措说完松开她，消失在巷子里。

徐鲁慢慢松懈下来，揉了揉刚刚被他攥过的地方，只觉得现在还有疼意。她看着他离开的方向，慢慢屏气等待。

夜静悄悄的，没有一点儿声音。

也不知道等了多久，她站得腿都酸了，才听到手机响。江措的声音有些疲惫，还在微微喘气，却不由得低了声道：“过来吧，我在路口。”

徐鲁只是往前走了一段，就看见他站在路中心，好像并没有受伤，正低头抽着烟，烟头微亮，似乎比这夜里的灯还要耀眼。

江措抬头，看见她。

徐鲁轻声问：“抓住了吗？”

江措吸了口烟，抬起下巴偏了偏头，道：“过去看看。”

他将那个男人绑在街道未修葺的砖瓦房里，这里黑漆漆的，没有人来。徐鲁走近一看，门口还站着几个陌生男人，一个个身材魁梧。

其中一个男人看见他们过来，笑着对江措道：“眼光不错啊兄弟。”

江措笑了一下，递上烟盒：“再来一根？”

那人毫不推让，直接接过烟，给身边几个兄弟都发了一两根。男人外号老钱，和江措打过几次交道，给钱办事那种。不过他们偶尔也会撮一顿酒，都是爽快人，一来二去的，也就更熟了。

“行了，快进去吧。”老钱道。

江措顺手拉过徐鲁的手腕，她下意识地躲了一下，又被他拉紧。她看了他一眼，又沉默地偏过头。

黑屋子里的男人被五花大绑，缩在墙角。

江措打开手电筒照着那张帽子下的脸，徐鲁这次认真一看，果然是那天雨夜在车站外跟在她身后的人。

徐鲁冷声问："为什么跟着我？"

那人抿紧嘴，一句不说。

徐鲁又道："旅馆的火是你放的吧？我不知道你给谁办事，可你现在落我手里了。"

那人直接闭上眼。

"你不怕我送你去公安局吗？"

不管问了什么，再怎么威胁利诱这人都死不张嘴。她泄气般地看了江措一眼，他目光也正好抬过来。

江措移开视线，慢慢蹲了下来。

他微微凑近那人，低声说了句什么。那人倏地睁开眼，愣愣地看着江措，又看了眼徐鲁，咽了咽唾沫，半晌才道："我……我就是……拿钱给人办……办事的。"

哦，还是个结巴。

徐鲁没想到会问出声来，不由得扫了眼蹲着的江措，他看她呆呆的，皱眉道："看我干什么，还不问？"

她即刻回神，问那结巴："让你办事的人是谁？"

"不……不认识。"结巴说，"他……戴着口罩，给我钱，就……就让我干……掉你。"

"怎么联系他？"

结巴摇摇头。

"事成了怎么说？"徐鲁问。

结巴道："钱……一次性给了，不会……见了。"

徐鲁哼笑："还真大方，他给了你多少钱？"

"两……两万。"

徐鲁一下子就来气了，一脚踢上结巴的腿，怒道："给你两万就杀人？”说罢还是不解气，又补了几脚。

等她发完火，江措好笑地看着她。

徐鲁瞪了他一眼，别过脸。后来再也没问出什么，两人从黑屋子里走了出来。江措让她去前面等着，他和门口那几个男人说两句话。

过了一会儿，她看见他走了过来。

徐鲁忍不住问道：“那个人怎么办？”

江措说：“他们会处理。”

“不送公安局吗？”

江措定定地看她一眼：“对你不好。”

或许是担心惹怒了真正隐藏在背后的人，来个一不做二不休，她还没蹦跶几天，就不知道发生什么事儿了。

徐鲁又问：“那些人你哪儿找的？不像正经人。”

江措淡淡道：“不该问的别问。”

他说罢迈开步子径直朝前走去，徐鲁没听到满意的答案，在他后头跟着，“喂”了一声，他不应。

徐鲁皱眉：“那些人一看就不像好人，会怎么处理啊？还有，你不是没钱吗，怎么找的那些人？你对那个结巴说了什么他才肯张嘴啊？”

她噼里啪啦说了一大堆，江措猛地停住脚。

徐鲁没来得及刹住，撞在他胳膊上，鼻子撞得生疼。徐鲁忍不住揉了揉，瞪眼看着他，小嘴微张着呼气。

江措冷冷道：“你看我像好人吗？”

他忽然面色一沉，徐鲁愣了。

她没弄清他从何而来的怒气，不明所以道：“你怎么了？”

江措看了她一眼，偏过头将目光落向某处，黑眸里隐隐有火，却还是硬生生忍住了。过了十几秒，他又偏回头，视线落在她脸上。

他深深吸气道：“我有病！”

他们俩面对面站在街道上，路灯照过来，落在徐鲁的脸颊上，模模糊糊的光，她的眸子也有些闪烁起来。

江措一手搭在皮带上，一手抹了把下巴。

他烦躁的时候就这样子，要么会再点根烟，也不看你，将脸侧向一边，看不清楚他的表情。喉结上下滚动着，说明已经不耐烦了。

徐鲁不理解他这气从哪儿来，要生气也该是她生气才对，问了那么多他一个字都不说，脸色还那么难看。

她还是没忍住，仰脸看他："你凶什么？"

江措吸了吸脸颊。

徐鲁道："这事情和我有关，我不应该问吗？万一那些人下手不知道轻重弄出人命怎么办，你和他们交情能有多深，受了连累……"

江措打断她："你想说什么？"

徐鲁愣住。

他冷冰冰道："为我好？"

这语气和那一年他摔门而去时的样子太像了，徐鲁一下子没了话。你看，他们之间的隔阂一直都在。

江措有些不耐烦，微微转了转右臂。

他刚刚去抓那结巴的时候，不小心被那结巴藏在袖子里的水果刀割伤了，当时没注意，现在倒有些痛起来了。

江措蹙了下眉头，低头看了一眼。

徐鲁随着他的目光也向下看去，地上落了几滴血，从他右臂袖子里落下来的，此刻还在滴着，那血红惊了徐鲁一跳。

她哪里还记得两人是在吵架，立刻抬手去碰他的胳膊。他手腕上方划了一道长长的口子，看着挺瘆人的，他却一声不吭到现在。

"怎么弄成这样？"她皱着小脸。

她的声音里充满了急切和担忧，江措脸色缓和了许多，抬了抬手臂，道："小伤，没事。"

徐鲁："这附近有医院吗？"

江措："百八十里都是山野，你说呢？"

她一脸认真："镇子总该有小诊所吧？"

最近的镇子也得半个小时的路程，这么黑的天，山路还不好走，去了诊所也不一定开门，哪儿找去？

江措看着她，也不搭腔。

徐鲁说："还是去宾馆吧。"

江措说："不用了。"

他的声音低下来，目光也变淡了，抬了抬胳膊，漫不经心地扫了眼地上的血，又看向徐鲁。

江措：“你也安全了，我该归队了。”

“现在走？”徐鲁吃惊道。

江措：“嗯。”

开车的话，等到了矿山怎么也得天亮了，这一路又是山又是沟的，还在夜里，难免不会出意外。

徐鲁忽然明白过来他的冷漠。

想来他这一走，他们大概是再不会有机会这样面对面说话了。

她将手机还给他，往后退了一步。

徐鲁的声音也淡漠下来：“我没有乱跑，今晚出门是因为蓝天说要补个镜头，我不是有意暴露在凶手眼皮子底下的。如果因此打乱了你的计划给你造成麻烦，我道歉。”

江措抬眼，眉头皱了一下。

这两天他一直跟踪着这男人，对方是个有身手的，很狡猾，在一个地方待的时间不超过两个小时。他小心翼翼暗自跟了两天，发现这货有老婆还在外面有女人。

所以刚才他蹲下问：“你老婆知道你外头有人吗？”

这些事他自然不会让徐鲁知道。

地面有灰尘扬起，一股风卷过来，穿过两人中间，又慢慢消失在夜里，隐约只能看见路灯下一些暗迹。

徐鲁仰起头，道：“这两天张记者打过几个电话来，我怕有什么误会没有接，你有空回过去吧，免得她乱想。”

江措缓缓“嗯”了一声

他话音刚落，手机蓦地响了，打破了这种诡异的气氛。江措拿起手机看了一眼，徐鲁看见屏幕上赫然出现一个名字：张晓丹。

江措看了她一眼，走到一边去接电话。

他的声音低低的，不知道那边说了什么，他“嗯”了一声，轻声道：“明天回来，没什么事儿。”

徐鲁站在几米外，忽然发现他们真的分开太久了，久到都不熟悉对方的生活了。如果不是这几天有危险在，他大概早已经离开了。

重新出现在他的生活里，实在不是一件好事。

他就这样背对着她，还在说话。以前她打电话给他的时候，总是简单几句的样子，很多话他不喜欢在电话里说。

徐鲁没有叫他，退着走了两步，转身走远了。

江措回过头的时候，刚刚她站的地方早已经空了。电话里张晓丹叫了他好几声，他才回神，道："就这样吧，挂了。"

他简单包扎了下伤口，连夜开车回山城。

明明才过去几天，江措却觉得身心俱疲。

到消防队已经是清晨六点半，队里正出操。江措直接将车开进去，停在操场，从车上下来，直接回了宿舍睡觉。

程勇从后面跟了上来，站门口看着躺在床上的男人，忍不住道："干吗去了你，累成这样？"

江措抬手覆在脸上，"嗯"了一声。

"胡楂都出来了。"程勇说，"不会是开了一夜的车吧？"

江措："嗯。"

"今天队里没事，你就好好睡一觉。起来把衣服脱了，一身的味儿也不嫌难受。真是的，这么着急回来。"

程勇说完，带上了门离开。

江措这一觉睡到了大中午。

他穿着背心靠在床头，点了根烟，打通了任督二脉似的酸爽。他吸了口烟，扯起背心闻了闻，是有些味儿。

一根烟抽完，他端着盆去洗澡。

这一个澡他洗得有些时间，这些天在外头跑得没停，也没痛快洗过，洗完出来整个人舒服很多，拿着脏衣服去水池那边了。

小五和长城训练完，直接上楼找他。

长城笑得贱贱的："队长，这几天哪儿逍遥去了，这春风满面的，把我们都忘了吧？"

江措挑了下眼角，斜睨了一下。

"这几天我不在没什么事儿吧？"他问。

小五道："没事儿，挺闲的。"

长城补了一句："张记者来过……算吗？"

江措拎起衣服使劲在水里甩了一下，溅得长城一身水，后者惨兮兮地苦着脸看他，江措嗤笑。

小五在边上叹气，说："队长，啥时候能喝你和张记者的喜酒啊，我这等得黄花菜都凉了。生活除了工作太无趣，咱得来点儿新鲜的。"

江措哼笑："你还新鲜？"

小五皱着脸："怎么了嘛？"

江措："内裤几天洗一次？"

小五："……"

长城在一边哈哈大笑。

江措很快拧干了衣服，抬手拍了一下长城的脑袋，道："笑个屁，你洗过？没事儿五公里跑去。"

他晾了衣服，回宿舍穿好军装，去了程勇的办公室。门大开着，程勇正在打电话，看见他进来指了一下沙发。江措不想坐，去了窗边站着，顺便点了根烟。

过了几分钟，程勇挂掉电话道："你这烟瘾。"

江措勾了下唇，坐在办公桌对面的椅子上，将那没抽完的半截烟摁灭在烟灰缸里，靠着椅子坐好。

程勇问："牙嫂怎么样，身体还好吧？"

"挺好。"

"路上是不是出什么事儿了，搁往年你也就两三天。"程勇说，"不像你的作风。"

江措正经道："小事儿，解决了。"

见他不愿多说，程勇也没再问。

"回来了也别闲着，下午没事儿和小张报个到去。"程勇笑着说，"前两天小张来过，说你俩定下来了？"

江措暗自皱了下眉，道："在交往。"

"都认识这么久了，还有什么好交往的。"程勇说，"要我说年底就定下来算了，队里喝喝喜酒。"

江措一脸吊儿郎当的样子，道："着什么急啊老大，我这还没好好享受过正常的恋爱关系。"

"你这小子。"程勇摇头笑道，"难怪这么招女孩子喜欢。"

江措顶了顶牙尖，笑笑。

“对了，你开回来那辆车哪儿的？”

车子是那家旅馆老板的，幸亏起火的时候车子在外头搁着。老板也是聪明，给房子买了保险，过几天会来山城走保险，他顺势借了过来。

于是，江措说：“一个朋友。”

他和程勇说了会儿话，就出来了。

张晓丹发短信问他回来没有，江措直接一个电话打了过去，说他很快过来，然后径直走向消防队门口。

手机又响了一下，他以为是张晓丹，拿出一看，来自老钱，就四个字：兄弟，妥了。

江措立刻会意。

他抬头看了眼天，朝大路走去。

昨夜，他和徐鲁从黑屋出来。

老钱悄声问他：“想怎么处理啊兄弟？”

江措看了眼不远处站着的女孩子，那场大火差点儿要了她的命。她现在还能一副云淡风轻的样子，百无聊赖地偏过头看向另一边黑夜。

他当时说：“别违法就行。”

第九章

回望江城

两天后，徐鲁交了片子，回了一趟江城。

她从汽车站出来的时候，轻轻呼吸了一下，忽然觉得这座城市哪里不一样了，热闹，整洁，又新鲜，山城比起来真是太落后了。

方瑜打过电话说来接她，还没有到。

徐鲁站在出站口对面等了一会儿，看着路上穿梭而过的车流，没有意识到一辆黑色汽车慢慢开了过来，最后停在她身边。

车窗缓缓降下来，是一张熟悉淡漠的脸。

陆宁远看到她风尘仆仆的样子，头发随意地绾在脑后，有几缕垂在耳下，那双眼睛还是那么坚定、平和。

徐鲁也愣了一下，怎么是陆宁远?

“这么看我干什么？”陆宁远似笑非笑，“上车。”

徐鲁抿抿嘴，拉开副驾驶的门坐了上去。

陆宁远开得很慢，又打开车载电台，有舒缓的轻音乐流淌出来。

徐鲁问：“方瑜出采访去了吗？”

陆宁远“嗯”了一声：“临时决定，这几天应该都不在江城。”

徐鲁心里骂了两句，这个臭方瑜竟然骗她?

像是知道她在想什么，陆宁远淡淡地道：“是我让她去的，你要是心里不舒服就骂我吧。”

徐鲁："……"

她憋了一口气坐好，将脸转向窗外，见这方向不是去报社，也不是去她家，又回头看陆宁远："我们去哪儿？"

陆宁远惜字如金："吃饭。"

这么一说徐鲁是有些饿了，她怀念起报社门口地摊上的小煎包、豆腐脑，还有中山路的翠花糕。

她以为陆宁远带她去的会是什么大餐厅，没想到他将车开到江城一条街的主干道，停在路口。

徐鲁跟着他下了车，见他停在一个路边的摊子跟前。摊主是一对老夫妻，卖着米线包子还有里脊烤冷面。

陆宁远找了地方坐下来，看她还愣在那儿。

"这家味道不错。"陆宁远说，"尝尝。"

徐鲁压惊坐在他对面，道："没想到您还喜欢吃小地摊。"

陆宁远笑了一下："有朋友喜欢吃这个，偶尔来吃一次，还不错。这家提供茶水，枸杞有助舒缓经络。"

徐鲁讷讷地"哦"了一声。

陆宁远看了她一眼，对老板道："各样来一份。"

徐鲁坐得有些无聊，看着街道上的人来来往往，夕阳西下，路对面有卖菜的，卖水果的，卖花的，还有卖小猫小狗的，这条街很热闹。

"看到什么了？"陆宁远问。

徐鲁书生气答："人间。"

陆宁远配合道："何谓人间？"

徐鲁："粗茶，残日，下乡里。"

"还有呢？"

徐鲁："人到中年泡枸杞。"

陆宁远瞥了一眼桌面上的枸杞茶，目光一时有些复杂，也就她敢这么说。他看了一眼始作俑者，正怡然自得地面朝长街，夕阳落在她的肩上。

等夕阳跑到她的头发上的时候，陆宁远才开口问她："想不想听一个故事？"

徐鲁目光收回，看着陆宁远。

"很多年前，有一个年轻人，不喜欢待在一个地方，总是四处跑，后来经人介绍结了婚，本来以为会定下来，可安安稳稳过了几年，有了孩子他又走了。”

陆宁远说到这里，笑了声：“他说他要游历人间。”

那笑里，有些轻嘲。

“他把房子和钱都留给了妻子，自己没有工作，每座城市待十天半个月就去下一个，还在终南山拜了师。”

陆宁远蓦地不说了，问她：“你怎么看？”

徐鲁不知道说什么，还是摇了摇头。

陆宁远笑笑：“每个人都向往自由，从这个地方跑去那个地方，就像很多人喜欢西藏，总觉着那地儿能洗礼你，那就去，可是去了，还得回来，回来以后呢？”

徐鲁想起读大学时，她和方瑜约定毕业旅行就去西藏，可是一毕业就去了报社实习，连个喘气的时间都没有，累得像条狗。

于是，她问：“那人后来呢？”

陆宁远淡淡道：“不重要。”

徐鲁意有所指，念稿子似的，一字一句背诵：“世人都有一颗流浪的心，但很少有人有勇气去做，因为你得抛弃很多东西，也可能承受谴责和谩骂。”

“斯特里克兰？”他揶揄。

徐鲁笑了一下，说：“方瑜可是毛姆的忠实书迷。”

陆宁远笑：“其实游历也好，流浪也罢，行走的意义并不在于你见识有多广，走了多少路，从这个地方去了那个地方，这都不是自由。”

徐鲁问：“那是什么？”

“大概是行走的路上，忽然在某个瞬间重新认识了自己。”

徐鲁灵魂一跳，歪头看着对面的男人。

“自由不是散漫，是自律，自我束缚。”陆宁远说。

他和你说话的时候，温和不张扬，有时候冷下脸又很难接近，难得讲道理，偶尔也严肃，却也真是耐心得很。

陆宁远看着她又笑了笑：“行走是少数人干的，现实还是很残酷。”

老板娘端上来一屉包子，热腾腾的气噗噗往上冒，隔开两人对视的目光。

陆宁远说：“吃吧。”

徐鲁尝了两口，味道确实不赖，又多吃了几口。坐车的时间太长，也的确饿了，她一直低头在吃。

陆宁远就这样静静看着。

他动了两下筷子，就不吃了。手机响起来，他走到一边去接电话。徐鲁抬眼看过去，这男人总是很忙，静静地吃个饭都没时间。看他皱起眉头的样子，似乎电话里的事儿还挺麻烦。

等陆宁远打完电话过来，徐鲁道："要是有事儿您先走吧。"

陆宁远道："没事。"

徐鲁不问了，专心吃饭。

吃完饭，陆宁远送她回家。太阳下了山，路灯亮起来，摆摊的人大都走了。街道慢慢静下来，只有汽车来来往往，还有下班的行人。

正是下班的点，路上有些堵。

又重新融入这座城市，堵着的长龙，明亮的霓虹，喧嚣的街，徐鲁总觉得心里还是空空的，落不下地。

她靠着车窗，看着外面。

陆宁远说："那个小女孩找见了。"

徐鲁半天没有反应过来，噌地看着他，愣愣道："找见了？她叫梁阳，你确定是同名同姓吗？"

她说完倏地闭上嘴，又是方瑜嘴长。

陆宁远看她一眼，沉吟片刻才道："白血病，南坪人，符合这两个条件的并不多，再加上名字基本可以确定。"

"她在哪个医院，我现在就过去。"徐鲁等不及了。

陆宁远没有说话。

徐鲁看着他的表情有些不解，心里冒出一些不太好的预感，轻轻问他："是不是出什么事儿了？"

路还堵着，车子一步都走不动。

外面有人不停地按喇叭，那声音很刺耳，却一点儿也不影响车里的平静，一种有些可怕的平静。

半晌，陆宁远说："那小孩儿，昨晚病逝。"

徐鲁呆了好大一会儿："怎么……"她脑子嗡了一下，嘴巴张开又闭上，良久才提着心道，"是自然病逝吗？"

陆宁远："嗯。"

徐鲁没了支撑似的，倒在靠椅上。

"找到的时候就不行了，连续三个月没有交费，又没个亲人在，医院已经破格让住着，但没有合适的骨髓，没撑住。"

徐鲁耷拉着肩膀，只觉得很疲惫。她抬手捋了下头发，注视着前面的车龙，有些无神地靠着窗。她费劲赶在两天内回来，还是没来得及。

半晌，她才问："哪个医院？"

"江大附属。"陆宁远说，"今天中午已经送去殡仪馆火化了。"

徐鲁愣了很久。

回来之前她还满怀期待，想着搞一场义捐。或许这小孩儿闭上眼的最后一刻还在等她爸，可她不知道她爸几个月前就已经死在矿山了，被埋在了里头，连尸骨都没有。

绿灯，车流动起来。

陆宁远慢慢开着车，说："这事儿你别跟了。"

徐鲁偏头看他。

"一个记者如果掺杂太多的私人感情，那么有极大可能会影响对事情的判断力。"陆宁远说，"你不合适。"

徐鲁反驳："如果最基本的同情都没有，那她连人都不是。"

陆宁远："新闻不需要同情心。"

"所以你冷血。"

陆宁远听罢笑了一声："是吗？"

徐鲁扭过脸，不说了。

她和陆宁远的新闻观一直不太对付，他要的是真实客观公正，永远理智。前一条徐鲁还会践行，但理智不太好做到。

方瑜说她太容易心软了。

这几年跑新闻闹出过很多事儿，有时候陆宁远会帮她收拾烂摊子，有时候也需要她自己面对，她不否认自己有弱势倾向。

过了一会儿，陆宁远开口："知道那个故事后来怎么样了吗？"

徐鲁发现，他的声音变得低沉起来。

"有一天，他觉得自己错了，回头找他的妻子和儿子，妻子已经去世多年，儿子不认他。后来有人将这事儿讲给了媒体听，他一夜之间成了千夫所指，跳楼了。”

他说“跳楼了”这三个字时，很轻。

“其实，他也罪不至死。”陆宁远慢慢凝视着她的眼睛，“做新闻最可怕的就是同情心，这种同情心造成的煽动，有时候对一个人是具有毁灭性的。”

徐鲁良久道：“我会做到真实。”

陆宁远笑了一下，目光从她身上移开，落向她身侧，眸子微微动了动，两人再没说话，一路开到了底。

晚上回到家，徐鲁洗了澡，围着浴巾去书房。

自从大学读了新闻，她几乎每周都买书看，远至上古，近至当世，国内国外，名人传记或者野史传奇，最喜欢的还是读散文。

后来工作，每个月总会花掉几百块去买书。

方瑜笑她：“以后嫁人你的书房就当嫁妆好了。”

徐鲁觉得这想法很 OK。

年少学琴的时候，想着有一天结婚，不要彩礼，对方送一架三角钢琴就行。后来做记者，想着有一天嫁人，请柬上就写不要份子钱，内含一列书单送新娘。

徐鲁在书架上挑了很久，找不到想看的。

她有些烦躁地坐在那儿，开着一盏台灯，灯光是柔和的黄，像旧时纸张，泛着淡淡的光，翻一页软软的，心里却依然有些伤感。

这样静谧的夜，很少有过了。

从前喜欢做梦，梦里她可以自由自在地晒太阳，一觉睡到自然醒，没有着急的事，可以和喜欢的一切在一起。

长大了你会发现，要做的永远大于想做的。

徐鲁在书房坐了会儿，去了客厅。客厅里有一架钢琴，是她二十岁生日父亲送的。在很多人的记忆里，父亲江河永远是个文学家。在徐鲁这儿，他不是。

当时抑郁症，她不想念书。

江河说：“不想念就回家来。”

她大一退学，在家里待了一年，第二年直接参加高考，和滚回去复读的方瑜一起考上了江大新闻学。

江河说：“琴还是可以弹的。”

于是二十岁生日那天，他送了她一架钢琴。那时候距离开始生病，她已经近两年没有碰钢琴了。

客厅的灯只开了一小盏，刚好照在琴上。

徐鲁放下书，坐在琴凳上，掀开琴盖，从低音键一直摸到高音区，音符在指尖下微妙地轻声弹跳。没有弹多高深的曲子，就是一首简单的《城南旧事》。她小时候初学钢琴，老师教的第一首曲子，从最简单的和弦到最复杂的伴奏，节节不同，曲曲高升。

客厅的钟摆响了一下，已是凌晨。

徐鲁合上琴盖，关了灯，回去房里睡觉。卧室不大，够放一个书架，一张单人床。江河给她买这套小公寓的时候，问她喜欢什么样的，她说别太大就行。

女生似乎天生缺乏安全感，恐惧未来。

她喜欢把房子摆得满满的，整洁里有点儿乱，也喜欢把自己塞进书房，被一堆书圈在里头，最好一天不出来，不用和人打交道。

再后来，做了记者，天天和人打交道。

有时候敏感得不像话，别人的痛苦被她看在眼里好像都会成为她的喜怒哀乐，像悉达多一样，会为一朵花的凋谢而苦恼。

方瑜说："你就是书看太多了。"

徐鲁笑笑，依旧一头扎进书堆。

要搁以前，她能弹一宿的琴。现在不一样了，她觉得书能解惑。作家写别人的痛苦和忧愁，总能让她豁然警醒。

回到床上躺下，她睡不着。

江城的夜太安静了，这是种刻意的平静。不像在山城的时候，晚上总有雷雨在，哗哗啦啦，淅淅沥沥，悄无声息地钻进脑子里，自然静下来。

她入睡时间一般很长，除非太累了。

黑夜里眼睛目空一切，听觉总是格外灵敏。当电话铃声突兀地响起时，徐鲁还是惊了一跳。

那边方瑜的嗓门很大："干吗呢？"

"大半夜的你说干吗呢，差一点点就能见到周公了，被你给吵醒了。"徐鲁揉了揉耳朵，没劲道，"十点多我给你打了好几个电话没人接，钓帅哥去了？"

“去。”方瑜说，“我明天要采访的可是江城财经大神，能不好好做准备吗？”

“现在做完了？”

方瑜心满意足地“嗯”了声。

徐鲁无声点头道：“那算账吧。”

方瑜立刻㞞了，嘿嘿一笑，说：“我这不是为了你好吗，就凭我一人之力怎么可能在这么大的江城几天之内找到一个小孩儿，也是担心你出什么事，再说了，陆宁远在还怕什么？你得感谢我把他送到你身边去。”

徐鲁哼了一声：“谢谢你啊。”

“昨晚相处得怎么样？”

徐鲁想了想说：“一般啊。”

“我认真的妍妍，他真的是一个很好的恋爱和结婚对象，这些年来陆宁远为你做得够多了，是个石头都能给捂热了，你真不考虑一下吗？”

徐鲁沉默了。

方瑜继续道：“你年纪也不小了，再过两年就改叫剩女了，可别怪我没提醒你，徐阿姨咱可斗不过。”

“你怎么比我还怕我妈？”徐鲁笑。

方瑜无声地吸了口气：“能换个话题不？”

徐鲁莞尔，说能啊，不是你先提的吗？她想起小时候练琴，徐冰就坐在旁边，没练好就不能出门，那感觉真的是，难以言喻。

“想什么呢，不说话？”

徐鲁说：“没什么，只是觉得时间过得可真快，好像昨天我还是个小女孩，今天就已经长这么大了。”

“时间不等人。”方瑜重重道。

徐鲁叹气：“是啊。”

方瑜犹豫片刻，还是道：“给你打不通电话那天晚上还记得吧，我吓得不行，又怕你被寻仇，所以……给陆宁远打电话说了。”

徐鲁听罢一怔。

“他工作这么多年，除了出差就没请过假你知道的。”方瑜说，“第二天我去上班副总临时顶上，听宋助理说他去了矿山市。”

徐鲁一下子从床上坐起来。

“不是说他有多好，我是怕你错过了这样一个人会后悔。”方瑜说，“你知道他顶着多大的压力让你去矿山吗？偷偷去的话你被拉去小树林怎么了都不知道，明目张胆的那边总得忌惮些吧，可你看危险还是存在。”

徐鲁盯着床角，许久未出声。

“妍妍，咱往前看吧。”方瑜最后说。

电话挂掉的那一刻，房间彻底暗了下来。厚重的窗帘掩盖着外面的世界，大约能听见楼下汽车驶过的声音。

徐鲁深深呼吸了一下，又躺了回去。

她想起这几年陆宁远给她收拾的烂摊子，那一年两人快死在车里时，他说要不咱试试，忽然就有些动容，是她把自己拘得太紧了。

徐鲁闭上眼睛，不愿意去想。

再次醒来天已大亮，帘子拉开，太阳照进来，金灿灿地落在地板上、书桌上，大概是个好天气。

徐鲁收拾好出门，打车去了江大附属医院。

她在医院和分诊台的护士说了很久，对方以规则约束为由不公开病人隐私，徐鲁怎么说都没办法。

无奈之下，她给陆宁远打了个电话。

过了一会儿，来了个医院的大领导，她听见刚刚拒绝她的那个护士特别恭敬地喊了声副院长，不禁暗自感叹人脉可真是个好东西。

这位副院长带她去了办公室，打电话让人调出梁阳的病历档案送来，看向坐在沙发上的徐鲁，问她要不要喝茶。

徐鲁客气地笑笑：“不用了，谢谢。”

“刚刚小陆打电话来，我还以为是谁，没想到是个姑娘。”副院长笑着说，“你俩处对象呢吧？”

徐鲁尴尬地挤了个笑：“他是我老板。”

“自古英雄难过美人关。”副院长语重心长。

徐鲁不知道该说什么，幸好病例及时送了过来。这个副院长又是血液病研究方向的专家，拿着那份病例对徐鲁解释了一下，又说了近一个月梁阳的身体状况，没有骨髓根本撑不过去。

可她就是觉得哪里不对，这一切都太巧了。

徐鲁提出："我能不能见见负责的护士？"

副院长迟疑了片刻。

"有什么问题吗？"徐鲁问。

"她昨天出了点医疗事故，被辞退了。"

徐鲁一愣："您方便给一个联系方式吗，我有几句话想问问。"

"这样吧，我把护士长给你叫来，有什么事儿你问她。"

徐鲁在护士长那儿拿到了梁阳负责护士的联系方式，打过去是一个男人接的，粗鲁的方言，她还没说完就挂了，再打过去对方直接拒接。

她有些无力，坐在医院楼下的长椅上。

很多人从她面前经过，有穿着病号服的，坐着轮椅的，看着像探病的，有的急匆匆，有的不慌不忙。

徐鲁看了一会儿，正欲起身，感觉到身边坐下一个人来。

她拧过头一看，目光一凝。

陆宁远穿着很正式的西装，白衬衫，领带被他扯了下来，缓缓地解开脖子下两颗纽扣，指甲修剪得很干净。

"查到什么了？"他一边解一边问。

徐鲁又转过头去，无声地摇了摇。

她早该知道，陆宁远都没查出来的问题她怎么可能有发现？就算感觉有疑点，可那又有什么用呢？

"你是不是早知道我在做无用功？"她问。

陆宁远倒也直接："也不早。"

徐鲁面无表情道："去山城之前，就一个匿名电话，可是我连哪七个矿工被埋都不知道，好不容易找到两个家属，一个不见了，一个才那么点大就没了，我不相信这一切是巧合。"

陆宁远："或许比你想象的更复杂呢？"

徐鲁不太明白陆宁远的话，偏头看向他。

陆宁远却不再继续说下去，反而转了话题道："这个事情到此为止，我已经和矿山电视台打了招呼，停止了你的调研，那地方不必再去了。"

徐鲁大吃一惊："你怎么能擅自做决定？"

陆宁远平静地看着她："那我应该怎么做？你在那儿待了也不过三周，要我帮你算算有几次差点儿没命吗？"

他最后这句低了声，缓而严肃。

陆宁远叹息一声，道：“有些事情知道得太多对你不好，别忘了，江伯父也就你这么一个女儿。”

徐鲁问：“昨天为什么不说？”

陆宁远沉默，可能是昨天两人之间的气氛太好，她难得不像以前那样子假面示人，越发显得可贵，他不愿打破这种可贵。

徐鲁吸了一口冷气，噌地站了起来。

她攥紧了拳头，又怕冷，还没到深秋已经穿着厚毛衣，此刻咬紧着牙关，却不知是冷的还是气他。

忽地，她的手机响了起来。

铃声打破了她和陆宁远之间的僵滞。

徐鲁摸出手机一看，是母亲徐冰打过来的。徐冰很少给她打电话，也很少过问她的生活，比起年少时的严厉，在她二十岁之后就温和了很多。

见她愣着，陆宁远提醒：“还不接？”

徐鲁倏地回神，划了接听。

电话里徐冰声音平和，问她在哪儿，忙不忙，方不方便现在过去一趟。她听不出有什么不安，便问了句出什么事了吗？

徐冰说：“你爸爸住院了。”

徐鲁听罢脑子“嗡”的一声，还没来得及开口，徐冰已经接着说道：“来了再说吧，军医大不好停车，到门口打电话我去接你。”

江河从来都很健康，早晨会跑步，冬天还常去游泳，每年都体检，作息比谁都准时，说十一点睡从不浪费一分钟。

徐冰从来都是很淡定的一个人，声音平静得让人听不出来一点不好，可那句轻轻的“来了再说吧”，让徐鲁平生多出一些害怕。

如果不是太严重的，徐冰不会和她讲。

她不敢多想，抬脚就往前跑。还没跑出去，只觉得胳膊被人用力拽了一下，她才想起身边还有陆宁远在。

陆宁远低声问：“出什么事了？”

徐鲁：“我爸住院……”

陆宁远不再问，也不勉强，道：“先不要胡思乱想，我开车送你过去。”

他的车里开着暖气，徐鲁却还是觉得浑身冰凉。她端端正正地坐在副驾驶上，一双手胡乱揪着牛仔裤，竟有些无处安放。

恍惚间，一双男人的大手覆盖上来。

徐鲁瞬间反应过来，挣扎了一下，没有挣脱开，陆宁远的力气太大了。他一手扶着方向盘，一手从她手腕穿过，握住她的手掌。

“放松一点儿。”他还看着路。

她知道他这是让她安心，就真的慢慢松懈下来，肩膀也松了力气，闭眼轻轻地缓了一会儿，慢慢睁开，整个人轻松了一些。

她说：“我爸的情况应该不太好。”

陆宁远慢慢松开她的手，轻声说：“现在国内医疗条件还是挺好的，不行就去国外，别自己吓自己。”

徐鲁忽地鼻子一酸。

徐冰就只提了一句江河住院了，她就这么害怕。可在遥远的南坪那个粗陋的旅舍里，她却差点儿结束了自己的生命。要是真没了，做父母的那得多难过。

徐鲁问：“我是不是挺任性？”

陆宁远：“还好。”

“也很固执。”徐鲁轻道，“做事情不考虑后果，会做伤人的事却不自知，还自私了点儿。”

陆宁远偏头看她一眼。

“没那么差。”他说。

徐鲁低着眸子，湿漉漉的。

“至少我认识的这个女孩子，她正直、善良，心肠很好，有时候直脾气，情绪化，倒也可爱，算不得缺点。”

徐鲁头垂得更低：“别安慰我了。”

陆宁远笑了笑，说：“句句属实。”

他说完又目视前方，加快车速。车子在人流中飞快地穿梭，都看不清两边的街道布景，也不知道闯过了几个红灯。

徐鲁愧疚道：“给你添麻烦了。”

他“嗯”了声，说：“做了太多年遵纪守法的好公民，遇到这样放纵的时候不容易，就当给我个机会。”

话里有难得的少年气，徐鲁垂眸想。

后来方瑜问她到底对陆宁远什么感觉。她说不知道。方瑜笑说，妍妍你看，你遇到问题第一个想到的人是陆宁远，不是她方瑜。

一个小时的车程，陆宁远用了 30 分钟。

徐鲁下了车，远远就看见徐冰站在医院门口，穿着薄薄的毛衣开衫外套，长长的头发披散在后面，看着有些憔悴的样子。

待她走近，徐冰的目光先落在了陆宁远身上："是宁远啊，麻烦你送妍妍过来，没耽误你时间吧？"

陆宁远喊了声徐阿姨，道："伯父怎么样了？"

徐冰说："先进去吧。"

徐鲁挽上徐冰的胳膊，摸到母亲的手指冰凉，她的心漏了一拍，去看母亲的脸，明明才几周没见，却好像老了很多。

"你爸爸今天早晨去书房看书，我进去叫他吃饭才发现他晕倒了。"徐冰说，"现在还在重症监护室。"

徐鲁急道："医生怎么说？"

"脑溢血，挨过这两天就行。"

徐鲁一蒙，脑子里像跑过千军万马一样，炸裂般地疼。她跟着徐冰来到监护室外面，透过门上的小窗，看到江河身上插满了管子，眼泪倏地就流了下来。

忽然就觉得痛苦，只能心里说着"对不起爸爸"。现在只要一想起南坪旅馆那个着火的夜晚，她就觉得自己罪无可赦。

抑郁症最严重的时候，方瑜问她："妍妍，你知道我最怕什么吗？"

当时她已经有很多天不说话了。

方瑜只是静静地陪着她，说："我不怕死，我怕的是失去最亲爱的人。只要一想到往后这一辈子再也见不到那个人了，会多难过啊。"

她以前不理解，现在好像懂了。

小时候，她觉得江河是神，充满崇拜。长大后，江河还是那么年轻，笑起来眼角有皱纹，书生气地坐在椅子上，给学生讲文学。她会躲去他的书房，翻他读过的书。

江河老提醒她："读书使人聪慧。"

她并不是个多聪明的女孩子，胜在勤奋好学。记得有一年写作文，她抄书上的名言警句，有关成功与失败。

江河说："失败并不能获得经验，成功才能。"

这句话她记了很多年，做事苛求，不撞南墙不回头，一步步走到现在，才有了今天这个自己。

不知道陆宁远什么时候站在身边，他的声音清淡极了，却又是恰到好处的温暖，像山涧的泉。

"你这样站着无济于事。"陆宁远说。

徐鲁定定地看着病房里那个中年人，一步都不想离开。

陆宁远看着她，轻声说："徐阿姨脸色看起来不太好，你陪你妈妈去休息，这边我看着就行。"

听罢，徐鲁看了徐冰一眼。

徐冰坐在椅子上，蔫蔫的，盯着对面的墙壁，神色有些倦怠，想来怕是早上惊吓过度，又强撑着不舒服的缘故。

她抬眼看陆宁远。

陆宁远轻声道："去吧。"

徐鲁扶着徐冰去了病房休息，徐冰很快就睡着了。徐鲁在床边坐了一会儿，才从病房出来。

陆宁远还等在监护室门口。

她走近，轻声道："谢谢。"

陆宁远说："这些日子就好好陪着家人，别折腾了。有什么事先搁着，等你回了报社再说。"

徐鲁慢慢"嗯"了一声。

"徐阿姨睡着了？"

徐鲁点头。

陆宁远皱眉："你妈妈左脚好像有些不舒服，要不要约个医生看看？"

徐鲁摇头，说："前些年出过车祸，留了点后遗症，有时候会疼，走路看起来就不太自然。"

陆宁远"嗯"了一声。

徐鲁道："这边我和我妈就够了，您有事就去忙吧。"

她又从"你"变回了"您"，陆宁远垂眸。他看了一眼时间，下午有个很重要的饭局，实在难以推托，想了想便道："也好，有事给我打电话。"

等他离开，徐鲁就坐在了监护室门口。

这是她人生里第二次经历这样的时刻，痛苦和恐惧席卷而来，像是随时会淹没她一样，压得她喘不过气。

第一次，是江措消失。

第二次，是江河垂危。

徐鲁看着脚下，慢慢湿了眼眶。后来不知怎的就睡着了，迷糊中落入了一个温暖的怀抱，她将脸埋了进去。

醒来第一眼，看见的是方瑜。

“你不是去采访了吗？”

“有你重要吗？”方瑜对她眨眨眼，歪着头看她，“看你这眼神，好像不是很期待是我啊妍妍，那你想看到谁？”

徐鲁：“开什么玩笑。”

方瑜揉了揉她的手，说：“叔叔醒了，放心吧。”

徐鲁心里一跳，坐起来就要掀开被子下床，又被方瑜拉回来坐好，说：“这会儿又睡着了，再说现在还不能随便见人，怕感染。”

“我妈呢？”

方瑜说：“被她女婿送回家煲汤去了。”

徐鲁皱眉：“女婿？”

“陆宁远啊。”

徐鲁看看时间，距离他走不过几个小时。

方瑜说：“真没想到发展挺快啊，你妈左一声宁远又一声宁远，我两手一掐，妍妍你命犯桃花。”

徐鲁低下头，片刻沉默。

“报社知道这事儿不得炸了，估摸着娱乐组会写个‘陆总的办公室恋情’什么的，听着就贼带劲。”方瑜手舞足蹈，“你要掉蜜罐里了姐们儿。”

徐鲁扶额，有些头疼。

“还烦什么呢，现在叔叔醒了，矿山那地方也不用去了，你就安安心心地待在江城，别想那些乱七八糟的。”方瑜说，“赶紧落实恋情。”

徐鲁说：“可是矿山的疑点太多了。”

方瑜被她这一说弄得刚才的好兴致都没了，蔫儿道：“所以呢？”

“我今天去了趟江大附属医院，总觉得这一切都发生得太了。方瑜，这事儿我心里没放下。”

“他们肯给你看病历？”

徐鲁道：“陆宁远帮的忙。”

看方瑜的眼神有些不对，徐鲁皱眉，她不觉得这有什么问题，便道：“梁阳是他找见的，这里面的事情自然知道，不该找他吗？”

“他凭什么帮你呢妍妍？”方瑜问。

徐鲁愣住了。

方瑜说：“你就谈过一次恋爱，那个浑蛋虽然渣，但他把你保护得很好，就算后来分开了你也还是一张白纸，你也还对爱情一无所知。”

徐鲁苍白地笑了笑。

“你不能总仗着陆宁远喜欢你而无视他的感情，这是不负责任的，妍妍。就算你不愿意，可你们之间避免不了这种相见的局面，既然已经走到这一步，为什么不试一试呢？”方瑜苦口婆心道，“你的世界也许会不一样。”

徐鲁抬眸：“你就这么希望我和他谈？”

方瑜郑重地说：“你该开始新生活了。”

两人正说着话，病房门被人推开了。

陆宁远和徐冰一起走了进来，他的目光落在徐鲁的脸颊上，不知道是不是错觉，眸子里竟然有种淡淡的温和。

徐冰道：“醒了正好，我给你们盛汤喝。”

方瑜跳起来：“阿姨我帮你。”

空间正好留给了徐鲁和陆宁远。

徐鲁坐在床上有些不自在，她转了转眼珠子，目光无处安放。

陆宁远看着她笑了笑，对徐冰道：“徐阿姨，我先走了。”

徐冰忙道：“喝完汤再走吧。”

“不了，还有个局。”

徐冰说：“妍妍，送送宁远。”

方瑜递了一个小眼神给徐鲁，那意思徐鲁知道。徐鲁看了一眼陆宁远，对方眼里盛着若有似无的笑意。

徐鲁忽然就笑不出来了。

徐鲁沉默地下了床，穿上拖鞋，每一个动作都做得很慢，再抬眼看陆宁远，他总是有着足够的耐心，不慌不忙。

两人一前一后出了门，并肩走着。

病房的窗帘拉着，出来才知道，竟然已是傍晚。天边还挂着一点儿残阳，可这片土地已经沉寂下来。

徐鲁不知觉地有些紧张。

这几天一下子发生了太多事，她脑子一片混乱。再加上刚刚听见方瑜说了那么多，她有些手足无措。

抬眼去看陆宁远，他表情淡淡的，好像并不着急去赴局似的，一副随意的样子，衬衫不知道在哪里弄得有些皱了，西装外套下摆蹭了些灰。

徐鲁停下脚，指了指："你这儿脏了。"

陆宁远低头看了一眼，抬手拂了拂，落上的灰很快就没了，他垂下手去看她，道："好了。"

徐鲁又往前走去。

她发现陆宁远并没有跟上来，心里动了一下，回过头，陆宁远还站在原地，平静地看着她。

"怎么不走了？"她问。

他的目光和从前某个时候很像，却又认真得多。徐鲁心底莫名地紧了一下，下意识地僵直了背，嘴唇微微颤了一下。

他道："我们谈谈。"

陆宁远就站在她两米开外，像棵树一样。

很多年前，他也是这样淡淡的语气，三分玩笑三分认真地对她说："要是没合适的，我们试试？"

徐鲁有些害怕，他说的要谈谈。

陆宁远看了她一会儿，笑笑说："这种情况该是我比较紧张才对，怎么感觉你比我还紧张？"

徐鲁深吸了口气："啊？"

陆宁远朝她走过来，看着她憋了一口气的样子，对着医院的公园方向扬了扬下巴，好笑道："去那边走走？"

他们沿着公园转，走得很慢。

陆宁远距离她很近，近到她能闻见他身上的烟味。她很少见他抽烟，也大都是特别烦躁的时候。

有一个年轻的女孩子背着包走过他们身边。

陆宁远看了眼那个女孩子，开口道："我记得第一次在报社见到你，你就是这副样子，不管去哪儿都背个包，好像从来不穿裙子。"

徐鲁说："记者随时待命，穿裙子不方便。"

"工作外你也很少穿。"

"习惯了吧。"

陆宁远说："女孩子不都喜欢穿裙子吗？"

徐鲁想想问："谁说的？"

陆宁远面不改色："我。"

徐鲁一时不知道说什么。

陆宁远道："你大概不记得了。"

徐鲁听得不明所以。

公园里时不时地会走过一些人，说话声不大也不小，有一个爷爷坐在一棵树下，身边搁着半导体听新闻，像伴奏似的。

陆宁远说："几年前我给你爸爸做过一个专访，有印象吗？"

徐鲁想不起来，摇头。

"那天约的地方是你家。"陆宁远说，"你一直待在卧室。"

风吹过来，撩起徐鲁的头发。

陆宁远的视线落在她被风吹起的发梢上，目光又移开，道："虽然说给你爸爸做的专访，可他聊得更多的是你。"

徐鲁："我？"

陆宁远："对。"

"聊我什么？"

陆宁远说："说你钢琴弹得很好，不知道是不是真的喜欢还是被你妈妈逼得喜欢，有时候真看不出来。"

徐鲁闻言笑了一下。

"文学家大都比较细腻敏感，你性子随了你爸爸。"陆宁远说，"就这一点，是个干新闻的料。"

徐鲁头一歪："这句算夸吗？"

陆宁远笑了："当然。"

“感谢孟德尔遗传。”

陆宁远又笑了一下，说：“我有时候很羡慕你和你爸爸的相处方式，因为他永远给你最大限度的自由。”

徐鲁认真听着。

听到这句，不由得抬头看了眼身后的医院楼层，每个病房的灯都亮着，大家都忙碌着，或闲着，爸爸也醒了。

徐鲁说：“他是我的偶像。”

陆宁远随着她的目光看过去，道：“我还记得你爸爸第一次提起你的时候，他说为你感到骄傲。”

徐鲁低了低头，没有说话。

半晌，她才道：“我这几年都是瞎折腾，没少让他操心，大概已经不能说是他的骄傲了。”

陆宁远摇头笑笑：“明天问问就知道了。”

不远处那个爷爷的半导体声音变大了些，横亘在空气中间，像是鼓励打气似的，随着风向流淌过来。

“话说回来。”陆宁远道，“你以前也挺叛逆，读初中是不是还离家出走过？”

“他这都说？”

“你二十岁以前的事儿大都说过。”

徐鲁：“你不会都写上去了吧？”

陆宁远：“没有。”

徐鲁呼了口气：“吓死我了。”

陆宁远说：“人物稿件几千字太短，我打算做本书。”

徐鲁：“……”

“或者你起个名字？”

徐鲁看着眼前这个男人，像雾里看花，她怎么都看不透他在想什么。他说话的语气和平时一样，但生活里不像工作那么严肃。

他的目光很静，静得像条河。

徐鲁想，如果真的被这样一个男人放在心里，大概不会受苦，这一辈子不用努力就能过得很好。

她讷讷地问："我有什么好写的？"

陆宁远停下了脚步，徐鲁也跟着停下了。

他凝视着她的眼睛，道："一两句说不完，我可以慢慢讲给你，想听吗？"

徐鲁愣了。

陆宁远继续道："毕竟认识这么多年了，我的情况你也知道，家里就一个外婆，独身，没有不良嗜好，工作也还可以，足以给你收拾烂摊子，挣的钱也够养活一个家。"

他这话谦虚了，养活十个家都没问题。

"你可以去做喜欢的事情，我都支持。"

徐鲁听着咬住了唇。

"本来想再过段时间找你谈谈，时间不允许，我也以为我有足够的耐心去等，可你去一趟矿山回来，我后悔了。"

徐鲁觉得心脏都要跳出来。

陆宁远说："'心里装着别人的女人我不要'这句话我收回，不管你现在心里装着谁，就现在，跟我试试。"

他说完看着她，眼神微微闪动。

这些年他极少这样紧张过，更何况当面给小姑娘表白。不过倒也是一副不动声色的样子，眼神探寻。

徐鲁嘴唇动了动，说不出话。

眼前这个男人有多优秀她知道，她或许是该尝试一段新的感情。每个人都在往前走，她为什么不可以？

从前躲闪他的感情，因为工作又不得不接触，只好装傻充愣。他也一副不着急的样子，陪着她装傻充愣。

陆宁远见她目光游移，轻声道："三年前你拒绝过一次，现在呢？"

徐鲁屏住呼吸，慢慢静下来。

她不愿意去伤害面前这个男人，却也知道这样理所当然地接受他的馈赠实在可恶，不敢进一步，也害怕退一步。

徐鲁听到自己说："给我点时间，行吗？"

这个结果陆宁远并不意外，他反而是轻松了，毕竟她没有拒绝，她在考虑，考虑是否要和他在一起，这是个很大的进步。

陆宁远笑了笑，说："好。"

他们又沿着公园走了一个圈，谁也没有再多说。徐鲁送他到医院门口，看着他开车离开，原地站了一会儿，没有着急进去。

马路上的车你来我往，穿梭在黑夜中。路边的霓虹灯照在地面上，亮亮的光圈，像要把大地砸个洞。

徐鲁看了会儿，进了医院。

徐冰都睡下了，只有方瑜在病房门口等她，还正在打电话，说着有关采访的内容，也不知道那边说了什么，方瑜一直在生气。

徐鲁等方瑜打完电话，走了过去。

方瑜难过道："今晚不能陪你了妍妍，采访出了点问题，我得连夜赶过去，不行的话明天还得去重录一次。"

徐鲁说："忙你的去吧，不用担心我。"

方瑜拎起包就走，走出几步转头道："向前看，听到没？"

徐鲁笑了一下，无声点头。

那一晚，她几乎没睡，就陪坐在监护病房外。江河第二天中午从重症监护转到了普通病房，一直睡到下午才醒。

徐冰头疼的老毛病又犯了，回了家休息。

医院里就剩下他们父女两人，病房里静悄悄的，只有仪器的声响，窗户偶尔被风捶打着，发出砰砰的声音。

徐鲁坐在病床边给江河削苹果。

苹果皮削得很整齐，长长地掉下来，都快落在腿上，她也不以为意，继续用刀子削，目光都嵌进了苹果里。

有护士进来查房，看见她笑着打招呼说："削得真好。"

徐鲁回过神笑笑，将削好的苹果递了一个过去，那小护士推辞着，说工作时间不能偷偷进食，说罢对她笑了。

"那吃完再走。"徐鲁提议。

小护士很坚决地摇摇头，说："下班了请我吃行吧？你削得这么好，皮儿薄厚均匀，刻意练过呀？"

是练过的，她缠着江措教她的。

印象里好像是个周末，她没回家，和徐冰撒谎说跟大学室友出去玩，实则去了江措那里，大清早的他还在睡觉，身上还有酒气，也不知道喝了多少。

徐鲁打扫了房子，拉开窗帘让太阳进来，又泡了清茶，花了很大的力气才把他拉起来。他全身上下就穿着一条牛仔裤，光裸的胸膛露在外面，徐鲁不敢看。

江措像是故意似的，大大咧咧地掀开被子，睨了她一眼，一边套T恤，一边往洗手间走，嘴里还吊儿郎当道："要不要一起？"

她抬眼就瞪，推了他一把。

江措笑笑，回来的时候就看见她手里抱着个苹果，一手拿着刀子，不知道从哪儿下手，问他："你会不会？"

他哼笑："小意思。"

那天，他教了她整整一个上午，两人就那么靠在床上，他手把手教，从力度，薄厚，一边说教一边给她讲怎么下刀子更好看。

后来，他说："那天要不是苹果在，真吃了你。"

病房里又安静下来，小护士走了。

徐鲁看了一眼水果盘，她已经削了三四个，又拿起一个苹果，看了还睡着的江河一眼，又低头削起来。

她与江河提起陆宁远，说他对她很好，很少抽烟，待人温和，亦师亦友，徐冰也很喜欢他，方瑜说他们在一起应该会很幸福。

徐鲁说说停停，去搁苹果的时候，无意识地瞥到床上的人，愣住，刹那间涌出的欣喜被父亲的话打断。

江河正看着她，双眸清醒，声音缓而平和，道："你说的一直都是别人的感受，那你呢妍妍？"

徐鲁双目迷茫。

江河说："我不希望我女儿为了合适去恋爱，为了身边的人去妥协，她不应该为任何人妥协，她只能为自己活着。"

徐鲁眼眶慢慢湿润起来。

江河轻声道："感情不能将就，工作也不能。"

第十章

他说："我等着。"

矿山市连续下了四天瓢泼大雨，大雨过后又是阴雨连绵的天气，这场雨一过，空气彻底冷却下来，温度直接降至七度以下。

周末太阳终于出来，路上溜达的人也多了。

市区中心一个小区有住户报警说发现家里有蛇，吓得不敢进门。消防车刚到楼下，就看见那个女住户跑了过来。

车里，六子凑近江措道："队长，我猜这女的没男朋友，要不然给咱打电话干啥？"

江措斜了六子一眼，抬手拍了一下六子的头盔，从车上跳了下来。眼见那女住户就要撞怀里，江措身体侧了一下，抬手拉住她的胳膊。

"您慢点儿。"江措说。

女住户拍着胸脯道："吓死我了，你们赶紧上去看看吧。"

江措问："什么时候发现的？"

"中午买菜回家，一开门就看见长不溜湫的东西爬进卧室。"女住户说话的腔调都变了，"真弄出来我都有阴影了。"

江措舔了下唇，抬头问："几楼？"

"我住七楼。"

江措问完，和女住户要了钥匙，抬脚就走，被六子轻轻扯了一下胳膊，问："咱不拿个啥就这么去？"

江措抬眉："不就抓个蛇，拿个屁。"

六子缩了缩脖子，是有些尿，亦步亦趋地跟在江措后头。上到七楼，江措将钥匙插进孔里，还没来得及拧，就看见六子还站在楼梯口。

江措拿下头盔扔过去，道："等着。"

他拧开门走了进去，反手关上门。

江措把每个房子转了一遍，都没有发现。都这天了基本上这东西都冬眠去了，怎么可能会突然跑出来。

他走去客厅，脚步一顿。

余光里沙发下好像有什么东西，江措歪头看了一眼，瞥见那东西的尾巴。他往后退了一步，从腰间扯出一个黑色袋子拿在手里，慢慢地走到沙发另一头。

他随手从茶几上拿了个杯子，直接就往那东西的尾巴砸去，那东西溜得还挺快，脑袋刚从沙发底下露出来，就被江措一手掐住了头，塞进袋子里绑了个死结。

江措又检查了几遍，确认安全才出来。

房门打开，六子正要走上去，就看见江措手里拎着的黑袋子，又蹦出老远，嘴里"嘶"了一声，道："离我远点儿啊老大。"

江措嗤笑，直接将袋子扔出去。

六子吓得撒腿就跑，江措笑得肩膀都颤了，走过去拾起袋子，下了楼。那个女住户等在楼下，隔着十几米远不敢上前。

"已经安全了，放心吧。"江措说。

女住户点头道谢，经过他绕了一个大圈。六子跟在后头也颤颤巍巍的，问他："队长，怎么处理这个？"

江措说："蛇羹喝不喝？"

六子转头就吐。

江措笑笑，扶着六子上了消防车，将车朝野外开去。六子摸摸受了惊吓的心脏，靠着窗看江措，道："老大，你可真行。"

"至于吗？"

六子点头，惊吓还没过去："最怕那些玩意儿了。"

江措说："小时候逮那个跟玩似的。"

六子听罢好奇道："你小时候什么样啊老大？"

江措抬眉，道：“十几岁不懂事，比较年少轻狂。”

“哇哦。”六子问，“后头不少妹妹追吧？”

江措：“找抽呢是吧？”

六子嘿嘿笑。

江措开着车，看着前方宽阔的马路，眸子闪了闪。要不是六子说起，他大概都很少再去想十几岁的样子，那时候不爱念书，俗不可耐。

六子忽然道：“对了，徐记者回江城了。”

江措没什么表情，淡淡“嗯”了一声。

“好像听说不回来了。”六子说着叹了口气，“都没道个别。”

江措没说话。

六子道：“人家省城来的记者怎么可能在咱这儿常待？这以后见一面怕是都不容易。”

江措看了六子一眼。

六子自顾自道：“这世界人和人见面都是种缘分，说不见也就真的不会见了，跟做梦似的。”

江措摸了根烟塞嘴里，没有点。

六子看了眼江措，好奇地问：“队长，你当初为啥和徐记者分手啊？”

话音刚落，江措踩了刹车。

六子差点儿没撞到挡风玻璃上，立刻住了嘴，看着江措的脸色不太好看，乖乖地靠在椅子上不动了。

江措：“下车。”

山城地方小，就是一个框，转一圈最多半个小时就完了，市区和野外也就慢慢悠悠一泡尿的工夫。

江措走到野地里，将那条蛇放了。

他站在那儿没动，想把那根烟抽完。

野外偏僻荒凉，不远处还坐落着几栋长久不用早已破败的厂房，被这阴雨已久冒出来的太阳一晒，乍一看像蒙了层雾气。

消防车里的对讲机蓦地响了起来，江措迅速掐了烟走过去接，对讲机里程勇说第一商场着火，原因不明，问他在哪儿。

江措：“我这边过去大概十分钟。”

说完，六子已经上了车准备好，江措立刻将车开离。他开得很快，一边让六子打开了警报器，一边拨电话询问火情。

到商场比预计早了两分钟。

街上已经停了三辆消防车，程勇正在和商场的负责人说话，目前已经派出两队进行地毯式搜救，一队外攻灭火。

这是个小商场，三层，看这墙面已经有十几年历史了，是个老商场，窗子大都排气不好，容易造成烟雾堵塞，空间小，着火面不大。

江措抬头看了眼商场二楼冒出来的黑烟，又观察了一下四周的建筑结构，走去程勇身边，道："老大。"

程勇说："电气老化引起的。"

江措皱眉："上周不是刚排查了吗？"

程勇没有说话，对讲机里一二队传来消息说基本确定已搜救完伤员，正在下楼。话还没说完，对讲机突然中断，传出"啊"的一声。

江措立刻就往商场里跑，一边跑一边扯下空呼器戴上，取下灭火器拿在手里。商场一楼被烟雾逼满，还有小部分流淌火堵在角落，危险重重。

他直接走消防通道，刚上到三楼，听见长城叫了他一声："队长！"

江措抬眼看过去，烟雾里一堆人堵在楼梯墙角，小五半躺在地上，一张脸已经皱得不像样子，整个人陷入了巨大的疼痛，动弹不得。

江措立刻蹲下，拿下自己的空呼器给小五戴上，对长城道："你带他们先走。"

长城悲痛道："可是……"

江措转了下身体，慢慢将小五扶起来。

人群里有人道："赶紧走吧，万一火跟上来就出不去了。"

有人小声喊："他自己踩空和我们有啥关系，我们可不想死在这里。"

江措倏地回头，怒道："你再说一遍！"

人群里立刻没声了。

小五痛道："队长。"

长城没再浪费时间，咬咬牙，带着那些人先下去了。

眼看着烟雾越来越大，楼上已经有玻璃墙炸裂的声音，顶上有流淌火追了上来，火势蔓延得很快。

江措问小五："我现在背你起来，哪里疼就说出来。"

小五慢慢地点了点头。

江措的手刚碰上小五的后背，小五就疼得牙齿绷紧，额头冒出很多冷汗。江措低头看了一眼，想来应该是骨头裂开了。

他吸入了些浓烟，被呛得脸都僵了，屏着气俯下身体垫到小五身下，轻轻挪了挪，让小五慢慢靠上来，然后轻轻一提，缓缓起身。

小五趴在他背上，呜咽着。

江措走得很慢，一来是烟雾太大，看不清脚下的楼梯，得摸索着走；二来是小五受不了震颤，稍微一动就是撕裂。

小五两手无力地搭在江措肩上，忍着疼说："队长，我是不是很没用？"

江措："谁说的？"

小五艰难地笑笑："你别想着安慰我，不顶用。"

江措皱眉，缓缓道："臭小子，省点儿力气。"

快要走出去的时候，长城和初明抬着担架跑进来了，他们小心翼翼地将小五放在担架上，直接送上救护车。

江措一手扶着地，大口大口地喘气。

过了一分钟慢慢缓过来，他拿下头盔走了出去。有那么一瞬间，脑子是空白的，他靠在消防车上，闭了闭眼。

约莫十五分钟，火被扑灭了。

江措抬手抹了把脸，仰头靠在车上，看了眼头顶的天空，被烟雾弄得昏昏沉沉，散去估计也得好一会儿。

程勇扔了瓶水过来，叹道："你小子。"

江措无力地笑笑。

他去裤兜摸烟，空的，大概是掉在了商场里。

"有烟吗老大？"

程勇："我不抽烟你又不是不知道。"

江措偏头，看到附近有一个商店，便道："我去买包烟。"

他解开了消防外套，朝着商店走去，脸上还有一层灰在上头，他也懒得擦，随意抹了一下。再抬眼，目光一顿，似乎瞥见一个熟悉的身影。

江措步子一滞，很快抬脚跟上去。

路况挺乱的，因为商场着火的缘故，路被堵着，车辆也在路上乱停着，有人走路撞了他一下，等他再抬眼，那个身影已经不见了。

江措买了包烟，蹲在商店门口抽。

他有些怀疑自己刚刚是不是眼睛花了，可是刚才那个背影实在太像她了。

江措吸了一口，将烟夹在指间。他的胳膊懒懒搭在腿上，漫不经心地看着前面堵得严实的路口，不时地抬手吸一下，烟雾缓缓从口鼻吐出来。

抽完一根神清气爽，江措慢慢走了回去。

商场的收尾工作已经结束，四周还围着零零散散的人往里面看，六子站在警戒线边上和一个背着书包的女孩子聊天。

长城看见他，小跑了过来。

江措问："小五怎么样？"

"初步推断是胸椎撕裂性骨折，估摸得躺些日子。"长城说，"队长你没事儿吧？"

江措："你看我像有事儿？"

长城摸摸头："对不起啊队长，小五……"

江措笑了一声："行了，收队。"

长城立刻站直了："是。"

消防车一辆辆地陆续开离，江措坐在副驾驶上，将头盔扣在脸上睡觉，听着后边长城和六子在说话。

这一趟下来，真是够筋疲力尽的。

江措正睡着，手机响了，他懒得接，手塞进裤兜直接按了。

过了一会儿，手机又响，江措皱眉，直接将手机扔到后头。

亏得六子反应快，一把抓在手里。

六子看了眼长城，又看向江措，道："队长，张记者打来的。"

江措没说话。

六子抿抿嘴，划了接听，听见张晓丹急切的声音传了出来，问江措有没有受伤，噼里啪啦一大堆话。

等那头静下来，六子道："张记者，是我六子，队长没事儿，就是太累了睡着了，你要不晚上再打过来？"

张晓丹沉默了一下，"嗯"了声挂了。

六子倒吸了口气，和长城对口型道：“队长怎么回事儿？”

长城耸耸肩，轻轻摇头。

六子“哎”了一声，想起什么道：“队长，有个事儿我不知道当讲不当讲？”

江措没出声。

六子也不管他听不听，直接道：“我刚刚在外边疏散群众的时候，好像看见了徐记者来着。”

头盔下，江措睁开眼。

“也可能是我看错了，徐记者怎么会在这儿呢？”六子道。

江措目光一缩，心里大致确定了，商店门口闪过的那个模糊的身影就是她。就这么没头没尾地离开山城不是她的作风，这么些年不撞南墙不回头的性子还是没变。

他心里猛地生出一种不太好的预感。

江措缓缓吸了口气，将头盔从脸上拿了下来，偏头看向窗外，眸子渐渐变得深邃晦暗起来。

消防车直接往医院开，他们这一队人先要去看看小五。到了医院，一个个脱了外套，就穿着军绿色短袖走了进去。

小五还在手术室，队里的初明守在外头。

江措看了一眼手术室门口亮着的红灯，走近问：“小五还有多久出来？”

初明说：“快了。”

半个小时后，小五从手术室被推了出来，还昏迷着，醒来估计也得半夜了。江措让他们都回去休息，轮流照顾。

六子说：“队长，你这还有点轻伤，你回吧，这里有我们呢。”

长城跟着说：“是啊队长。”

江措正要说话，猛地咳了几声，他眼皮此刻也有些疲倦，大概是在火场吸入烟雾的时间太久，脑袋也有些不舒服。

“行，好好看着。”江措说，“有事给我打电话。”

从医院出来，山城的天变了，远处有乌云飘过来，黑压压地覆盖着小半片天空，或许晚上又会有一场大雨。

江措回了消防队，洗了个热水澡，换了干净的衬衫，想起商场的事故，又去了趟程勇的办公室。

办公室门关着，程勇不在。

江措等了一会儿，电话也没打通，又回了宿舍。他从抽屉里抽出几张纸，准备写今天的火情事故报告分析，手机响了。

张晓丹的电话打得锲而不舍，江措下意识地皱了皱眉头，想起了点事情，按了接听。

这回张晓丹没有先开口，可能怕又像下午那样，只是轻轻呼吸着，第六感确定那边的人是不是江措。

江措先开口道："有事吗，晓丹？"

"我没事儿，就问问你。"张晓丹说，"听说第一商场着火了，没人受伤吧，你现在怎么样？"

江措："小五受了点伤，我没事。"

张晓丹"哦"了一声："我这两天还在乡里，怕是回不去，过两天回山城了我去看看小五。"

江措："嗯。"

"你现在干吗呢？"

江措说："写报告。"

"那你忙，我不打扰你了。"

江措叫住她："晓丹。"

"啊？"

江措顿了顿，道："没事，早点儿休息。"

宿舍静悄悄的，窗外的夜渐渐暗沉下来。江措将手机扔到桌子上，背靠着椅子，仰头望向天花板。

不知道为什么，总觉得心里不踏实。

他从烟盒里抽出一根烟，塞进嘴里还没点着，就被人拿了去，一抬头，程勇站在他跟前。

"少抽点儿烟。"程勇说。

江措道："老大？"

程勇："刚刚家里有点儿事出去了一趟，你刚从医院回来，小五的伤要紧吗？"

江措说：“胸椎骨折，不轻。”

程勇叹了口气。

江措想起下午的疑问，道：“上周中队不是派人排查过，怎么能没有察觉电线老化会引发事故，这要是个晚上，会严重得多。”

程勇同意道：“是啊，实在太疏忽了。”

江措看了眼程勇手上拎着的袋子，道：“这么晚您还从家里过来？”

程勇拍了下脑门：“你看我这记性，你嫂子给你们带的菜盒。”

江措道：“还是嫂子好。”说着拿起一片咬着就吃起来。

程勇摇头笑道：“你也赶紧把小张娶进门，还愁没得好饭吃？”

江措笑笑，没有说话。

两人又待了会儿，说了点别的。

程勇走的时候六子他们回来了，没两分钟就把桌上的菜盒吃了个干净。

江措躺回床上睡觉。

他仰面看着二楼的架子床，抬手捂住眼，过了会儿又睁开，拿开手，缓缓呼出一口气。

“队长，想啥呢？”初明问。

六子嘿嘿笑：“女人。”

江措斜睨了六子一眼，六子赶忙捂住嘴，嘴里还嚼着菜盒，脸颊两边鼓了个包，目光平行着移开。

初明问：“打个电话给张记者不就行了？”

六子将手从嘴上拿开，说：“你不懂。”说完又把嘴盖上，笑眯眯地看着江措，就那么含混不清地说，“是吧队长。”

江措不动声色地从裤子上抽出皮带，慢条斯理地一圈一圈缠在手腕上，蓦地一停，忽然出手，砸在六子的腰上。

六子配合地往后一倒，捂着胸口：“队……长……”

初明“扑哧”一声笑出来，踢了六子一脚，道：“行了啊你，别作了。”

江措双手枕在脑后，问：“上周队里谁值班？”

“我。”长城说，“怎么了队长？”

江措从床上坐起来，看着长城，慢慢道：“周末例行排查，那几个商场你都检查了？”

长城说：“那天我都去过了，第一商场是最后一个排查的，不过中途碰见个贼，就抓贼去了，回来还特意看了一下，没发现什么问题。”

六子说：“会不会是这几天连续大雨，弄潮了，那地方本来就老旧，出什么问题咱也不好说。”

长城皱眉道：“要不问一下那个商场负责人？”

六子道：“找事儿啊你，要问也得指导员去，咱去人家不会理的。”

长城：“群众配合工作不应该的吗，他是长了三头六臂还是咋了？”

六子哼笑：“知道这商场是谁的吗？咱山城首富，家里背景不简单，就山上那矿都是他家的，找他事儿吃饱撑的。”

江措听罢皱眉。

他从兜里摸了根烟咬在嘴里，一边点烟一边问：“一两月前矿上有没有出什么事儿？”

六子和长城异口同声：“没有啊。”

长城接着说：“就接过一个报警电话，当时队长你好像去试车了，指导员带的队，可我们还没开到，警报就解除了。”

“没听说点什么？”江措问。

长城摇头：“有人说埋了人。怎么可能呢，要真有这事儿，早闹开了，还能风平浪静地等到现在？”

“记者不也去过，啥事没有。”六子道，“还是张记者报道的呢。”

江措吸了一口烟，拿在手里。

六子吃掉最后一口菜盒，道：“队长，过两天小五好些了，咱出门聚个餐去，我这肚子都扁了。”

六子说：“去‘赫本’？”

“赫本”是山城最大的夜市酒吧，各种主题舞厅，从餐饮到玩乐都囊括其中，谁也没有想到一个小小的偏僻的县城会有这么一个地方，像是大省城的高级会所。不仅男的爱去，女的也喜欢。

江措淡淡道：“行啊。”

六子激动地站起来，就差手舞足蹈了：“真的？”

江措一手揉了烟砸过去，说：“你知道去一趟兜里得装多少吗？先跑一百个圈去。”

六子捂着头满宿舍跳，苦着脸喊队长。

长城在一边大笑，问江措：“明天调休，队长你干吗？”

江措揉了揉下巴，扫了眼桌上的那份还没动笔的事故报告，目光落向窗外沉寂的黑夜，又转回来。

他淡淡地道："试车。"

江措第二天一大早就去了医院。

小五已经醒了过来，整个人硬邦邦地躺在床上，动一下都觉得跟撕裂似的，只能听天由命地仰着脖子。

"队长，能拍张照片吗？"

江措坐在椅子上正削苹果，闻言从裤兜里掏出手机，对着床上的大男孩"咔嚓"了一下，将手机扔到床上。

小五拿起一看，撇撇嘴道："真难看。"

江措笑了一声。

小五放下手机，看着江措手里的苹果，问："队长，练过呀？"

江措抬眉。

小五扯了下嘴角，说："就这技术，哄女孩子跟玩儿似的，真羡慕张记者，下辈子我要是个女人该多好。"

江措："那我肯定看不上你。"

他话音刚落，一个护士推门进来了，显然是听到了，忍不住弯了弯嘴角。小五看了一眼江措，脸都黑了。

护士换了药就出去了，还能听见一声窃笑。

江措切好水果，一个个插上牙签，给小五嘴里放了一个。小五咂着嘴道："队长，一会儿能不能抽根烟？"

江措直接拒绝："不行。"

"为什么？"

江措说："你说为什么。"

小五皱眉："不是我说啊队长，你有时候确实太无趣了，真不知道张记者怎么受得了，指导员也是，你这性子就适合一特别活泼能拿得住你的。"

江措抬了抬眼，没出声。

他只是忽然想起徐鲁，十七岁的年纪别的女孩都是花枝招展，她不，每天按部就班上下学，周末去练琴，日子过得倒也充实，就是死气沉沉了点。

那两年他在外面跑，有一年回老家，碰见她，互相见面也不知道说什么，他对她点点头，就要走，她却开口问他："你打算就这么混下去吗？"

他倏地刹住脚，和她对视。

两个月后，他就去了江城读职高，再次遇见她是在她学校门口，他还记得那天她看过来的眼神，不屑一顾。

那种目光，江措一直没忘。

后来用尽一切手段将她圈在怀里的时候，闻到她身上少女的清香，他才发觉不知道什么时候早已经迷了眼。

小五叫醒他："想什么呢队长？"

江措缓缓"嗯"了声："没什么。"

他从椅子上起身，去卫生间上厕所，眼神随意地透过病房门上的窗朝外瞥了一眼，看见一个身影闪了过去。

江措随即拉开门出去，站在走廊上。

像是在找人的蓝天此刻停下脚，又回过头，看见江措还愣了下，他走了过来，问："是你啊哥，这么巧。"

江措看了他身后一眼："找什么呢？"

蓝天无奈地"嗨"了一声，说："联系了一个采访对象，说是在哪个病房，我都跑了几层楼了，电话也没打通。"

说完，蓝天又道："你怎么在这儿？"

江措简单道："看个朋友。"

蓝天："好吧，那我先忙去了。"说着抬脚就走，又回头，"对了哥，你知道徐记者的联系方式吗？"

江措："怎么了？"

"她不是不回来了吗，我这边联系不上。"

江措："没有。"

蓝天看了江措一眼，叹了口气："先走了啊，改天聊。"

江措在外边站了一会儿，回了病房。

小五问："队长，你和谁聊呢？"

"一个熟人。"

小五"哦"了一声，问："对了，昨天的事故我听初明说是电线老化，可长城检查过也没啥事儿，会不会是其他情况？"

江措道：“不好说。”

小五“唉”了声道：“那天长城还抓了一个贼来着，当时还遇到指导员了。”

江措忽然出声：“你说什么？”

“怎么了队长？”

江措：“老大当时也在？”

小五：“陪嫂子逛街呢。”

江措半天没有吭声，过了会儿，他从椅子上站了起来，提了提裤子，系紧皮带，将手机塞进裤兜。

小五看得愣愣的，说：“你干吗队长？”

江措：“散心。”

医院距离第一商场不过四五分钟的路程，江措直接走了过去。商场被烧坏的程度不算太重，外边还围着隔离带。

他在周围转了一圈，检查了一下墙壁上的走线。

这栋楼十几年前建的，电线都走在墙里，又多又复杂，重新检修难度不小，再加上也一直没出现过问题，如果不引起重视，大概是不会重新检修。

江措抬起隔离带，进了商场。

大部分地板已经烧得不像样子，顶墙大面积地坏掉，墙壁都被烟熏成了黑色，空间有些逼仄。

他从里面转出来，看见门口站着一个中年人。

那人微笑道：“江队长，我们老板想请您坐坐。”

江措眯了眯眼，没有说话。

那人接着又道：“没别的，就是想和您聊一聊。”

江措不动声色地吸了口气，他淡淡道：“抱歉，没空。”

说罢，江措抬脚就走，听见身侧又有声音传过来：“江队长，我听说您女朋友是个记者，一定挺漂亮的吧？”

江措顿住脚，吸了吸脸颊。

中年人做了个请的姿势，江措顶了顶牙，上了路边的车。车子一路向前开去，拐进一个巷子，巷子的后面是赫本酒业。

江措被带着走到了最里面的包厢，包厢里坐了几个男人。江措一眼就看见中间那个男的，是商场负责人。

“随便坐，江队长。”

江措没有动，就站在那儿。

“也没什么事儿，昨天商场的事儿多亏了你们消防员，就是感谢一下，给程指导员打电话，人忙着呢。”

江措说：“职责所在，不必。”

“那也得喝一杯啊兄弟。今儿程勇不在，你得给哥一个面子，毕竟军民一家亲嘛，咱以后还要多打交道。”

江措：“执勤不能喝酒。”

男人听完他这句，不说话了，直接往沙发上一靠，打量了他一眼，说：“至于吗，江队长？”

江措说：“我来之前查看了下你们商场的走线，大部分都不是很合格，长久来说这次火灾难以避免，迟早会出问题。”

男人抿紧了嘴。

“消防队每次排查都会提醒当事人，可你们似乎一直没有做出处理。昨天这场大火幸亏救得及时，要真是弄出人命，恐怕你现在这酒就不好喝了。”

江措说完看了男人一眼。

“江队长这话听着够劲儿啊。”

江措笑了笑，说：“客气。”

“既然江队长觉得我们这酒不好喝，那就不耽搁您执勤了。”

江措垂眸，又抬起，道：“既然来了，也不能白走一趟，手头上也没什么要紧的事，不介意我检查一下你们这儿的消防设施吧？”

“请便。”

等江措离开，男人的脸色立刻变了。

身边一个人道：“这小子软硬不吃啊，要不咱重新找个人合作？”

男人冷漠道：“你看着办，这事儿尽快了了，给那蔫儿打个招呼，一条绳上的蚂蚱他跑不了，还想退出，做梦去吧。”

酒吧里走廊颇多，暗影浮动。

这里边没有白天黑夜，灯红酒绿的。酒吧一个经理带他走到一半路，说还有别的事就不带他过去了。

江措两边看了一眼，只能自己找。

他一边走一边点了根烟，瞥见一两个人坐在沙发上喝酒，目光又往前抬了抬，看见一个人影闪过，戴着黑色帽子，穿着宽松的裤子和卫衣，一副男人打扮，身形弱小，莫名有些眼熟。

江措迅速将烟咬在嘴里，跟了上去。

他跟到走廊拐角，那个身影就不见了。他来回找了好几次，都没有再看见，一度以为出现了幻觉。

江措走到一个过道，抽完那半根烟。

他扫了一眼角落里的消防栓，过去查看了一下，一切正常，又检查了别处的几个消防栓。走了一圈消防通道，确认无误，准备离开。

余光里，那个身影上了走廊。

江措不太想多管闲事，抬脚就要走，忽然发觉刚刚那个人走路的姿势有些奇怪，右脚受过伤的样子。

他瞳孔倏地一缩，深吸了口气。

江措随即快步跟上去，这么大一个酒吧跟丢一个人太容易了，他对这边不熟，穿过走廊就跟丢了。他咬紧牙，心里慢慢有些慌乱，抬头看了一眼这酒吧的一些布置，没有摄像头，他心底一沉，或许在看不见的角落里全是那玩意儿。

他退到走廊尽头，抬头看了一眼不远处的安全通道，走了过去。待站定后，身侧楼梯上有人站在那儿。

他慢慢偏过头去，还是震颤了一下。记忆里才一周多没有见的女孩子，此刻眼神坚定从容，只是目光淡淡的。

江措慢慢抿紧唇，静静看着她。

这种地方她也敢来，还是单枪匹马一个人？果真是做了记者，有使命有理想，真是勇敢。以前那么怕黑一个人，现在眼睛都不眨一下。

江措脸色沉下来。

他看了她一眼，皱了皱眉，又将她从头看到脚，眉头皱得越发深了，正开口，被她打断。

“找我啊？”徐鲁歪头。

江措大概是能猜到她来这儿做什么。

他抬手碰上安全通道的门，正要关上，看见大堂经理朝他这边走了过来，目光一凛，再偏头看过去，徐鲁已经不见人了。

经理走过来道：“江队长，您检查完了吧？”

江措：“嗯。”

就在一瞬间的工夫，警报忽地响了起来。

经理脸色迅速变了：“怎么回事儿？”

江措蹙眉，直接推开门跑去了刚才的消防通道。如果没记错的话，这酒吧一二楼放消防栓的位置就在通道附近。

一堆人匆匆忙忙从里面跑出来。

有人喊：“这谁干的？”

江措逆着人流往里跑，看见那个身影闪进了一个房间，是刚刚他进去过的那个房间，他趁着人群纷乱溜了过去。

大概不到十几秒的工夫，徐鲁从那房间探出头来，突然感觉手腕多了一股力量，被人拉了出去，看见是江措，顿时不吭声了。

江措拽着她随便进了一个包厢。

外面响起一阵凌乱的脚步声，还有几声叫骂。过了一会儿，终于安静了下来，徐鲁察觉到气氛的诡异。

江措压着她靠墙，将她抵在墙角。

他的气息很近，从未有过的近。徐鲁的半张脸都被遮盖在帽檐下，可是余光里能感觉到他的目光，喷出来的怒火几乎能烫伤她。她双手被他攥着，动弹不得。

两人都屏气呼吸，轻轻的呼吸声蔓延在整个包厢，黑暗里仿佛能听见他的心跳声，还有所触摸到的他胸膛上的温度。

黑暗的房间里慢慢地出现了一道小小的光，有人很轻很轻地推了一下门，看了进来，悄无声息的一道视线落在他们身上。

徐鲁吸了一口气，感觉到头顶上的帽檐慢慢被他转向后面，随即他的吻就落了下来，急切、炽热，像一团要燃烧的火焰。徐鲁大脑“嗡”的一声，愣了。他一只手掌捏着她的脸，让她转向里侧，另一只手握着她的腰，用的力气特别大，似要把她揉进身体一样。

徐鲁被动地承受着，被他紧紧堵住嘴。

他吻得又急又猛，湿热的唇转移到她的脖颈。

徐鲁克制着不让自己发出声音，承受着他来势汹汹的亲吻。她迷糊着眼去看他，闻着他身上的味道，忽然就静了下来。

门口那道视线还没有离开，似乎在试探。

他抬手捂住她的眼睛，吻上了她的锁骨。

包厢里陡然出现的那一抹微光似乎慢慢地灭了下去，门被人从外面轻轻拉上了，像什么都没看见一样。

他的额上浸了层薄薄的汗，有一滴落进她胸口。

徐鲁抬着湿漉漉的眸子看着他，有那么一刻想抓住他眼底涌出来的那些东西，瞬间又觉得冰凉刺骨。

她猛地推开了他，用手背捂住嘴。

江措被她突如其来的力量推得后退了一大步，胸膛剧烈地起伏着，慢慢平静下来，抬眼看她。

他舔了下唇，别开脸。

“等会儿再出去。”江措低声道，“外头还有人。”

徐鲁整理了一下衣服，将帽子戴好。

空气里有一种尴尬在，两人互相都不看彼此，好像刚刚那么亲密的样子是个错觉，不是真的发生过一样。

江措低头点了根烟，猛吸了好几口。

烟头的火星一亮一暗，看起来吸得很用力的样子，那明明灭灭的微光盈照在这黑暗的包厢里，渐渐地冲散了情潮，气氛慢慢有些回温。

江措低着头问：“什么时候来的？”

徐鲁轻声道：“前几天。”

想起上午见到蓝天的时候听到的，江措淡淡道：“电视台不回了？”

徐鲁：“嗯。”

江措：“住哪儿？”

徐鲁抬眼看他，没说话。

江措吸了口烟，静静地看着她，也不说话。

半晌，他道：“当我没问。”

徐鲁重重地压下了心底那一波被他撩起的燥热，又是一副淡淡的样子，将目光从他身上移开。

她漠然道：“你有女朋友。”

江措冷哼：“不用你提醒。”

刚才危急时刻，不过当是做一场戏，他们谁都不能往心里放，就像是，互相没见过面一样。

徐鲁讨厌他的语气。

江措道：“来这儿做什么？”

徐鲁：“玩咯。”

“穿成这样？”

徐鲁：“你管我。”

江措“啧”了一声。

“消防警报你干的？”

徐鲁沉默，不置可否。

江措偏了一下头，又转回来，道：“如果说南坪的危险系数是七分，那这儿就是十分，明白我意思吗？”

徐鲁：“不明白。”

江措眯眼：“你还真是……”

他话到一半止了声，别过脸，不知道说什么好，一股无名火自己上来又自己下来，他都被自己气笑了。

徐鲁：“笑什么？”

江措双手抵在胯上，低了下头，缓缓吐了口气，无奈地又摇了摇，像是一瞬间决定了什么一样。过了一会儿，他又抬起头看她。

他声音很轻：“想好了？”

徐鲁一愣。

这三个字没头没尾的，她竟然听懂了。他表情淡淡的，看不出来什么波澜，比起刚刚那场急切暴躁的吻，他现在平静多了。

来这儿之前，江河也问过她是否想好了。

她斩钉截铁地点了点头，问江河说母亲那儿怎么办。江河给了她一个鼓励和安慰的眼神，道：“就说爸爸让你去办件事。”

而陆宁远那里，她只能说句对不起。

方瑜说陆宁远或许不是她爱的，却是最合适的。做决定离开江城的那天，徐鲁想明白了，再深爱一个人可能很艰难，但陆宁远绝对不合适，他太温和淡泊了。

大概从今往后也不需要再见了，她离开了江城报社也好，以后有机会可以重新拾起老本行，教人弹弹琴，或者去采访全国各地的人。

她问江河："爸，你说我会后悔吗？"

这句话两个意思，拒绝陆宁远和是否去山城。

江河没有直接回答她，反而轻描淡写道："一个人这一生会面临很多选择，你说重要吗妍妍？都不重要。因为你以后还会遇见更多的选择。人的命运不是一次选择就能决定的，而是你每次选择之后是否为之付出的百分之百的热情。

"还有耐心、信心，和独自面对寂寞与挫败的勇气。"

江河后来说："我那边有个朋友，回头我告诉他你的联系方式，他会帮助你，想做什么就去做吧。"

包厢里暗潮涌动，江措的烟快抽完了。

徐鲁感觉到腿脚有些僵硬，她跺了跺脚，将帽檐往下压了压，双手塞进口袋里，抬头看了江措一眼。

"就当我们没见过。"徐鲁道。

她说完离开了包厢。

江措一个人站在那儿，吸完了最后一口烟，揉碎扔掉，眸子顷刻间变得深沉了些，刻意等了一会儿才出门。

走廊里站着那个经理，看见他抿嘴笑了下。

"江队长。"男经理轻轻甩甩下巴，"挺重口的呀。"

江措扫了一眼过去，神色有些复杂。

"这年头大家都理解，别太拘谨，没事儿常来，以后这片还得你们罩着呢。"

江措顶了下牙。

"刚刚虚惊一场，知道消防大队长在这里，我们都不慌的。"经理笑着说，"老板说您想来就来，酒水半免。"

江措蓦地有些烦躁。

他从酒吧出来，在门口停留了一下，随意地往四边看了看，又收回目光，一手抄着兜，半晌，爆了句粗口。

江措沿着街道往消防队走着。

他走得很慢，慢到就连一个拄着拐杖的阿婆都比不过。阳光一直照着他的后背，像要穿出一个洞来。

江措目视着前方的路，一手抄兜。

前面是一个菜市场，有熙熙攘攘的人，一对男女在吵架。女人似乎还怀着孕，挺着个大肚子站在路中间，挡着男人的路。

女人扯着男人的袖子："你不能去！"

男人不甘示弱，很生气地回道："你给我让开。"

有一堆人在看热闹，指指点点说这男人怎么这样。男人烦躁地一把推开女人的手，快速从人群里穿了出去。

男人走后，女人哭了。

或许是怀孕的缘故，蹲不下去，女人靠在一个菜摊上，泪水涌满了眼眶，哭得很压抑，眼泪不停地往下流。

江措停下脚，心底疼了一下。

七年前他们吵得很厉害，徐鲁一步不让，他气得摔门而去。那天她是不是也像这个样子，哭得很难过？

刚刚他的唇碰上她的时候，都能察觉她的颤抖。

江措狠狠地闭了闭眼，低头点了一根烟。这么多年他都记不起来她哭是什么样子了，在一起那两年她总是笑得多一些。

其实后来他有找过她一次。

那是父亲的事情过了一个月之后，他平静下来，有一个傍晚忽然想起她，跑去她读书的大学，却听她同学说她已经退学了。

她离开得毫无征兆，他有些不知所措。

江措记得那天雨下得特别大，他跑去她家楼下，看见她的房间暗着灯，他等了很久，直到看见徐冰走了过来。

他永远都记得徐冰的表情，冷得像块冰。

"你走吧。"徐冰的声音也冷得像块冰，"看在老家那边的面子上我不会把你怎么样，但你也别想和妍妍有什么了。"

他当时很害怕徐鲁出事。

可是，徐冰很坚决："我和她爸爸从来都不是固执守旧的人，妍妍喜欢你，我们不反对。江措，走到今天这一步，我想知道，你有多疼她？"

他说不出话。

他想说能不能让他见她一面，可他张不开嘴。他看见徐冰站在路口，脸上冰冷的表情快要破裂，看了他一眼转身往回走。

他忘不了那个雨夜，一辆车忽然撞了过去。

徐冰伤了腿，躺在地上动弹不得，只是远远地回了一下头。在他跑过来的瞬间，她看着他的目光冷得刺骨，咬牙切齿地说："走。"

他后来躲在人群里，看着 120 来了，又走了。而他心底里藏着的那个女孩子没有出现，再抬头看，那间房子的灯灭了。

从今往后，一去没回头。

菜市场路口围着的人渐渐地散去了，有阿婆过去安慰那个女人，女人还在哭，自始至终没有喊着要离婚。

江措抬手摸了摸唇，有些湿冷。

他猛吸了一口烟，掐灭扔在地上，用脚踩了踩，从兜里掏出手机，给张晓丹拨了一个电话。

张晓丹几乎立刻接起，道："江措。"

那声音里有些欣喜，江措不是听不出来。他抬眼看着这闹哄哄的菜市场，深深吸了一口气，对张晓丹道："回来了吗？"

张晓丹声音细细的："没呢。"

江措："现在在哪儿？"

"邻镇呢，还得两天，要补个采访。"张晓丹说，"怎么啦？"

江措："我过去找你。"

张晓丹愣了一下，有些不可置信，重复着问："你要过来吗？"

江措："嗯。"

张晓丹自然是特别想让他来，但作为女朋友，还是更心疼他多一些，便道："你今天轮休就好好休息，别跑了，反正我过几天就回来了。"

江措："没事。"

他这两个字像定心丸一样深深烙进张晓丹的心里，此时此刻这个姑娘忽然娇羞起来，轻轻地说了一声好。

江措一刻没停留，直接打车去了邻镇。

到那边也就一个多小时的路程，太阳慢慢地跑进了乌云里去，天一下子变暗了，仿佛有一场大雨要来。

出租车停在一个宾馆门口，张晓丹站在那儿。

江措一下车，张晓丹就小跑了过来，挽住他的胳膊，弯弯嘴角笑着说：“来这么快呀，我同事在楼上呢，说要见见你。”

江措停了下来。

张晓丹回头，笑脸相迎道：“怎么啦？”

江措：“我有事要和你说。”

他的表情特别正经，还有些严肃。张晓丹瞬间收了笑脸，慢慢才反应过来，试探着问：“什么事儿呀？”

江措：“先找个地方吧。”

他们去了宾馆对面的小餐馆，下午人不多，里面空空荡荡，就坐了他们两个人。

张晓丹有些紧张：“你说吧。”

江措将菜单推过去：“先点菜。”

张晓丹低头挑了几个，大都是他喜欢的口味，然后看他：“你要不要来点酒？”

江措：“今天不喝。”

点完了菜，张晓丹心里莫名有些慌。江措来这儿找她已经是惊喜和意外了，可现在不确定是好事还是坏事。

于是，她问：“出什么事儿了吗？”

江措看了一眼张晓丹，那张脸上写着明显的惶恐，但看着他的眼神还是温温柔柔的样子。

江措说：“对不起。”

张晓丹没听明白，“啊”了一声。

江措：“我们分开吧。”

张晓丹脸色忽地慌张起来，强撑着一个笑，说：“你说什么呢？”

江措：“对不起。”

张晓丹慢慢收了笑，嘴角有些僵硬地扯了扯，看向江措，目光变得很遥远，像在透过他看另外一个人。

饭馆里太安静了，静得有些苍凉。

“是因为徐记者吗，或者妍妍？”

江措倏地抬眼。

“你喝醉会叫她的名字，你的钱包里也有她的照片。”张晓丹说着眼眶湿了，“你说要跟我好，是因为她来了山城对吧，现在她走了，我的价值也没了是吧？”

江措皱眉：“和她没关系。”

张晓丹眼泪流下来，偏过头去擦。

江措说：“从始至终都是我的错，是我浑蛋，辜负了你，我答应过你哥会好好照顾你，就算不能做夫妻，我也会把你当亲妹子看。”

张晓丹狠狠咬着唇，闭了闭眼。

“你很爱她吗？”张晓丹问。

江措沉默。

张晓丹笑了，看着江措，缓缓道：“那天夜里知道她当着那么多人的面扇了你一巴掌，我当时就在想，这个徐记者怎么那么厉害呢，可你的反应更让我惊讶。”

江措垂着眸子，没有说话。

“她去南坪你也跟着去了吧，怕她有危险。”张晓丹平静道，“这么多年你一直都没忘记过她，只是想借我让自己死心，是吗？”

江措低眸，倒了一杯茶水一饮而尽。

张晓丹点点头，说：“我知道了。”然后从座位上起身，最后看了一眼江措，看着这个让她神魂颠倒的男人，“追着你跑其实挺累的。”

江措胳膊搭在桌子上，一直未抬眼。

张晓丹还想说些什么，最终没有再说，慢慢地叹一口气，像是已经疲惫不堪的样子，转身离开了。

菜上桌了，老板殷勤地给江措加茶水。

江措抬手一挡：“结账。”

从饭馆里出来，他打车回了山城。中途下了大雨，这场雨来得气势汹汹，拼了命一样往地上砸。出租车不进市区，江措被迫下了车。

天色迅速黑下来，雨越下越大。

前方一个路口好像出了什么事儿，江措冒着雨跑了过去，发现前边一个地下桥被淹了，一辆车困在里面出不来。

他一边打救援电话一边走过去。

这一片排水不是很好，一到下雨天很容易积水，这个地下桥年代也久了，这周连续下雨，再加上今天突发暴雨，江措有些担心这个地下桥承受不住。

就在他的身后，又堵了几辆车。

大雨砸在身上，水里。此刻，他半个身子都陷进了水里，动作起来特别困难。他走到车旁，看见一个女人被困在里头。

江措敲了敲车玻璃，大声喊："开窗。"

女人拼命地拍打着窗，摇头，说门窗都打不开，又做了个开门的姿势，完全不起作用，只好使劲砸窗户。

江措看了四周一眼，全被淹透了。

他看向女人，指了指自己的胳膊肘，喊道："退后。"然后一肘过去，车子在水里晃了晃，他一连砸了好几下，才捅开窗户。

江措很快将女人从窗户里抱了出来，走出了深水洼。

后边又接二连三地有几辆车子撞在一起，发出哐当几声，夹杂着大雨，噼里啪啦地响彻在这模糊不清的视线里。

江措将女人放在安全地方，就要过去查看，被女人一把拉住，道："我车怎么办？"

雨一直下，地下水位越来越高，雨水砸在江措脸上，他抹了把脸，指了指陷进去大半的水，也不顾雨水飘进嘴里，冷冷道："大姐，就这水位你告诉我怎么弄？"

他话音刚落，消防车来了。

程勇迅速安排救援，几个战友跑去出车祸的方向查看。六子看到江措这边的情况，跑了过来，喊了声队长。

女人一听，急了："那你更得帮我了。"

六子大声问："怎么了队长？"

江措："这边没你事儿，去那边帮忙。"

女人一把拉住六子："不能走，走了我的车就完了。"

江措命令：“走。”

六子又跑回大雨里去。

女人看着江措吼道：“我要投诉你。”

江措身上的衬衫此时被水浸透，黏在身上，他直接扯开扣子脱了下来，黑色背心紧紧贴着胸膛，由着雨水拍打。

他拧了拧衬衫上的水，冷硬道：“我等着。”

第十一章

她说："你不要脸。"

现场一时有些混乱，由于雨势太猛的缘故，天色又黑下来，车子看不清方向，已经有连续几辆撞在一起，路口堵得一塌糊涂。

消防车的警示灯亮在这雨夜里，闪烁得人心发慌。

消防员分成好几队检查路况搭救路边被困的车辆，还留下一队在现场。地下桥的水位不断在增高，已经快要淹到腰部，有几辆车也被困在水里。

江措正沿着地下桥外的长街往下走，他已经换上了消防服，整个人都是一袭黑，只有衣服上明黄的横条在这雨夜尤为显眼。

他打着手电筒，一边走一边检查路况。

还没走多远，就听见身后的指挥现场发出几声喊叫，又是那个女人，她堵在程勇跟前，不用猜也知道在说什么。

他哼笑一声，回头继续走。

前面有人喊他："兄弟，帮个忙。"

那人开着一辆五轮，车的后半部分陷入了水坑里打滑出不来，此刻正费力推着，却毫无作用。

江措迅速跑了过去，搭了把手。

他一脚踩进水坑，消防靴直接被淹了，雨水灌进他的嘴里，迎面打在脸上、身上，哗啦啦跟倒似的咯嘣响。

江措铆足劲喊："来，一二三！"

这样来回了好几次，车子一直打滑出不去，眼看着就要上去，力度不行又滑了下来。开车的人也加大了油门，江措后边又推了几次。

最后一次，他低吼一声，用尽全力，膝盖往上一顶，整个人身体向前发力，一气呵成将车子推了上去。

几乎就是一瞬间，天地崩塌一声重响。

身边一起推车的男人吓了一跳："啥声音啊这是？"

江措很快回头，地下桥一部分塌陷在水里，直接砸向刚才陷进去的那辆车，随即听见一声女人撕裂的尖叫。

他迅速跑了回去，六子他们也过来了。

幸亏只有一辆车子沦陷，并没有出现人员伤亡，众人都倒吸了一口气，后怕地看着这一片混乱的坍塌。

六子拍拍胸口，道："得亏没去捞车。"

长城感慨："这种天灾人祸猝不及防，谁知道自己下一分钟会发生什么事儿，还是认真工作吧咱。"

那个女车主，此时已经吓得连话都说不出来。

江措走到程勇身边，道："这叫什么事儿。"

程勇叹了口气，拍了拍江措的肩。

那一晚，整个消防队都没有停下来过，每一队两个人穿梭在水洼极深的街道上，协助车辆通行和行人脱困。

有一个街道直接被水淹了，江措直接拉了条绳子过去，让围困在路边的人抓着绳子去到对面。而他整个人一直都泡在水里，被水淋打着，脸色很不好。

直到半夜三四点，雨才差不多停了。

山城终于恢复了平静，街道上被水冲得一地垃圾，路两旁的树也被这场大雨砸得快秃了，一副萧条飘零的模样，像被扫荡过一样。

天微微有些亮起来的时候，江措他们才缓下来。

对讲机里，程勇喊："收队。"

江措那时候刚检查完最后一个路况，走在宽阔的大马路上，路边的积水慢慢退去。他拎着头盔，一边抽烟一边往前走。

身后消防车慢慢滑过来，长城打开窗子叫他："上车，队长。"

江措咬着烟，扯下身上的消防服，连同头盔一起从窗户扔了进去，抬头含糊道："你们回。"

"你去哪儿？"六子探出头。

江措眯起眼："找抽是吧。"

六子倏地缩回脑袋，嘿嘿一笑。

江措："赶紧走。"

消防车呼啸而去，留下江措一个人在后面。黑夜还没有完全褪去，远处夹杂着几处灯火，照着前边的路。

江措捏着烟抽了一口，拿在手里。

雨后草地的气息混合着泥土的芳香扑面而来，散发在这微亮的天色里，远处传来几声狗吠，衬得四周安静极了。

江措又吸了几口，将烟扔地上踩灭，走进一个小区。

这个时间大部分人都还睡着，小区里却有些闹腾。有一棵大树被大风刮倒了，拦腰折断，直接压在一辆汽车上，车顶被砸得陷了进去。

那棵树至少四十年了，又粗又壮。几个男人共同使力想把那半截从车上扛下去，江措也过去帮了一把，完事儿拍了拍手，有人递给他一根烟。

他笑着接过，抬手以示谢意。

一个男的看到江措身上穿的裤子，道："你是消防员啊。"

江措："嗯。"

"昨晚山城出了不少事故，没少忙吧？"

江措："还行。"

"住这儿？"

江措："找个人。"

他刚说完看见身边不远处一抹纤瘦的身影走了过去，戴着一顶黑色帽子，头发从耳后别下来落在肩膀上，穿着灰色的毛衣外套，里面似乎还是一身睡衣。

男人还在问他："这片我都熟，兄弟你……"

江措说了声不好意思，疾步跟了上去。

徐鲁走得快，她很意外会在这儿看见江措。

这里的居民楼有些年代，除了几栋是筒子楼，其他都是五层高，一排排房间面朝外，栏杆围着，是以前的政府办公楼改修的。

徐鲁住在二楼的走廊尽头，对面还有一户，挡着光线，走廊有些黑，灯是声控的，徐鲁走得又轻又快，生怕江措跟过来。

她一进屋就将门上了锁，没敢开灯。

可是门口还是传来他的脚步声，一点一点地逼近，缓缓地，不轻不重，慢慢停在她的窗外。

徐鲁听见打火机响，看见窗外的火光。

不知道为什么，她忽然鼻子一酸，急忙捂住了嘴，偏过头看着房间的一片黑暗里，他手上的那束光照了一点进来。

江措问："这个点跑出去做什么？"

徐鲁不响。

江措低头吸了一口烟，静静地等着。房间外的温度很低，下过一场雨的缘故，这会儿差不多已经在零下了。

他还穿着那件黑色背心，凉透了。

很多年前，他们也是这样。很多时候她去上课，他忙完就来接她，等在她们的教学楼下，偶尔也会去她教室门外等，也是靠在窗外，低头玩手机。

有一次大半夜，她心血来潮，非要拉着他去影院看午夜鬼片，结果整场电影看下来两只手把眼睛捂得严严实实，不管他怎么哄都不看一眼。

后来看完出来上厕所都不敢去，等到厕所没人，他一个男的进了女厕陪她，遇见保洁阿姨，还以为他是变态要报警。

江措想到这里，笑着吸了口烟。

他低低道："昨晚永芳街的地下桥塌了，我就在几十米外站着，你知道那时候我在想什么吗？"

徐鲁静静地垂下眼，她刚就是从那边回来的。昨夜暴雨，她怎么都睡不踏实，这里的房子不隔音，半夜听见隔壁大姐说桥塌了，砸死了一个消防员，她吓得披上外套就往外跑。

她去了才知道砸的是车，半个魂才回来。

江措继续说："想喝点儿酒。"

徐鲁无声道："傻子。"

"忽然觉得很累，特别想睡一觉。"江措淡淡道，"一觉醒来你在边上，好像什么都没发生过一样。"

徐鲁眼眶蓦地湿润了。

“我是不是挺浑蛋？”

徐鲁抬眼，不让泪水流下来。

江措说着闷声咳嗽了几下，他拿下烟缓了一会儿，没有再抽，就这么懒散地靠着窗，微偏着头。

“你不说我也知道。”江措苦笑，“是挺渣。”

徐鲁轻轻吸了口气。

“妍妍。”他这一声极低极轻，“我想知道你退学那一年怎么过来的，是不是特别恨我？”

徐鲁被他这一声弄哭了。

她刚刚蓄积在眼眶的泪好不容易憋回去，又猛地流了下来，跟决堤的洪水似的，泪流满面。

那一年怎么过来的？熬。

他爸出事以后，她去找过他，找他的朋友打听，知道他那段日子一直混在 K 厅，人不像人鬼不像鬼。

记得那是个傍晚，她去找他。

当时就站在包厢门口，听见里面一堆人嬉笑怒骂，她轻轻将门推开一点，看到他显然有些喝多了，表情放浪。

有人问他：“你现在什么打算？”

他静了片刻：“不知道。”

“你现在这样不太好吧，我听说妍妍退学了。”他那个朋友是他们共同熟悉的，有些担心道，“你不问问？”

他吸了吸脸颊，喝了一杯酒。

她听见他冷冰冰地道：“别跟我提她。”

她跑回了家，把自己关进房里不出门。

徐冰怎么问她都不说话，吓得哭了好几次，后来问了方瑜才知道怎么回事儿，却未曾有一句责骂，倒是与江河一起，想着法儿地让她好起来。

她恨他吗？怎么会呢。

更多的是害怕，怕他不爱她，怕他离她而去，怕他不要她了。她想她是很好哄的，不会给他添麻烦。可他还是走了，这一走就是七年。

门外，江措叫她：“妍妍。”

徐鲁紧紧捂住自己的嘴，忍着不哭出声。

“我后悔了，妍妍。”他低声道。

她的眼泪砸在地上，像昨夜大雨。

江措慢慢直起身，站定在房间门口，他抬手想敲两下门，迟疑了片刻还是把手放了下来，一时竟然有些紧张。

他说：“昨天你爸给我打过电话。”

徐鲁后背一僵。

“我都知道。”

徐鲁脑袋“嗡”的一声。

江措半低着头，忽然发觉房门打开了，他倏地抬眼，一愣，一个肥胖的四十来岁的女人看着他，气道：“一个大男人能不能直接点？把我都听累了，却没一句说到点上，扯那些有用没用的干啥？就说你爱她想她这辈子没她不行，怎么从你们男人嘴里想听句软话就那么难呢？”

江措彻底愣了。

身后忽地“吱呀”一声，他回过头。

徐鲁静静地站在门口，看着他。

天慢慢地亮了一点点，有微光洒进来。他站得那么近，高大挺拔，下颌紧绷着，一双眸子漆黑深沉。

胖女人悄悄地关上了门。

走廊上就剩下他俩，再也没有一点儿声音。他们互相对视了很久，直到一缕清晨的风吹了进来。

徐鲁问：“我爸说他有一个朋友会来，是你？”

江措：“嗯。”

徐鲁不再说话了。

江措舔了下唇，偏了下头又看向她，目光很深沉。他看着她的脸颊，在这昏暗里模模糊糊，只有那一双眼睛，清澈见底。

他昨晚就发疯似的想她。

地下桥塌陷的那一瞬间，他就开始想她，想她十八岁的样子，十九岁的样子，笑起来的样子，每一种都很好。

江措狠狠压住了心底那股燥热，看着她干净的脸颊，落在耳边软软的头发，还有些迷茫的眼神。

他叫她："妍妍。"

她没出声。

听他道："心里还有我吗？"

徐鲁没有吭声。

她看着面前这个有些颓丧的男人，背心，消防裤，还有点胡子拉碴，从她的十八岁给了他到现在，他已经二十九岁。

他们分开七年，不是七天。

徐鲁不是没想过这个场景，无数次痛苦的时候她幻想有一天他会突然出现在她面前，可是这一天真的来了，她又不敢上前。

她歪着头，道："你知道你在说什么吗？"

江措："知道。"

"这些年你不是没有机会，对吗？"她轻声问。

江措："是。"

徐鲁忍着哭腔，转身回到房间里，随意从桌上拿了个物件，快步走出来就往他身上砸，像是某种发泄。

"你走。"她站定道。

江措隐忍地承受着，只觉得鬓角有些温热，他抬手摸了一下，全是血。他没有动，抬头看了徐鲁一眼。

徐鲁的眸子闪了闪，硬是克制着。

"出气了？"他问。

徐鲁偏过头。

江措声音低了低："我今天来不是说这些的，你住这儿不安全，现在就收拾东西去我那儿住，到时候你要打要骂都随你。"

徐鲁毫不客气道："你没发烧吧？"

江措皱眉。

徐鲁冷冷道："我会和我爸说清楚，不需要你的帮助，这些事我自己一个人也可以做得很好。"

江措冷吸一口气。

"你一个人？"江措气笑了一下，"妍妍，有些事情有多凶险，我比你清楚。”

徐鲁：“是啊，我怎么能和你比呢，这些年你出生入死的，我哪比得了，我不过是个小记者，是吧江大队长？”

江措舔了下牙。

“非要跟我这么说话不可吗？”他问。

徐鲁：“要吵架吗？”

江措忽然笑了。

他缓缓吐了口气，换了一副吊儿郎当的样子，说：“行啊，来，你说，想怎么吵？”

徐鲁气得一口气憋在嗓子眼里。

“我告诉你江措，我再说最后一遍，我们之间早就已经没什么关系了，我也绝对不可能搬到你那儿去。”徐鲁气得朝他嚷，“我对你已经没感觉了。”

她这句话刚说完，嘴就被堵住了。

江措狠狠地吻着她，推攘着退到她的房间，反手关上门，将她压在门上，不给她任何反抗的机会，吻得她喘不过气来。

他依然不松口，一只手从她上衣后摆探进去。

徐鲁猛地颤了一下，他的手很凉，胸膛也很凉。他此刻紧紧地贴着她，一只手扶着她的脸，偏着头吻她的唇。

这种感觉和在酒吧的时候不一样。

他闭着眼睛，吻得很动情，仿佛要把她吞进去。

徐鲁没忍住被呛到，咳了几下。

他仍是没有放过她，将她的咳嗽悉数灌进自己嘴里，直到吻得她整个人都酸软下来，不堪负重地倒在他怀里。

江措气喘吁吁，两手握着她的脸颊。

他看着她的眼睛，问：“有感觉吗？”

徐鲁用了最后一点力气，抬手推开他。

“真挺渣的。”徐鲁靠在门上，冷笑道，“你女朋友要是知道你和别的女人纠缠不清，会怎么样？”

江措扶着胯，看着她蹙了蹙眉，从她嘴里听到“渣”这个字，还真有些不舒服。他的胸膛起伏着，也是用了很多力气。

徐鲁冷眼："没话说了？"

江措低声道："分了。"

徐鲁瞬间卡壳，停顿了半秒。

"我和张晓丹什么事都没有，你别胡思乱想。这些年除了你，我没有过别的女人。"

徐鲁："跟我有什么关系。"

江措："就是想让你知道。"

房间里还暗着，只有窗户缝里透过来的微亮。江措说完抬手开了灯，灯光亮起的那一刻，徐鲁下意识地闭了闭眼。

再睁开的时候，她看见他半边脸颊都沾了血。

她心里跳了一下，嘴角动了动，推开他的禁锢，还是从抽屉里拿出纱布和消炎药水，放在桌子上，冷硬道："你自己弄。"

江措斜了一眼："手有些疼。"

徐鲁自然不信，不作理睬。

江措说："真的，昨晚跑了一夜，救人推车，还帮着搬你们小区那棵树，现在是真没力气。"

徐鲁冷眸："你刚不是力气挺大吗？"

江措笑笑。

"就最后一点儿都用你身上了。"他此时有些死皮赖脸，动了动自己的胳膊，"你看都抬不起来。"

徐鲁："那就流着吧。"

江措"嘶"了一声。

"真这么狠？"他问。

徐鲁坐在沙发上，不说话了。

江措摇了摇头，只能自己动手。他拿着纱布简单擦了下，抹了点消炎药水，撕了一个创可贴摸索着贴在鬓角。

完事儿抬头，他看了看房子的布置。

房子陈设其实很简单，房子就二十平方米大，有一个小卫生间。没什么多余的东西，也是清淡的冷色调。要搁以前，她偏爱暖色系，说喜欢柔和的光。

视线偏了一点，江措愣了一下。

白色墙壁上贴着的一些像是偷拍的照片和剪裁的新闻报纸，他想起那天赫本酒吧里她戴着帽子打扮成男人样子，还按了消防警报，还真是勇敢。

江措脸色正经了些："查到什么了？"

徐鲁已经慢慢平静下来，提起正事倒也不再和他杠，乖乖道："还没有。"

江措摸了根烟，放在嘴里，没抽。

他说："收拾东西。"

徐鲁抬头："不去。"

江措："要我硬来吗？"

怎么还没好好说两句就又要开始吵，江措皱了皱眉，看着眼前这女孩子，现在脾气还是这么大。

"我说了不去。"她道。

江措凝神看了她一会儿，不说了，直接往床上一坐，伸长了腿躺下来，甚至还舒服地叹了口气，双手枕在脑后，嘴里还叼着烟，闭目养神起来。

徐鲁站起来，看他："你干吗？"

江措慢条斯理道："累了，睡觉。"

她一时没话说，气得正想喊，便听见他重重的呼吸声，眼睛闭着，像是真的睡着了一样。想到他刚刚和她说话的样子，也是满脸的疲惫。

徐鲁撇撇嘴，轻声骂了句浑蛋。

他总是这个样子，霸道又蛮不讲理。那时候追她就是这样，死皮赖脸堵在她学校门口，每天都不厌其烦地让别人带东西进来。

同学会问："谁呀这是，风雨无阻啊。"

后来问的人多了，传到老师那儿去，她被叫去办公室，半天说不出个所以然，只能摇头说不知道。

回家被他堵在路上，她一脸漠视。

那一年她读高三，是学校里的优等生，每次考试蝉联全校前十，是要去全国最好的大学读书的好苗子，多骄傲啊。

可是，江措呢？

在所有人的眼里，他只是个毫无前程的浑小子。

她看不上他，却又想靠近他。

当他真的朝她走过来的时候，她欣喜又害怕，脸上一派冷漠的样子，心底却又巴不得他靠近一些，再靠近一些。

像她这样言不由衷的女人，爱情总是会输。

后来她正式成为他的女朋友，被他捧在手心。有时候也会因为一些小事吵架，他都让着她，面对原则问题，她也是听他的。

她问过他："你会不会有一天和我分手？"

他当时坐在床边，低头看了她一眼，说："不会。"

她仰脖看他。

"分了我就是孙子。"

徐鲁追问："要是真分了怎么办？"

他笑笑说："那就再追回来。"

方瑜说她在爱情里总是处于弱势，因为她太懂事了，要是任性一些，骄纵一些，或许就不是现在这样子。

可是，这个男人她是真的爱。

有时候小吵，她骂他浑蛋。他还嬉皮笑脸地问她，咱能不能换个别的骂法？要不我教你两句？这样的架根本吵不起来。

现在都小三十了，骨子里的不要脸还是在。

窗外一点一点亮了起来，徐鲁站得脚发麻。

她看了一眼他头上的伤口，还有些血迹没有清理干净，沾在头发上。刚刚接触到他的身体，也是凉得吓人。

她站了一会儿，最终还是叹了口气。

徐鲁从水壶倒了盆热水，端去床边。她半蹲下，抽掉他的烟，拿着毛巾慢慢地帮他擦干净那些残留的血迹，她的动作很轻，生怕他醒了。

做完这些，她又拉开被子给他盖上，正要站起身，手腕被他握住。

她挣了一下，没挣脱开。

江措还闭着眼，声音很低："别动。"

徐鲁真不动了，静静看着他。

他的鼻梁很高，嘴唇很薄，一张脸棱角分明，不睁眼的时候有些冷酷，睁开眼和你说话会让你觉得这人有些野性，笑起来又不正经，看不出来他在想什么。

他的手还很凉，握着她紧了紧。

徐鲁不知怎的有些心慌，这人好像是吃定她会心软。她猛地抽出手，站了起来，俯视着床上的男人，道：“回你自己的地方去。”

江措仍然闭着眼：“妍妍，让我睡会儿。”

第十二章

追个女人

江措是真的太累了，他一晚上都没休息过。

再加上淋了一夜的雨，来她这儿已经很疲乏了，这会儿一躺下，睡意就来了。只是不敢睡得太熟，怕她又跑了。

房间里静悄悄的，只剩他的呼吸声。

徐鲁站在床边看了他一会儿，坐在了沙发上。她慢慢地平静下来，甚至到现在还有些难以置信。

这样的时刻对她来说，大概是珍贵的。

她一个晚上在外边跑，脚也疼，眼睛着实困了，借着昏黄的灯光，她偏头看着床上的男人，不知道什么时候睡了过去。

醒来时，她躺在床上，身上盖着被子。

她睁开眼愣愣地看着天花板，一时有些恍惚。房间里灯暗着，窗帘也拉得很严实，这屋子本来就在墙角，更没有什么明光照进来。

徐鲁抬手揉了揉眼，从床上坐起来。

身后响起一道声音："醒了？"

她猛地惊醒，回头。

江措整个人都陷在昏暗里，他光着膀子，只穿着消防裤，就这样跨开腿坐在沙发上，一双目光落在她身上，嘴角有若有似无的笑意。

徐鲁问："你怎么还没走？"

“走哪儿？”

徐鲁知道他明白，不说话。

江措从沙发上站起来，走到洗手间门口，从里边的晾衣绳上扯下自己的黑色背心，一边兜头套上，一边道：“一身的味儿，就在你这儿洗了。”

天气阴沉，不可能干这么快。徐鲁心里一沉，快速翻看了一眼手机，已经是下午两点。

“看你睡得太香就没叫你。”他说。

狭小逼仄的房间里，就只有他们两个人，他的声音又低又轻，还有些温和，眼神也柔和得很。

“睡了这么久早该饿了。”江措说，“走吧，带你去吃点好的。”

徐鲁将头扭向床里边。

江措摸了下鼻子，直接走过去，一手伸进被子，从她腿弯穿过去，吓得徐鲁躲了一下，正好撞他怀里，被他拦腰抱起。

徐鲁在他怀里挣扎道：“你放我下来。”

江措：“去不去？”

“不去。”

他禁锢着她，抱着她直接就往门口走，腿弯下的手握着门把，直接拧开，一脚踢开门就要往外走。

徐鲁抬手去砸他，胡乱扑腾着腿。

对面门忽然开了，胖女人语重心长道：“还吵着呢？太阳都要下山了，男人给点台阶你就下，别到时候给作跑了。”

江措和徐鲁皆是一愣。

胖女人道：“赶紧和好算了，咱这屋不隔音，以后轻点。”

徐鲁：“……”

江措笑了一下。

“您说的是。”他说得一本正经，“都是我的错，打骂应该受的，连累您费心了。”

胖女人扇了一下手，笑道：“大姐也是过来人，理解。”

江措问：“您这是要出门？”

胖女人晃了晃手里的菜篮子，道：“去买菜，下午这点都快收摊了，便宜，你们有空也去囤点。”

徐鲁一看，这两人还聊起来了。

她扭过头，在他怀里拧了拧，无奈他箍得太紧，她一点儿力气都使不上，试了几次就放弃了。

江措手下用着力，嘴上还在笑着。

胖女人看了一眼江措，努努下巴说：“多哄着点儿，这姑娘一看就是个心软的，别硬来，小心真跑了。”

江措笑说：“谢了啊大姐。”

胖女人挥了一下手，那意思是谢啥，临走前又意味深长地看了徐鲁一眼，笑着上走廊，走远了。

徐鲁冷静道：“放我下来。”

江措听罢，真松了手放下她。

徐鲁转身就往房间走，手腕却被他一扯，推倒在墙上，她嘴里那个“你”字还没说出来，就被他的嘴给堵住了。

他开始吻得很急切，像是某种惩罚。

徐鲁没有料到他会这样耍流氓，一时没有反应过来就被他弄得浑身瘫软，只能睁着眸子冷眼瞧他，抬腿给了他一脚。

江措闷哼，没有松开她。

这一脚挺来气，江措精神也来了，亲得更重了。

她以为他会有凶猛的动作，吓得闭上眼，等了一会儿，发现他一点儿动静都没有，再睁开眼，江措正看着她。

“有什么气回去再说。”他道，“行吗？”

徐鲁被他吻得连呼吸都很累，嘴巴都不想张开。

“我今天说什么都要带你走，打我也好骂我也好，都随你。”江措低声道，“别逼我用强的，妍妍。”

徐鲁吸了一口气，道：“你先松开。”

江措深深看了她一眼，收回手。

徐鲁转身回去房里，开始收拾东西。她不是不知道他话里的意思，可就是想发火，想吵架，想让他生气。

她冷着脸整理，弄得噼里啪啦响。

江措靠在门上，就这么看着她，忽然有点儿乐呵。他抬手摸了摸鼻子，又搁鼻边轻轻闻了闻，似乎还有她身上的香味。

她身上总有种香。

那些年他总是沉溺这种味道，一头栽进去就拔不出来。他那时候还以为是她往身上抹了什么，就问她："擦什么了这么香？"

她抬手闻闻，说："没有啊。"

江措将脸埋进她脖子，深深一吸，说："像是奶香。"

她听完似乎还笑了一下，推开他的脸，将胳膊搭在他肩上，特别认真地说："这是体香，傻子。"

回忆总是苦和甜都有，不会都尽如人意。

江措靠着门框看了一会儿，点了根烟站外面抽。他立在栏杆边上，看向远处雾气蒙蒙的山峦，笑了一下。

程勇的电话这会儿打了过来。

他接起："老大。"

"跑哪儿去了，连个人影都不见？"程勇说。

江措："办个事儿。"

"我听六子说你可是直接就没回来。"程勇说，"这一走就差不多一天不闪面，不像你啊。"说完又继续道，"我现在也习惯了。"

江措笑笑。

"你什么时候能回来一趟？"程勇问。

"有事？"

程勇说："也不是什么事儿，昨晚你是不是在桃林路弄出几辆车，人家车主今儿送了个锦旗过来，非要当面答谢。"

江措说："您帮我推了就行了。"

"这个好说，还有一个比较麻烦。"程勇说，"昨晚说投诉你那个女的，记得吧？"

江措吸了口烟，"嗯"了一声。

"好像是有点关系，把你告上省大队了，听说那边一会儿过来人，这些话当面说比较好，你要不回来露个面？"

江措沉默半晌："不去。"

"你小子可别犯浑啊，这关乎你前途。"

江措冷笑："前途在我这儿就是个屁，我管他祖宗三代什么关系，昨晚那情况，就是他官再大，老子也不弄。”

“好好说话！”程勇气道。

江措啐了口烟。

“他们四五点过来，你就当走个过场，也不会有什么事儿，这事儿可开不得玩笑。”程勇说，“听到没有？”

江措咬着烟，没吭声。

程勇叹了口气，道：“有些事儿不能只顾自己痛快，也许它造成的后果会很严重，为了那些人不值，就当放个屁听。”

身后有些动静，江措拿着手机回头。

徐鲁站在门口，她换下睡衣，穿了件墨蓝色毛衣，遮到臀部，下边是一件紧身牛仔裤，裹着她的小腿，看着很瘦。

江措看着她，对电话里说：“知道了。”

挂了电话，他拿下嘴里的烟，似乎在审视她的穿着，将她从上到下看了一眼，目光落回她脸上。

“收拾好了？”他问。

徐鲁：“嗯。”

“穿这不冷？”

徐鲁抬头看了一眼天，灰不溜秋的，太阳时而有时而没有，空气里是有些凉，风从脖子灌进来还是会打战。

她看着他，说：“你呢？”

江措低头瞧了一眼自己身上的背心，笑道：“咱俩怎么比，我大冬天去莲湖游泳，你敢吗？”

徐鲁抿抿嘴，不作声。

江措好笑她突然变乖，没再多说，快步走进她屋里，将她收拾好的行李箱和背包拎了出来，直接将门拉上了。

“走吧。”他说。

江措走在前面，徐鲁跟在后头。

他在门口叫了辆车，让她坐在后面，自己去后备厢放行李。完了刚拉开后座的门，看见她将脸扭向一边，他笑了一下，坐到了副驾驶。

车开起来，江措说：“麻烦您开慢点。”

司机师傅观察仔细，悄声问：“吵架了？”

江措笑笑，食指搁在嘴边做了个嘘声的样子，动作很轻地看了后座的女孩一眼，回头低声道："嫌我没车没房，闹脾气呢。"

司机师傅了然，一连啧啧几声。

"现在行情变了，光彩礼就能把人弄成穷光蛋。"司机说，"我一个外甥结婚，彩礼就得好多万，给不起呀，这还没结就各种问题，这边正凑钱呢那边就说要吹，你说咱冤不冤？"

江措："那是挺冤。"

"这才2009年，要再过个十年，别说咱山城，就是再穷的地方，那彩礼不也得噌噌往上涨啊。"司机重重地叹口气，"把人能吓死。"

江措："那不至于。"

徐鲁冷眼看他编。

这个司机好像还说得有了兴致，非要和江措论个所以然来，一边开车转弯一边从车里拿出一包烟，给江措扔过去，道："抽一根。"

江措也不客气，倒出一根咬嘴里。

他没打算抽，倒是从后视镜里瞧见徐鲁看了过来，心里隐约有些猜测。果不其然，下一秒，她就伸出手，对着司机说："师傅，能给我一根吗？"

江措眉头一皱："不行。"

司机夹在两边都不是，笑呵呵地对徐鲁道："女孩子可和男的比不了，抽烟对身体不好。"

徐鲁直接道："您对女性有偏见？"

司机："……"

徐鲁看都不看江措，故意道："其实吧我觉得您刚说得不对，女孩子的青春就那么几年，谁也不敢保证那个男的能爱她一辈子，万一移情别恋出轨呢，多要点彩礼怎么了？"

司机："那也不能太过了，房子车子也要，男的不得累死？"

徐鲁："您觉得女人结婚是为了房子车子？"

"不是要那干什么？"

徐鲁笑了一声："一个女人要是能管男人要房子和车子，肯定是那男的没用。要是那个男的能给她绝对的安全感，她还要房子车子干吗？您说是不是这个道理？"

司机偏头看了一眼江措，沉默地摇了摇头，也不打唇语了，开口就道：

“兄弟，你这女朋友嘴够厉害的啊。”

江措低头笑了一下。

他从后视镜里看过去，她又将头扭向一侧。这些年她脾气确实变大了，简单两句拐着弯就能把他给骂了。

江措住的地方距离消防队很近，就隔了一条街。

平日里他也很少回来，基本上都在队里住，现在轮休，上六休一，他偶尔回来住一次。男人的房子一般也都不怎么捯饬，简单粗鲁，有个床就行。

徐鲁对这些是有心理准备的。

她和他住过一年，知道男人的房间什么样儿。第一次去他的出租屋，他的床上地下都扔的裤子，乱七八糟的，全是他的味道。

她有多久没进过他房子了？

徐鲁跟着江措上楼，停在他房间门口，看着他拧开锁，推开门，他回头看了她一眼，她愣在那儿。

“想什么呢？进来。”他说。

徐鲁沉默地跟进去。

房子不大，客厅很小，一个小沙发，卧室的门关着。装修也很简单，墙壁好像是新刷过的。

有些日子没住人，屋子有些阴气。

江措将她的箱子放在地上，按了灯，穿过客厅打开窗子，把窗帘拉着，让新鲜空气吹进来散散味儿。

“坐，站着干什么？”他说。

徐鲁：“不用你说。”

江措笑笑：“我去换个衣服。”

他说完推开卧室的门，进去了。

就剩下徐鲁一个人在客厅，她没有动，只是看着四周布置的样子，没有一点生活的气息。

江措很快换了衣服出来。

他穿着短袖牛仔裤，黑眸，寸头，盯着你看认真又玩味，瞧在徐鲁眼里倒有些年少时的不修边幅。这个男人一定不知道，他现在这样是真的迷人。

江措道：“怎么还站着？”

徐鲁就是不想说话。

江措道："卧室的柜子我刚收拾了下，你可以把衣服放进去。平时我不大在，生活用品也不多，你看需要什么，我回头买些回来。"

徐鲁听他一句一句叮嘱着，心底抽了一下。

江措继续说："楼下有几家饭馆，味道还不错，出了巷子右拐是菜市场，对面就是消防队，有什么急事过来找我，除了出警，一般晚上都是自由时间，我都在。"

他说罢看了她一眼，这丫头真一声不吭。

江措低了低声，道："这地方很安全，不过晚上还是尽量少出门，出去办事给我发个消息，别太鲁莽。"

徐鲁垂眼看着行李箱，脑子挺乱。

江措见她不出声，抬了抬声，道："钥匙我一般搁外边电箱里，你就算了吧，带身上安全点，还有这门，反锁有些麻烦。"

他走到门边，双手握住门把，抬起一条腿抵着门，上锁，又挂上插销，随即，又拔下，开锁，回头道："关的时候顶一下，记住了吗？"

徐鲁看了门一眼，又移开目光。

江措像自言自语似的，又无可奈何，总不能再堵住她的嘴去，这回再这样他敢打赌这丫头一定推门就跑。

他觉得说得差不多了，看了眼时间，道："走吧，下去吃个饭。"

从早上到现在，一口粮都没吃，确实饿极。

徐鲁听到他和程勇打电话了，便开口道："你不是队里有事吗？"

江措没急着回答，倒是笑了，说："我还以为你怕我再亲你，吓得连嘴都不张了。"

徐鲁抿抿嘴。

江措道："先吃饭，不急那一会儿。"

江措带她去了楼下一家面馆，要了两碗臊子面，面条刚端上来，就进来了一堆人。

那些人像是从工地上过来的，都戴着安全帽，穿着蓝色的工作服，身上有股刺鼻的味道，正好坐在他俩后面。

徐鲁在喝汤，忍不住打了个喷嚏。

江措皱眉：“坐我这儿。”

徐鲁抬眼：“不去。”

“那你想去哪儿？”

徐鲁：“……”

她低下头，忽然听见身后那群人里有一个道：“咱这儿干一天就这点钱，都养不活老婆孩子，听说矿上工资挺大的，你们有谁想去试试？”

“别了吧，那地方危险太大。”

“不是说上个月埋了人吗，真的假的？”

“真的怎么样，假的又怎么样，出了事半毛钱都拿不上。”一个男的道，“咱山城这矿，金贵着呢。”

“啥意思？”

“哥们也就听个小道消息，凡是进了矿，一只鸟都飞不出去，再别说出个啥事儿。人家后台硬，不闹还能拿点钱，这一闹人给你放个屁你也没辙。”

江措抬眸，看了徐鲁一眼。

她脸色凝重，不知道在想什么。

事实上，徐鲁很混沌，她来之前就知道很可能什么都查不到。陆宁远那句“上面打过招呼，这事到此为止”她一直记着，矿上背后或许是一个更庞大的组织，出了什么事儿也会第一时间就抹得一干二净。

原以为从逝者家属查起会拿到些证据，可现在除了确定矿山事故存在之外，她一点有利的证据都没有。况且她一个人的力量太单薄，陆宁远不会给她派人，就算派了，这事儿也没人敢碰。这些天她像一只无头苍蝇一样，这儿跑一段那儿跑几天，跟瞎猫似的。

现在更是断了电视台那条路，要自己查实属不易。

徐鲁吃了几口面，好像又没了胃口，放下筷子叹了口气。她已经来这儿几天了，什么线索都没有，觉得很挫败。

她情绪低落得太快，江措始料未及。

他低声道：“先吃饭，吃完再想。”

徐鲁陷进了自己的南墙，根本就没听见他说什么，低着头看着碗里的面条，目光有些涣散。

江措蹙眉，抬手捏上她的下巴。

他稍稍用了点儿力气，疼得徐鲁“嘶”了一下，拍手打他，随即抬眼怒视：“你干吗？”

“你说干吗？”江措道，“吃饭。”

徐鲁不再理他，很快吃完了。

江措去结账的时候，她走向身后那桌农民工，很客气地打听了下矿山要不要女工人。那群人愣了一下，都摇了摇头。

徐鲁泄气，走出饭馆。

江措自是听到了，随后跟上道：“问那个做什么？”

徐鲁：“没什么。”

“不管你想做什么，把那念头给我打消了，乖乖待着别乱跑，有什么事儿给我打电话。”江措说，“听到没有？”

徐鲁本来还挺平静，听他这话又来气了。

“我来这儿不是玩的，你凭什么要求我？”

这脾气，还真是一点就着。

江措说：“你就不能好好和我说话？”

徐鲁笑了：“咱俩谁没好好说话？是你一直在以一种命令的口气和我说，‘记住了吗，听到没有’，不是吗？”

江措沉默。

徐鲁烦躁地偏过头，过了会儿又转回来，道：“我不会拿自己生命开玩笑，这下总可以了吧？”

江措看着她，似乎在怀疑她这话的真实性。

毕竟在南坪的那个夜晚，她曾经有过那种极端的想法，就这一点，江措不可能不顾忌。如果可以，真想把她拴身上。

江措手机这时响了，他掏出来看了一眼，是程勇打过来的，他直接就给挂了，看向徐鲁说：“总之这几天别乱跑，等我话。”

徐鲁不回，他声音重了：“嗯？”

她最终还是别扭地“嗯”了声。

“送你回去。”他说。

徐鲁想起他刚挂掉的电话，不用想应该是队里的事儿。他这都一天没回去了，电话一个接一个，或许挺重要。

于是，她道：“你忙去吧，我还想一个人转转。”

江措顿了一下，道："行，我先回队里了。"

江措说完就走，走出几步又回头对她说早点儿回去，完了穿过马路，走进一个短巷，对面就是消防队。

还没进门，他就看见一辆车开出来。

他站在路边，假装低头点烟，等那车走了才过去。程勇站在岗哨亭旁边，目不转睛地盯着他。

江措嬉皮笑脸地喊了声老大。

"别跟我套近乎。"

江措抬眼笑问："走了？"

程勇冷眼："难道等你来？黄花菜都凉了。"

江措递上烟："来一根？"

程勇："真没见过你这么不把自己前途当回事儿的，要是别人八条腿都跑来了，你倒好，一个面都不闪一下。"

江措："老大，你知道我脾气。"

程勇笑哼一声，说："给了个处分，开心吗？"

江措无所谓地叼着烟，吊着眼梢道："有比这更开心的。"

程勇："好事儿？"

江措笑了一下。

"今儿一天跑哪儿去了？"程勇问。

江措低了下头，抬眼，笑了笑说："解决了一下人生大事，顺便想从您这儿讨个人情。"

程勇一喜："和小张定了？"

江措说："我俩还是不合适。"

程勇叹气道："你们年轻人我是看不懂了，不就是搭伙过日子。算了，我也管不着你，爱怎么样怎么样吧。"

说罢，他又道："说吧，什么人情？"

江措："这几天能不能晚上批个假？"

程勇眉毛一抬："理由。"

江措淡淡笑了一下："前些年做了些浑蛋事儿，现在想弥补一下，给个机会？"

程勇故意吊着不说，江措立刻做了个立正的姿势，敬礼道："保证不耽误出警。”

程勇：“说人话。”

江措摸摸下巴，一想到晚上她躺在他的床上，就笑了一下。好像这么多年，忽然就有了一种踏实感，知道她在哪儿，看得见摸得着。

他笑说：“追个女人。”

第十三章

以眼泪，以沉默

徐鲁并没有走多远，她在街上转了一圈就回去了。再次一个人回到他住的房子，看着这小小的屋，有沙发、电视、阳台、卧室、厨房，像极了她曾经畅想的样子。

那时和他谈恋爱，她把未来都想好了。

方瑜问过她："你喜欢的生活是什么样子的？"

她当时笑着："喜欢的生活啊，大概就是不用上班，他来养家，我可以全世界到处跑，做喜欢的事，做不好还有他撑腰，然后有一个我们的小房子，再给他生个小孩儿。"

方瑜毫不留情地说咱能实际点吗？她就笑，在床上笑得前仰后合，好像这些事光想想就足够让她开心了。

徐鲁在客厅坐了一会儿，开始收拾房间。

她拉开所有的窗帘，让房子亮起来，打了盆水擦玻璃、桌子，扫地拖地，全部干完都已经傍晚了，累得倒在床上。

房间的灯有些暗，适合睡觉。

徐鲁撑着最后一点儿力气去洗了个澡，换了睡衣回到床上，似乎有些冷，她用被子将自己捂得严严实实，就露出一个脑袋。

很久没有这么心安过了，她睡得很踏实。

江措回来的时候她已经睡熟了，他坐在床边看了她一会儿，将买回来的生活用品全部放置好，又给卧室换了一盏暖黄色的小灯泡。

他关了灯，去了客厅。

茶几上放着一包玉溪，江措抽出一根，搁嘴里刚点上，将打火机搁到一边，再抬眼，徐鲁站在卧室门口。

她明显有些惊讶，还不太清醒道："你怎么回来了？"

江措看了一眼她身上的睡衣，移开视线，将刚抽了没几口的香烟摁灭在烟灰缸里，清了清嗓子，这才道："不太放心，回来看看你。"

徐鲁皱眉："我有什么不放心的？"

江措："你觉得呢？"

徐鲁："我又不是小孩，我知道哪里安全哪里不安全，你完全没有必要这样子。"

江措叹了口气，看她。

"从你目前的追查进度来看，你在这儿至少还得待一段日子，你确定要一直这么和我说话？"

徐鲁："我和你没什么好说的。"

她回答的速度太快，以至于江措有些愣，还有些乐乎。他觉得不硬来似乎不行，懒懒地往沙发上一靠。

他这时候要起了无赖的样子，道："你没话，我有。"

徐鲁看向他那张要多欠有多欠的脸，想起从前他追她的时候，跟个无赖似的不要脸，堵在巷口跟她搭话。

"我知道你想从矿山的背后人开始调查，你觉得他们会这么蠢？既然他们想藏自然会有藏的法子，凭空消失几个人都能做得出来，你也亲身经历过，对吧妍妍？"

徐鲁承认，他说得一点儿没错。

"你知道山城这个矿多少年了吗？"江措说，"开国前就有，当时的承包商是个外地人，后来被政府收回，再后来又到了现在的承包人手里。"

江措问："你知道后台是谁吗？"

徐鲁没吭声。

江措道："我想你来这儿你们报社领导大概都不会同意，这案子得牵连多少人有心理准备吗？"

徐鲁低喃："我没想那么多。"

江措："命也不想要？"

徐鲁不言。

江措笑了一声："这么多年，胆子是越来越大了，单枪匹马就敢过来，江城找不出第二个了。"

徐鲁："这是信仰。"

江措微微眯了眯眼。

"什么是信仰？"

徐鲁轻轻吸了一口气，静静地看着他，过了一会儿才慢慢道："一种信念吧，像一个堡垒，能帮助你抵挡千军万马。"

半晌，江措道："你打算怎么做？"

她知道他问的什么事儿，可她一点儿进展都没有，现在除了一条路她想不出其他更好的办法，就像是从虎口拔牙，成功率太低了。

于是，她道："进山。"

只有这一条路，是最直接的法子。可现在矿山出了这事，不是随便就能进的，她现在也不能以记者身份进去，要查问所需要的真相，简直比登天还难。

江措问："非进不可？"

徐鲁："非进不可。"

江措沉吟片刻，说："这个我来想办法，在这之前，你什么都别做，等着就行，听到了吗？"

徐鲁不答反问："你想什么办法？"

"这个你别管。"江措说罢，笑了下，"就目前的情况来看，还得给你换个身份，编个故事。"

徐鲁一头雾水。

江措却不再说了，反而换了话题，笑意收敛了一些，静静地看着她，问："工作是这样，那生活呢，这些年为什么还是一个人？"

徐鲁偏过头："习惯了。"

江措认真地看着她的脸，想要看出点什么，可她太淡然了，没有一点儿心情起伏的样子，这让他有些失落。

"没想过我？"他低声问。

"没有。"她说。

"一点儿也不想？"

"不想。"

"也不爱了？"

"不爱。"

江措看着她，忽然笑了。

他说妍妍，你知道你现在像什么吗？就你读初中那会儿，我记得有买过一个复读机，后来落我家了。

徐鲁："……"

江措："一个人做复读机的时候心情大都不好。"

你看这人，还挺会打比方。

江措："这个时候说的话也好，做的决定也好，都可以理解为是非正常状态下的交流，算不得数。"

徐鲁："……"

江措笑笑："行了，不说这个了。"

徐鲁看他一眼，怎么都不舒服，这人现在是越发会撩人了，还一副云淡风轻的样子。她还生不来气，转身就往卧室走。

江措眼疾手快，噌地从沙发上站起来拦在她面前。

"还没说完呢。"他嬉皮笑脸道。

徐鲁瞪他，朝别的方向走。

江措去拉她的手，被她一甩，他也不敢强硬去扯，低笑着说："还有几句，要不要听听看？"

徐鲁："不听。"

江措问："知道你为什么一直查不到吗？"

徐鲁站直了。

"山上有个规矩，凡是短期工都不走账，毕竟流动性大，危险系数也大，不是介绍人经手的一般不会要。"江措说，"所以我猜，那几个人应该不是长期工。"

这点徐鲁事先了解过，能得到的信息实在太少。

"至于说真的发生过一次坍塌，明明有人被埋却什么事儿都没有，只有一种情况。"

徐鲁问："什么情况？"

江措笑："你让我亲一下。"

徐鲁冷吸一口气，推开他就走。

江措后退几步挡在她面前，没皮没脸地笑说好了好了，我说还不行吗。

她站定，抬眼看他。

“那几个人有可能是一批新来的，刚进矿或者还没待几天，矿上每天流动性那么大，谁管你来了走了，真出事儿这种情况最好处理，就当什么都没发生。”江措说，“所以现在最重要的，是找到那个介绍人，或者说那天带他们进矿的负责人。”

他接着又道：“不过应该也不好找。”

徐鲁白眼，不和没说一样，抬脚就要走。他伸手挡在卧室门上，笑道：“不好找不代表找不见，是不是？”

“你有办法？”她问。

江措坦荡直接：“还没。”

徐鲁不想再听他说了，这次她是真的要回房间睡觉。江措哪里肯让她进去，一边嬉皮笑脸一边没话找话。

徐鲁：“我累了，要睡觉。”

江措微偏过头，说：“白天不是睡挺久的，还困？我请个假不容易，还得挨个骂，行行好再说两句？”

徐鲁冷笑了一下：“你挨骂跟我有什么关系？再说了我想睡就睡你管得着吗，有这时间擦你的消防车去吧，小叔。”

她这声“小叔”叫得江措很不自在。

江措笑了：“你叫我什么？”

徐鲁抿上嘴。

江措别过脸，又转回来，静静地凝视着她，沉默了一会儿，低声道：“妍妍，你有见过跟叔这样的吗？”

徐鲁一下子脸红了，抬手就去扇他。

他没有躲，徐鲁的手硬生生收住了。

江措吊着眼梢看她：“怎么不打了？”

她看着他这张吊儿郎当漫不经心的脸，忽然就有些气不起来了，这是记忆里熟悉的样子，她曾经感受他身上每个棱角，每一个，她都印象深刻。

徐鲁气道：“我就当被狗咬了。”

她说完回卧室，一点儿好脸都没给这个浑蛋。还以为他会追进来，身后他的手机响了，在这寂静的夜晚有些突兀和刺耳。

徐鲁听见他喊了声老大，声音正经严肃。

她回过头，他的目光正好看过来，眼神里已经不似刚才的轻佻，像换了个人一样，瞬间进入了工作状态的样子。

不知道那边说了什么，他简单回了句“收到”，然后看了她两秒，沉吟道：“要出个警，我得走了，门窗锁好。”

说完，江措迅速走至门口，回头看她一眼，嘴唇动了动，终究是什么都没有说，拉开门走了。

看着被关上的门，徐鲁慢慢吸了口气。

她想起几年前在江城的时候采访过一个消防员，当时她有一个问题是：“出警必须得去吗，如果觉得很危险你会不会拒绝？”

那个消防员给的答案是：“我是战士。”

徐鲁忽然奔向窗口，拉开窗帘向下看，一个人影都没有，只剩下空荡荡的楼房和无尽的黑夜。

她揪着窗帘的手一紧，低声呢喃：“浑蛋。”

江措比消防队先到了着火现场。

他没有告诉徐鲁出警的地方就是住的这个小区，位置偏正门较远，在最里面，光步行就得十几分钟。

就目前的情况来看，没有明火和黑烟。

报警的是个老婆婆，眼睛有些问题，站在黑暗的单元楼下，拄着拐，不知道在看什么地方，听到声音微微朝他侧了一下头。

江措问：“奶奶，您报的警吗？”

婆婆点点头，说：“我下楼扔垃圾，闻到楼道里有味儿，好像有人在烧东西，那味儿可大了。”

江措：“您知道火源在哪儿吗？”

婆婆皱眉：“啥火源？”

江措想了一下，道：“就是说那味道是从几楼飘出来的？”

“四楼还是五楼来着。”

江措说：“您在这儿等着。”

他三步并做一步快速上了楼，到了四楼发现那味道是从北户散出来的，户主好像不在，门从外边上了锁。

味道有些刺鼻，江措捂着鼻子拨了拨锁。

楼梯上很快传来杂乱又有章序的脚步声，江措向后退了一步，看见六子和长城他们几个上来了，便道："防毒面具，烟可能有毒。"

六子拿出破拆工具，道："队长，你退后。"

六子上前开锁破门，江措对初明道："你和长城去疏散这层楼的住户，动静不要太大，别引起恐慌。"

"是。"长城和初明道。

门被破开后，客厅里笼罩着黑烟，江措戴着防毒面具先走了进去，喊了几声，推开房间门，没有人在。他发现墙角放着一堆橡胶和塑料，厨房角落搁着高高的一摞泡沫板，火是从煤气灶烧下来的。

从现场情况来看，应该是住户刚用过煤气灶，关了火，有火星溅到角落的泡沫板，这样一路烧下来，幸好没有着大火。

六子用灭火器很快扑灭，初明和长城也回来了。

大约过了一刻钟的时间，他们一行人才弄完从楼上下来，楼下都站着这栋楼的住户，看见他们出来说话声也停了。

江措推了推长城，道："跟他们说下情况，等烟散了再进。"

他手里拎着防毒面具，走到消防车边，看了眼过来的六子和初明，道："怎么就过来你们几个人，二队呢？"

六子和初明互看一眼，说："一个老太太报警话都说不清楚，指导员让我们过来看看，说你也在，应该不是大事儿。"

江措冷笑，低喃："不是大事儿。"

六子："队长……"

江措双手抵在胯上，气得朝后转了一下，忽然一把将防毒面具砸到六子身上，说："这真要烧起来，一个都跑不掉懂吗？"

话音刚落，他目光定住。

徐鲁就站在十米开外，头发还披散着，也不顾及形象，睡衣外头套了个毛衣，踩着拖鞋，就这么站在那儿。

六子目光也跟着落了过去，愣愣地喊出来："徐记者？"

长城用胳膊撞了一下身边的六子，悄声问："这女的有点儿眼熟啊，好像是那天扇了队长一巴掌那个？"

六子扬声咳了几下。

长城还在问："跟队长啥关系呀？"

六子又咳了几声。

长城不明所以："干吗呢，我说……"声音戛然而止，又小声道，"这打扮不会是在这儿住着吧？队长那儿？"

江措冷眼看过来，长城噤声。

江措走过去，看着徐鲁道："不是让你睡吗，怎么来这儿？"

徐鲁瞥了六子他们一眼，那几个正一脸好戏地看着他们，满眼都是八卦的样子，就差吹个口哨起哄了。

徐鲁道："睡不着，下来走走。"

江措："不是说困了，骗我呢？"

徐鲁不说话。

江措笑了一下，说："担心我啊？"

徐鲁皱眉，翻眼："谁担心你了。"

江措微低下头，笑笑不说话。

身后长城悄声问六子："队长不是和张记者在一块了吗，这女的到底谁啊队长这么上心？"

六子瞅过去一眼："你知道个屁。"

长城的火气噌噌往上冒，正要开口，腰上的对讲机忽然响起来，听了一句，看向江措，道："队长，指导员。"

江措走过接起："老大。"

程勇问他们那边处理得怎么样，如果三分钟内能撤离，永兴路发生火灾，有爆炸，让他们迅速赶往现场。

徐鲁心一提，看向他。

江措顶了顶牙，移开目光，喊："收队。"

六子他们很快集合上车，都没顾得上眼神交流。江措对她说了一句赶紧回去，很快走到车边，他扶着门，又看了徐鲁一眼，上了消防车。

消防车迅速地开走了。

一堆住户还站在楼下，等毒烟散光。徐鲁看着那一堆有些吵吵嚷嚷的人，目光落在已经驶离的消防车上。她忽然觉得周围很静，静得只有风声，似乎还能听见他刚才那句“赶紧回去”。

这样一个男人，每天出生入死，眼睛都不眨一下，来去都跟一阵风似的，好像说的话也会随风而逝一样。

徐鲁没有回，她走去了消防队。

消防队门口灯光大亮，消防车应该刚开出去不久，门还开着，岗哨亭站着一个消防兵，笔直挺拔，是个十八九岁的小伙。

她走近，站在哨兵旁。

黑夜里只有灯光照过来，有些暗淡，直视又有些刺眼，她看见哨兵穿着规整的消防服，在这寒风天里也不知道冷不冷。

那个战士看了她一眼，低头问：“您有事儿吗？”

徐鲁摇摇头，道：“他们刚出警去了吗？”

战士没有立刻回答，倒是多看了徐鲁一眼，问：“您这么问，是我们消防队哪个战友的家属吗？”

徐鲁没有点头，也没有吭声。

半晌，她道：“我认识柳真。”

战士恍然：“你说六子啊，他跟着出警去了。”

“火情严重吗？”

战士：“这种就说不上来了，好像是有爆炸，反正每次出警都是有一定危险的，没人能完全预估得到。”

“你出警吗？”

战士挠挠头，不好意思道：“我就个新兵，跟着出过一次，掏掏马蜂窝啥的，不能算吧。”

徐鲁：“算，也有一定的危险。”

战士勉强笑了一下。

“出警会害怕吗？”

战士皱了皱眉头，道：“我听江队说过，出警不怕，就是完事儿了会有些后怕，他担心不能把我们安全带出来。”

徐鲁歪头：“江队？”

战士说到这里有些骄傲，神色都不一样了：“就我们中队长，他从来都是冲锋陷阵打头的，好像永远不会退缩害怕啥的，很硬气一个爷们儿。”

徐鲁淡淡道：“是吗？”

“当然了。”战士还真怕她不信，一个劲儿地举例子解释，“我们队长做消防员七八年，有几次差点儿出不来了，可他就是出来了，在医院躺过最长的时间有半年，完了复健啥的一个月就入队了，牛吧？”

徐鲁：“他不怕吗？”

“我觉得我们队长没怕过，他是有信仰的人。”战士说完看她，“你不会是顺着六子的杆爬，对我们队长有意思吧？”

信仰？徐鲁沉默。

她忽然换了一副笑的样子：“我瞎吗？”

“你这话可就不对了，我们队长还挺抢手的嘞，有多少女孩喜欢他都给他拒绝了。”战士道，“就是脾气不太好。”

徐鲁：“很多吗？”

“就我知道的好几个，人家也不嫌弃我们这工作，有一个女的天天跑来送吃的，还不重样，可是队长没感觉。”

徐鲁：“他不喜欢女的？”

战士被她噎住，顿了一下说：“有一个张记者人挺好的，和我们队长关系挺近的，我看他俩八成有戏，不过……”

“不过什么？”

战士：“这两天好像听说队长前女友找来了，非要跟他和好，也不知道队长咋想的，好马不吃回头草嘛。”

徐鲁点头：“说得是。”

“我晓得吧那个女的一定长得挺漂亮，要不然也不会迷得我们队长这样，感情这事儿要我说该断则断，有啥好纠缠的嘛。”

徐鲁仰脖：“你觉得我长得漂亮吗？”

战士一听，呆了一下，有些脸红道：“挺好看。”

徐鲁笑笑。

身后有几束强光照过来，徐鲁回头，几辆消防车回来了。有一辆直接朝着她开过来，停在跟前。

六子探出头，道：“徐记者？”

徐鲁往后看了一眼。

六子心里明镜似的，道：“队长没回来。”

徐鲁皱眉。

六子说：“现场有些复杂，队长救人的时候受了点儿伤，这会儿应该已经在医院了，你要担心的话……”

徐鲁打断道：“谁说我担心了？”

六子一愣，想起江措伤了腿被抬到担架上的时候，一脸痛苦的样子，咬着牙强忍着玻璃幕墙炸裂刺到腿上的伤痛，叮嘱道：“别跟她说。”

六子当时又急又难过，说：“那怎么行，徐记者会担心的。”

江措笑了一下：“她不会。”

此时此刻，坐在消防车里，隔着挡风玻璃看着徐鲁的脸，似乎真的没有一点担心的样子，六子不由得吸了口气。

“队长伤得挺重。”六子还是说了这句。

徐鲁：“跟我没关系。”

她说完很利落地转身走了。

六子从车上下来，看着徐鲁的背影喊道：“队长在第一医院烧伤科507病房，姐，去看一眼吧。”

这一声姐，是承认了她和江措的关系。

徐鲁走得头也不回，直直地穿过马路、巷道，然后不见了，留下的只有冷清的灯火和无穷的夜路。

哨兵迟疑地问六子：“哥，她和队长……”

六子：“前女友。”

哨兵：“……”

风又刮起来了。

江措在医院躺到天亮，一直没有睡着。他枕着一只胳膊，有些无聊地看看窗外，隔壁病床的小五这会儿直打呼噜，睡得那叫一个香。

江措翻了个身，拿着枕头朝小五扔了过去。

小五哼着鼻子，揉了揉，迷迷糊糊睁开眼，又睡了过去。江措气得吸了口气，下意识就抬脚想去踢，刚一动就疼得他直抽气，额头冒冷汗，好一阵才缓过劲来。

有微弱的光落在地面，病房一点一点亮起来。

小五哼唧着打了几个哈欠，抬了抬眼，看见江措靠在床头，声音蔫啦吧唧："队长，你怎么醒啦？"

江措淡淡道："你这段时间躺上瘾了啊。"

小五嘿嘿笑："难得有大把时光，还是带工资的，不好好享受一下对不住我受的这些疼，你说是吧？"

江措："觉悟不错。"

小五挪着身子慢慢坐着靠起来，看了眼江措那不耐烦的样子，不禁道："队长，医院可不让抽烟的啊。"

江措拾起桌上的苹果就砸过去。

小五笑道："这么暴躁可不像你啊队长，我要是猜得没错的话，你现在心里指不定藏着哪个女人呢，对吧。"

江措抬眸，目光里有禁止的意思。

小五贫惯了，不怕死道："张记者？"

江措听得漫不经心。

小五又道："徐记者？"

江措眼神有些复杂。

小五说："你也知道我在这儿多无聊的，他们来看我不就能唠一唠吗，也没说啥，就是……"

江措面无表情："还知道什么？"

"知道她特意从江城跑过来就是为了你，还深爱着你。"小五说得挺有感情，抑扬顿挫，"真的吗队长？"

江措舔了下牙，似笑非笑。

小五八卦道："徐记者条件那么好，江城大报社过来的，为了追你还辞职不干了，这女的哪儿找去啊队长，你俩咋分的？"

江措缓缓收了笑意。

"不会是人家踹了你吧？"小五小声问。

江措一个冷眼过来，小五傻笑。

病房里渐渐安静下来，江措将脖子朝后仰去，轻轻闭上了眼，他想起那年耍赖追她时的样子。

她眼睛太干净，看着他不屑一顾。

他问她："有男朋友吗？"

她当时竟然一点儿都不害怕，目光直视着他的眼睛，特别认真地说："没有，但我也不会和你在一起。"

他眉头蹙起："给我一个理由。"

她问得直接："你能给我什么，女孩子喜欢的娃娃、香水、包包吗，或者带我吃喝玩乐，过一天算一天这样？你连你自己都没混清楚，想好养我了吗？"

他那天都要被她气炸了。

她却还笑了笑，说："娃娃我有，包包也有，我不喜欢香水，我有一个好朋友，每年我们都会去很多地方玩，我还有一个很好的前程，会认识更多优秀的人。"

他那天真的是一句话都憋着说不出。

她最后道："我还听说你谈过很多个女朋友，追女孩子也很有一套，但我不喜欢，我这辈子就谈一个人，永远不分手那种。"

病房的帘子被风摇起，江措搓了把脸。

他低声笑了笑，呢喃："永远不分手。"

江措撸了把头发，慢慢从床上移了下来，左脚刚踩着地就感觉一股刺疼直窜腿根，他咬了咬牙，穿上拖鞋。

小五愣愣地问："队长你干吗？"

江措："上厕所。"

他强撑着腿，拖到门口，直接推开门出去了，留下小五一脸蒙，还在喊着队长病房有厕所呢。

江措穿着病号服，明显是受过伤的样子，还没走几步已经气喘吁吁，靠在走廊的墙上喘气，停一会儿又拖着脚走。他在医院门口打了车，直接回了住的小区。

小区还很安静，只有看门的大爷在扫落叶。

江措走得一瘸一拐，平路还好一些，上楼比较费劲，他一只手抬着受伤的腿，一只手抓着楼梯扶手，上一层缓一下，短短两分钟的路他走了二十分钟。

到房门口，灯亮着。

江措靠在墙上，额头冒着汗，一边喘气一边从兜里摸出烟和打火机，火机打了几下才着，他低下头点上烟，吸了一口，仰头靠在墙上，烟雾慢慢从嘴里吹出来。

他吸了半根烟，抬手敲了三下门。

不见里头有响动，江措又抬手敲了三下，听见里面有开门的声音，还有轻微的走动声，接着传出她的声音。

“谁？”挺清醒。

江措：“我。”

有好半天两人都没有说话，她也没有开门的打算。江措低头猛吸了一口烟，微微抬眼，偏过头对着窗户的位置，扣了两下窗。

“昨晚睡得好吗？”他问。

“挺好。”她口气很淡。

江措将烟拿在手里，看着它慢慢地燃烧，然后一点一点用手指捻灭，手掌一倾，烟灰都落在了地上。

他叫她：“妍妍。”

徐鲁看着门，不吭声。

江措说：“一句话都不想和我说吗？”

徐鲁沉默半晌，道：“你不是出警去了，怎么这么早就回来了，不是上六休一，队里都没有规定了吗？”

江措笑了一声，说：“你开下门。”

徐鲁：“你不是有钥匙吗？”

江措一摸，钥匙落在医院了。他现在穿着病号服，裤兜里除了烟盒打火机什么都没有。

“忘拿了。”他说。

“正好，别进来了。”

她这话给得挺利索，好像是又回到了他那年追她的时候，怎么都不肯低下头，非要跟你嘴硬到底才行。

江措笑道：“那我真走了？”

徐鲁不说话。

江措扬声：“走了。”说罢，他拖着受伤的腿下了楼。倒不是真要走，只是他心里知道，她不会开门的，到底还是有怨气。

江措坐到台阶上，又点了根烟。

徐鲁没有再听到动静，她走到门口想开门看看，手刚放在门把上就听见他和一个男人的说话声，心里骂了句骗子，又收回手回了卧室去。六子也在骗她，不是伤得挺重吗，怎么还能到处跑。

那一刻，徐鲁心乱如麻。

楼梯口一个这儿的住户和江措很熟，上楼的时候看见他一身病号服也是愣了一下，问他：“腿怎么了，出警受伤了？”

江措低头笑笑。

住户道：“怎么不进屋去？”

江措说：“出警没和媳妇儿说，生着气呢。”

这么多年的邻居了，住户知道他一直都是一个人，这回听见这么个大新闻，眼睛也一亮，“哦哟”了一声，道：“把你锁外头了？”

江措笑着点了下头。

“女人嘛，一会儿就消气了。”住户说，“先去我家待着吧，几个朋友过来打麻将，这会儿嚷着要喝酒，看我买了多少。”

住户扬了扬手里的两打啤酒，说：“喝一杯去。”

江措：“还是算了。”

住户不乐意了：“咱都多久没喝过了，难得你有这么个好时间，必须喝一杯啊，要不然说不过去。”

江措难以拒绝，笑着应下了。

住户是开小商铺的，有一年冬天商铺着火，正好是江措去救的，完了发现是一个小区的，后来喝过一两次酒，就这么熟了。

他们边走边说，江措走得慢，住户看着叹气道：“你家那位可真够狠的啊，伤成这样也不让你进屋？”

江措笑说：“她不知道。”

住户家在六楼，走上去江措扶着腰喘气，住户笑着拍了拍他的肩说，一会儿多喝点酒精神精神，还能壮胆。

进了门，几个男的在打麻将。

住户给大伙介绍了一下江措，有人给他让位置，江措推了一下，指指酒，说：“你们打，我就来喝几口。”

大家也都不客气，喝着聊着。

江措坐在沙发上，用牙咬开一瓶酒，直接仰头就喝，偶尔有人问他消防这行苦不苦，他也笑笑，说还行。

没一会儿，他就干了好几瓶。

有人从麻将桌抬眼过来，道：“兄弟，烦啥呢？”

“有什么烦心事是酒解决不了的？一瓶不行就两瓶。”跟着有人接话说道，后半句还唱起了粤语歌，“人间事，多烦忧。”

江措忽地站起身，拎起桌上一瓶酒。他说：“有点儿急事，先走了。”

说完，他真是一步不停留，瘸着就出了门。下楼能快一些，他走到家门口，发现灯灭了。

江措醉意不是很大，就是步子不稳，摇晃着重重靠在门上，拎起酒瓶就往嘴里灌了半瓶，喉结在晨曦的光雾里上下滚动着。

徐鲁被外头撞门的动静吓了一跳。

她从床上爬起来，静静地听了一会儿，又是几声砸门的声音。她知道是他，从床上下来走去客厅。

江措用酒瓶砸门，低声道：“妍妍，开门。”

那声音徐鲁大概听得出来，他喝酒了。

她慢慢走到门口，都能听见他重重呼吸的声音，她知道这门一开她就沦陷了，以前就这样，从来架不住他无赖。

江措倚在门上，说：“不开我就喊了。”

徐鲁才不管。她最烦他这个样子，又偏偏爱死他这个样子，气得转身就走，却听见他闷哼一声，好像是慢慢靠着门往下滑。

半天不见再出声。

徐鲁心跳漏了半拍，想出声问又不知道怎么说。门又被撞了一下，只听他“嘶”的一声抽气。她掀开窗帘一角，看见他穿着病号服靠着门，想起六子说的他伤得很重，她知道这男人有从医院重伤就跑出来的胆量。

忽地，门外“咣当”一声。

徐鲁一惊，忙开了门，还没来得及看清外头什么情况，江措就已经迅速闪了进来，反手关了门，她想跑已经来不及了。

江措将她抵在门上，酒味喷到她脸上。

徐鲁想用胳膊肘顶开他，她微微皱着鼻子侧过脸去，推他却一点儿力气都用不上，抬脚踢了他一下，他痛得直抽气。她低头看，发现他的左腿还缠着厚厚的绷带，那个较着的劲儿一松，愣住了，人也一下子软了。

江措看她一眼，低头亲了下来。

第十四章

我有所念人

江措的唇落在她的眼睛上，些许潮湿。

他慢慢抬起脸去看她，借着从窗帘落进来的光，她的眼睛盈满了泪花，鼻头红红的，垂着眸子。

他很少见她哭。

第一次还是她高考后与同学对答案，算出来的分数有些出乎意外地低，哭着跑去找他，眼泪止都止不住，他怎么哄都不管用。

他当时一边给她擦眼泪一边说："不行再来一年，我等你。"

她抬着湿漉漉的眼看他，抿抿小嘴，说谁要你等了，然后抽着鼻子红着眼低下头。他当时就想亲她，愣是没敢下手。

他便一本正经道："要不要听听我的想法？"

她仰着小脸，"嗯"了一声。

江措记得那是他说得最有光辉的一句："高考不过是一个经历，一件你人生几十年里很微小的事，考得好的人不见得就有运气去选择自己喜欢的，考得不好也不能算失败。总有一天你会发现，这世上还有更多重要的东西值得你去流泪。人生最大的成功是做自己喜欢的事，至少你现在已经找到它了，对吗？"

后来方瑜打电话说，她对错了答案，闹了个乌龙，她本来已经被他哄好又笑着哭了，边哭边捶他，小女孩一样。

每次见她哭，他的心都是抽着的。

就像现在这个样子，她一句话也没有，也不挣扎了，被他堵在墙上，圈在怀里，默默地掉眼泪。

昏暗光线里，她的脸惨白极了。

江措轻声道：“哭什么？”

她的眼泪砸了下来。

他低低道：“想我吗？”

徐鲁看着他近在咫尺的脸，有些消沉，她轻轻一吸气，全是他身上的酒味，还有那股熟悉的味道。

江措慢慢将脸埋在她肩上，道：“重新开始好不好？”

她从江城来这儿的第一天他就心软了，每个夜晚总是睡得不踏实，怕这一步踏出去再也回不了头，不如不见的好，可这一见，就放不下了。

他一点一点亲着她的脖子，轻轻地吮吸着，一只手扶着她的脸，一只手放在她的腰上，将所有的呼吸都洒在她的耳根后面。

徐鲁听到他粗重的吸气，眼眶顿湿。

她想问他知道这些年她是怎么过的吗，真的就狠心一个面都不闪，说走就走，说回来就回来吗？她不喜欢纠缠过往翻旧账，说一遍又一遍，她知道男的都不爱听。

她觉得自己太懂事了，女孩子不应该这样。

徐鲁想骂人，想吵架，想摔杯子，想捶他胸口，可这些做了，然后呢？她还是会难过，难过这么多年来她一点儿都没变，依然为他，成疯成魔。

她忽然张开嘴，哭出声来。

江措狠狠一怔，他从她的脖子里抬头看她，明明还是那个心里眼里都装着他这个浑蛋的小女孩。

徐鲁哭得难过，泪水糊了眼。

江措低了低头，笑着抬眼：“要不要打我几下？”

她不抬手，他抓着她的手往他身上砸，每一下都砸得很重，她想抽出手来，却被他箍着劲儿砸了一下又一下。

这狭小逼仄的屋里，酒味，咸味，一地的昏黄。

徐鲁最后哭得都没声了，模糊着双眼看他，一双手被他紧紧地握在胸前，隔着病号服贴着他的身体，凉凉的。

江措眼角也湿湿的，低头看她。

“那天回去参加葬礼，你站在你妈旁边，我就在你后头。晚上一堆人打麻将，你故意从我跟前经过，我知道。”

徐鲁鼻子猛地又是一酸。

“你复读考上江大新闻，每一年都去报社实习，有一年新年没有回去，听我妈说你谈恋爱了。”

徐鲁掐着他的胳膊，用力。

江措闭了下眼，泪滴在眼皮下，笑道：“2008年江城发洪水，我刚好有事回去，经过你们报社那条街道，看见你被困在车里，想过去的，没来得及，他就砸了玻璃抱你出来了。”

徐鲁的手忽地一松，愣愣看他。

“你住院那两天，他来这儿，我见过。”江措说。

徐鲁知道他说的是陆宁远。

“我以为你会过得很好。”江措的声音又轻又低，“所以妍妍，休学那一年怎么过的能告诉我吗？”

徐鲁颤着嘴唇，慢慢放松下来。

“现在。”江措说着停顿了一下，“还想着那事儿吗？”

他没有挑明说那个字，徐鲁却懂了。

她曾经有过无数个夜晚想去死，总觉得死了就轻松了，不用像这样行尸走肉地活着，没有一点热爱地活着。

他那一年离开，带走了她全部热情。

徐鲁哭了一声出来，又卡在喉咙里。

江措嗓音低沉沙哑：“恨我吗？”

徐鲁在他怀里摇了摇头，她微微侧头看着俯首埋在她后背的男人，他高大挺拔，出入火场从不犹豫，这么多年头一回见他哭。

她轻轻问：“你呢，恨我吗？”

江措的肩膀重重颤动着，胸膛起伏着。他没有说话，将她圈得更紧了，好像是要把她揉进身体里一样。

过了一会儿，江措说：“结婚好不好？”

徐鲁后背一僵。

他将她整个人转过来，四目相对，她的脸颊湿透了，他拨了拨她的头发，弯下腰，俯首在她眼前。

江措低低地问："嗯？"

徐鲁忽地"哇"的一声，哭了。

她这次是大哭，直接哭出声那种，有些忍到极致的崩溃，眼眶瞬间湿了，泪水啪嗒啪嗒就往下掉。

江措将她的头抱在怀里，微微侧脸，慢慢垂下眸子看着她颤动的肩，红了眼眶。

徐鲁抓着他的衣服，脸贴紧他的胸膛，哭得很难过，好像要把攒了这么多年的力气都用完一样。

他就这样抱着她，一直到她哭声小了。

那个早晨，徐鲁哭了一个多小时，哭到嗓子都哑了，整个人一点儿劲儿都没了，被他的胳膊圈着才站得住。

他也让她哭，不说一句。

等到她哭累了，在她怀里都快站不住的时候，他将她拦腰抱起，走去卧室。她筋疲力尽地靠在他身上，眼睛干涩地疼。

江措没让她躺下，将她扶正坐好在床边。

徐鲁低眸，有气无力地看着他。江措半跪在床边，双手扶着她的腿，抬头仰视，静静地凝视着她的眼睛。

江措说："就从头开始好不好？"

从头开始吗，徐鲁混乱了。

那年她带着喝醉的他夜宿在宾馆，他就是这样的姿势，半跪在床下，仰头看着她，像是在观赏一件很珍贵的瓷器一样。

当时她就读于江城最好的大学，前途一片光明，他却截然相反，前程未卜。

那时他问她："跟我在一起，怕吗？"

她害羞着低下头。

现在，清晨七点半，深秋，2009 年。一个封闭的小县城，一间卧室。他是消防员，她是记者。他二十九岁，她二十七岁。

他低声问她："还爱我吗？"

屋子里安静，厚重的窗帘挡着光，卧室的门关着，只有他俩。他看着她，她低着头，本来已经干涩的脸颊，又忽地泪流满面，泣不成声。

江措笑了："我记得你刚上大学就把户口迁出来了，当时好像已经随时做好要和我去领证的准备了，是不是？"

徐鲁眼眶已经噙满泪水。

江措笑道："水做的吗，这么爱哭？"

徐鲁皱皱鼻子，脸色没那么苍白了。

江措抬手握上她的胳膊，低低道："再过两天，等这边的事儿办完，我们就回江城结婚，好不好？"

她哭道："谁说要跟你结婚？"

江措笑笑："现在整个消防队都知道你是我前女友，还特意从江城跑过来找我，咱干脆坐实了算了。"

徐鲁骂他："不要脸。"

江措笑大了："再骂两句。"

徐鲁抬脚踢了他一下，江措笑意渐深，缓缓呼出口气，闷声笑起来，胸腔微微颤着，半晌认真地看向她的脸。

然后，他叫她："妍妍。"

徐鲁总是有些难过的。

就这样平静地低下头看着他，就觉得难过。这么多年过去了，他和记忆里的那个画面终于重合，悲伤的，压抑的。

她无声地掉下眼泪，艰难地想从嗓子里"嗯"一声，可她就是出不了声，只是静静地看着他的样子。

方瑜有一年问过她："妍妍，向前走不好吗？"

她当时心思淡然，想也不想地说不想走。

方瑜感慨道："现实里多的是像你这样的人，大都朝前走了，遇见了新的人开始了一段新的感情，嫁人生了孩子，过得也挺好的。"

她那天一转眼，却满脸是泪："挺好吗？不一样的。"

那是她用尽全力去对抗生命爱过的一个人，从十四岁到十九岁，整个青春年华都是他。讨厌是他，反感是他，瞧不起是他。暗恋也是他，渴望也是他。他是她的少女心事，从不敢与人言，哪怕后来他死皮赖脸追过来，也不敢向前走。

或许他并没有那么好，可她却认定了。

他看她的眼神是那么干净，像一个犯错的孩子在祈求原谅。

徐鲁慢慢抬起手，去摸他的脸。

很硬，很凉。

江措仰脸看她，握上她的手，慢慢地揉在掌心，放在嘴边一点一点亲上去，和多年前一样。

江措半跪着仰头，目光凝视着。

他轻轻褪下她的睡衣，她裸露在外的肩是那样纤细瘦弱，锁骨陷下去，很瘦的样子。他用胳膊的力气将她整个臀连人带着托起，往床上多挪了些，让她的双腿紧紧地贴着床边，被他的双腿固定着，圈在里面，方便他整个人俯身探过来。

江措半跪着挺直了背，去抚摸她的脸。

他抬眼看她，还是他心底那个妍妍，纵容他作乱，一声不吭的样子，只是双手绷直撑着床，眼底有忧伤在。

他双手抚上她的后背，将她整个人带向自己。

徐鲁莫名地紧张起来，两只手无处安放，搁在他的肩上，一低头，看到的是他黑色眸子，从容专注的样子。

后来，他就这样抱着她，让她背对着躺在自己怀里，只是这样静静地和她待着，留下一室的温柔味道。

他紧紧抱着她，低喃："妍妍。"

徐鲁闭着眼，好像已经睡着了一样。

江措静静凝视着她的脸，小小的，巴掌点大，嘴巴轻轻抿着，呼吸也很轻，像秋天午后一缕风。

这些年来，他从不敢再想过还会有现在。

哪怕他们之间发生过那么多事，所有人都觉得他们不该在一起，有时候就连他自己都这么想，可这件事还是发生了。

江措缓缓挪了下背，贴她更近一些，将她搂在胸前，下巴搁在她的头上，抬手时而轻抚着她脸颊边的头发。

他不禁低声："长得还挺快。"

徐鲁迷迷糊糊地动了一下，只觉得有些冷，寻着他的胸膛就往里靠，汲取着那一点一点温暖，将脸贴在他的胸膛，睡了过去。

江措笑着看她小猫一样的动作，无声笑大了。

他一手搂着她，一手枕在脑后，抬眼去看窗外，光芒透过厚重的窗帘落进来一点，昏沉、暗淡，倏而又明亮起来。

江措声音很低很轻，缓缓的，给怀里睡着的女孩子讲故事，和从前一样，哄小孩儿似的说着："我第一次亲你好像是十一二岁，你都忘了吧。那时候你还真是小，和我也不生分，拉着我玩过家家，你做妈，我做爸。"

他看着窗帘上的浮影，像回到旧时光。

"后来你好像不喜欢理我了，大概是长大有了情窦。"江措说到这里笑笑，"见到我就躲，也不按老家那边的辈分喊我。"

还一个劲儿"江措江措"地叫，没大没小。

江措轻轻呼出一口气，摇头失笑："我后来见过很多漂亮的女孩子，你知道我当时在想什么吗？第一反应都是还没你好看。"

怀里的人轻轻动了一下，看不到是睡还是醒。

江措说："那时候我大概真是昏了头了，二十来岁，脑子里全是你，却又怎么都追不到。"

她那时候是真乖，喜欢杠他。

江措想着，笑意渐深。

徐鲁其实已经醒了。

她在他怀里睁着眼睛，听他说以前的事儿，像雾里看花，时光随风而逝，竟然已经过去了那么多年。

江措低头瞧她："醒了？"

徐鲁轻轻"嗯"了一声。

她慢慢张开双手抱着他的腰，脸颊轻挨着他的胸膛，坚硬、结实，又温热，只是轻轻呼吸着，就觉得无比安心。

"想什么呢？"他问。

徐鲁静了一会儿，道："什么都没想。"

江措笑："想我不好意思说？"

徐鲁皱巴着鼻子掐了他一下。

江措笑开："这些年我也攒了些钱，应该够买个房了，估摸着还能剩下点，带你出去玩玩好不好？”

徐鲁不咸不淡道：“够在江城买还是这儿？”

江措笑出声：“还以为你迷糊着呢，挺清醒啊。”

徐鲁没说话。

半晌，她才道：“这件事做完我就不做记者了。”

她对这一行的热爱还是当年的样子，改不了了。世道却一直在变，已经不适合她这样的人了。再做下去，做的都是没意义的事儿。

江措看她：“想做什么？”

徐鲁：“开一家书店或者找个山弄个客栈，雇个小姑娘看店，我去旅行，然后，每年回山里住一个月，爬爬山采采花什么的。”

江措委屈地抱着她：“我呢？”

徐鲁抬头：“你救火啊。”

江措笑了。

徐鲁忽然想到什么，问他：“你那天和我说你们消防队隔一段时间会去矿山检修，下次什么时候？”

江措眸子渐深：“快了。”

“你们消防队要志愿者吗？”她问。

“你想干吗？”

徐鲁：“总得有个合适的身份。”

江措：“已经有了。”

徐鲁愣了一下，才明白过来。

她重新回到这儿，就算再无声无息也是危险的。现在所有人都知道他们的关系，所有事摆在明面上，她来这儿是为了他，第一次来也是，虽然她吃了点儿哑巴亏。

“你早就打算好了？”她问。

江措笑：“赶了巧了。”

那天下午，他去给程勇做事故汇报，程勇说电视台打算给队里做一期节目，要他露个脸去，他当即回绝，说没时间要陪女朋友。

程勇还纳闷了一下，江措侧眸看见门口方向站着一个人，他知道是谁，便直接对程勇道：“她等了我七年，这次来电视台也是因为我，老大，这样一个女人我怎么能放她走。”

“张记者呢？”

江措刻意偏过头，看着门口方向道：“该说的都说了。”

他那样做能让外人排除她来江城的别有用心，最好这个人是电视台的。再者她这次来也有个公开的身份，至少能减少一些危险。

徐鲁忽地拧了他一下，江措“嘶”地吸了一口气。

“明明是你死缠烂打，现在弄得我怎么见人。”她皱眉。

江措笑着低头看她，直接吻了上去。

江措俯身亲上她的额头，和她四目相对，呼吸着她的味道，此刻平静地凝视着眼前的女孩子，抬手拨了拨她眼角的头发。

徐鲁看着他的黑眸，道：“腿还疼吗？”

江措抬眉：“现在才想起来问啊。”

他的语气忽然和刚才不一样了，热气喷洒在她脸上，声音也有稍许不一样，低低的，带点儿委屈和无赖。

徐鲁抿抿嘴：“还疼啊。”

江措：“嗯。”

徐鲁：“该。”

江措：“……”

他这会儿还真是有点儿疼，抽了口凉气，眉头皱起来，似乎确实很疼的样子。

她忙低头去看，江措坏笑。

江措说：“真好啊。”

徐鲁闷声：“什么？”

“就现在这样子，你在我身边，醒着也好，睡着也好，没有着急要干的事儿，和你腻歪一天，真好啊。”江措轻声说。

第十五章

陪你到时光尽头

他们在房间待到傍晚天色暗下来，才出去吃饭。小区外面的街道寂静又热闹，风静静的，路上的车缓缓地开过。有摆了一长街的夜市，卖油条的、豆花的、小笼包的、海鲜米线的，冒着热气，滚滚直上。

徐鲁扶着江措坐在一个地边摊上，看着大马路。

路上的行人来来往往，安安静静地等着红灯。一辆车接着一辆车徐徐开过，昏暗的路灯围了一圈又一圈的飞蛾。

徐鲁双手挽着他的肩膀，歪头道："这儿挺好的。"

江措低眉看她："哪儿好？"

徐鲁轻轻叹气道："多有生活气啊，不好吗？你看这条街，还有这些人，熟悉又陌生，生意好不好都笑得很开心。"

江措："夜市都这样。"

徐鲁："你说十年后的现在，2019年会是什么样子？像这样的街道，人情味儿还会在吗？"

江措："会。"

徐鲁看了他一眼，笑了笑。

"笑什么？"他问。

徐鲁摇头，道："你当年为什么会来这儿，还做了消防员？"

江措想了想说："后来是去当兵了，2003年这地方百年一遇的洪水，部队抗洪救灾，一个战友死在了这儿，再后来分配，就请调过来了。”

“为什么会做消防员呢？”

江措沉吟片刻道：“闲不下来。”

徐鲁问：“会帮老百姓抓猫抓狗吗，还有掏马蜂窝什么的？”

江措笑：“多了去了。”

“忘拿钥匙开门算吗？”

“算啊。”江措笑了一声，“有一回一个阿姨报警，钥匙锁屋里了，我们过去弄半天不行，后来还是叫了开锁公司。”

徐鲁：“那个阿姨不会直接叫开锁公司吗？”

江措抬手刮了一下她的鼻子：“当时六子也这么问，你知道那女的怎么说吗，她说开锁，要钱呢。”

徐鲁莞尔。

路边的灯光照过来，衬得她的脸颊有些微红，还有路边摊下的灯火，红色罩子下的灯泡摇啊摇，在她眼睛上晃来晃去。

长街上人群攒动，热气腾腾。

江措看着她的眼睛，问：“那你呢，为什么会去做记者？”

徐鲁照搬他的回答：“闲不下来。”

江措笑，揉揉她的脑袋。

他说一会儿吃完饭去趟医院看看小五，带你认识一下。她笑着说好啊，还有你们队里的长城和六子他们，也跟我讲讲。

江措玩味地看着她：“不怕他们烦你？”

“不怕。”

江措“嗯”了一声，说：“明天带你去趟队里见识一下，一会儿完了咱先去看个电影，怎么样？”

“看什么？”

她的眸子亮晶晶的，似乎有了年少时活泼的样子，两只手拿着筷子玩，一点儿也不觉得这地方寒碜和无聊，反倒是很快乐。

江措声音温柔：“一会儿说，先吃饭。”

徐鲁：“好哇。”

他们在路边摊坐了有一会儿，便打车去了医院。

江措的腿走起来就有些疼，不能太用力，徐鲁扶着他走得很慢，经过医护办的时候临时租了一辆轮椅车。

她推着他走，回去病房。

小五正靠在床头玩手机游戏，闻声抬头无意识地瞥了一眼，又低下头，好像看到了什么，猛地又抬起来，眼睛瞪大，要不是后背疼都能从床上跳起来。

徐鲁推着江措进来，反手关上门。

她看了眼目瞪口呆的小五，笑道："你好。"

小五愣愣地看着面前的女人，穿着碎花裙，开衫毛衣，头发松散地搭在肩上，笑起来很温柔的样子，还有点儿狡黠的活泼。

江措揣着兜里的烟盒扔过去，道："愣什么，叫嫂子。"

小五这才回过神来，嘿嘿傻乐着喊了声嫂子。

徐鲁笑了一下，将买来的水果袋子从轮椅把手取下来放在桌上，拿出几个装盘子里，对他们道："我去洗水果，你们聊。"

她刚一走，小五就沸腾了。

"队长，你今儿一大早就跑出去原来是干这事儿去了。"小五一副"我猜得没错吧"的样子看着江措，"人家不来看你，难过啦？"

江措抬眸："烟扔过来。"

小五："病房不让抽烟。"

江措眼神半抬，目光危险。

小五哆哆嗦嗦地扔给他，说："徐记者不在这儿你才有胆子抽吧？"

江措低头点着烟，没说话。

半晌，他才道："你这伤好还得要段日子，这些天别瞎折腾了，乖乖在医院待着，出什么事儿也别瞎掺和。"

小五一怔："能出什么事儿啊？"

江措吸了口烟，不答反问："这两天谁还来过？"

"长城六子他们，指导员来过一次。"小五想了想说，"对了，张记者今天还来过，我猜着是来看你的。"

江措低头，掸了掸烟灰。

"指导员不是说张记者要给队里做个宣传片嘛，我琢磨着虽然吧你俩没戏了，可这宣传片怎么说也得露个脸吧。"

江措："谁说的？"

小五："我没说。"

江措手机在这时响起来，他看了一眼屏幕，从轮椅上站了起来，走出去接电话。

徐鲁端着洗好的水果进来的时候，病房里就小五一个人，轮椅空空的，江措不在。小五笑眯眯地盯着她看。

徐鲁好笑道："他人呢？"

小五说："打电话去了。"

徐鲁从盘子里拿出一个水果，问小五："我给你削一个？"

"谢谢嫂子。"

徐鲁坐在床边的椅子上，一手拿着梨子，一手拿着刀子，认真地削起来，能看出来刀工很好。

小五不禁感慨："嫂子，你练过呀？"

徐鲁抬头"嗯"了一声，笑说："练过。"

小五猜道："队长教的？"

徐鲁眼神询问，小五咧嘴一笑，说："上回队长来看我，也是这么削苹果的，长长一截没断过，我都舍不得扔。"

徐鲁一边削一边道："他平时什么样子？"

"平时啊话挺少，一般在队里不是训练就是训练，哪儿哪儿都好，就是脾气差，真急了遭殃的还是我们。"

徐鲁笑："你们不反抗吗？"

小五挑眉："反抗？一百个俯卧撑准备。"

"那我觉得你们应该找个机会揍他一顿，像他脾气这么差你们还能忍到现在也是挺不容易的。"

小五嘿嘿笑："我们也就想想，现在像队长这样的人不多了。我第一天进队的时候就出火警，要不是队长我早没了。"

徐鲁将削好的梨子递给小五。

小五看着白白净净的梨子，略微低下头道："我记得有一次电视台的人过来采访，当时问了队长一个问题，他们问：'作为一名消防员，出入火场最重要的是什么？'"

病房安安静静，忽然没了声音。

小五轻声道："队长说，我兄弟们。"

徐鲁低眉，笑了一下。

他从来都是重情重义的男人，为朋友两肋插刀的事没少做。

她那时候看不上他那些朋友，直到跟他好了，被他带去跟他们玩，他那一堆狐朋狗友热情地开着他俩玩笑，倒也正正经经。

小五道："你俩怎么认识的？"

徐鲁说："从小就认识。"

小五"哇哦"一声："难怪。"

"什么？"

小五说："队长这些年清心寡欲的，我晓得吧这谈个女朋友也不至于这样，原来都这么多年了。"

病房的门被推开，江措走进来。

徐鲁回头道："打完了？"

江措"嗯"了一声，看向小五道："好好养着。"完了拉过徐鲁的手，被徐鲁推着坐在轮椅上，跟提线木偶一样。

徐鲁凑近闻了闻："抽烟了？"

江措舔舔唇，道："就一根。"

小五在后头憋着笑，看队长难得一脸乖㞞的样子，心里想着赶紧到明天，对着大伙讲讲，那感觉不知道会有多酸爽。

江措知道小五想什么，倒是笑道："早点儿睡。"

徐鲁推着他出了病房，笑了笑。

江措回头看她："笑什么？"

徐鲁："故意的吧，明天肯定你们消防队都知道了，我推着你，你跟大爷似的，拽得二五八万一样。"

江措回身坐正："不好吗？"

徐鲁拍了一下他的肩膀，说："不好。"

江措："这还不好，现在所有人都知道我有多怕你紧张你，抽根烟都得你管着不敢多抽，不好？"

"你还觉得光荣是吗？"

江措嘿嘿一笑："不不，错了错了。"

徐鲁忍着笑道："傻子。"

他们沿着医院外面的长街走着，前边路口拐角有一家电影院，小县城的排片很少，这个点儿看的人也不会很多。

徐鲁推着他走出十来步，江措右脚踩地，让轮椅停了下来。他从轮椅上下来，隔着昏暗的街灯看她，说："坐上来。"

她一惊："你干吗？"

江措走到她身侧，努了努下巴，说："坐上去，我推你。"

"脚不疼了？"

江措："这个也叫疼？"

徐鲁白他一眼，看他一脸逞能的样子也没多说，直接坐上轮椅，手往两边一搁，指挥道："出发。"

江措看着她的后背，笑了。

他鼓足了劲儿，用力往前一推："走咯。"

轮椅在街上小跑着，他的力气主要撑在右脚，左脚后跟点地，能缓解一些疼痛，身体前倾，推着她一路小跑。

风从耳边刮过，徐鲁轻轻笑着。

她看着前方的街道和灯火，感受着两边错落的树和楼房，深深呼吸了一口气，微微偏头，江措也歪着头看她。

他笑了一下："坐好了。"

像回到年少一样，他背着她可以走街串巷，风一样地跑起来，在这寂静的夜晚，就他们两个人。

到了电影院，江措将轮椅扔到前台。

他去买票，她坐在大厅的椅子上等他。大厅人真的很少，大电子屏幕上只有两三个排片，还有几个老片子。

江措回来的时候抱着一桶爆米花和可乐，他走起路有些跛，走得慢，穿着夹克牛仔裤，朝她走过来。

有人目光看过来，那眼神还挺奇怪。

徐鲁笑道："那女孩子在看你。"

江措递给她爆米花，然后道："看我长这么帅是个瘸子，可能觉得有点儿可惜。"

徐鲁“嘁”了一声：“自恋狂。”

那天晚上，他们看的是一部很老的电影，放映屏幕上男主人公坐在钢琴前，手指放在琴上，曲子从指尖流淌出来，轻柔和缓。

徐鲁觉得他故意挑的这个片子。

他就坐在她身边，握上她的手，看到钢琴出来的时候，微微侧身靠近她，眼睛还是盯着屏幕。

“现在还弹吗？”他低声问。

徐鲁：“偶尔。”

她说这两个字的时候声音很轻，微微叹了一口气，只感觉手被他握得更紧了，然后便听到舒缓的伴奏传了过来。

那部电影一个半小时，看完已经十点。

放映厅出来是影院的后面，一条长长的走廊，有一个休息的小厅，厅中间放着一架钢琴，用布盖着。

江措说：“弹弹？”

她看他一眼，心底像是拿定了什么主意似的，从他的掌心里抽出手掌，慢慢朝着钢琴走了过去。

徐鲁坐在琴凳上，轻轻掀开琴盖。

她的手心已经控制不住地痒起来，慢慢地抚过琴键，清脆的琴音弹跳出来，好像还没有从电影画面抽离出来。

徐鲁抬头看了江措一眼，他靠在琴边看她。

她没再犹豫，低下头，双手放在琴键上，指尖一点，开始弹起来。双手在琴键上飞舞，时而忧伤时而欢快，手指不受控制一样。

很多年前在他的出租屋，和他一起看《海上钢琴师》。

1900 还是个小男孩出场的时候弹的那首曲子，后来喜欢上那个女孩子弹的 *Playing Love*。她因为太喜欢，特地找的钢琴谱练了很久，弹给他听。

江措听着笑了下，像岁月不曾老。

几个小时前，江措接了个电话。

“兄弟，这小子被哥困几周了，现在也就剩半条命，前两天放走了立刻见了个男的，你说还跟不跟？”是老钱。

江措道："不了。"

"对了，昨天还见到一个女的。"

江措皱眉。

"那小子走了后过来的，和那男的说了几句话就走了。"

"什么样儿？"江措问。

"电视台的，好像姓张。"

江措眉头皱紧，吐了口烟圈，沉吟片刻道："这两天你们先进山，最好弄出点儿动静来，闹得越大越好。"

"得嘞。"老钱说罢笑道，"弟妹哄好了？"

江措闻声笑笑，看着病房方向。她刚端着水果盘进去，裙摆在空中划过一道弧线，柔和极了。

他轻道："好了。"

从电影院出来，还没走到门口，一股冷风从脚底蹿上来，徐鲁忍不住裹紧了毛衣，双手放在嘴边哈气，灯光下热气清晰地飘散在黑夜里。

她看着面前的灯火长街，忽然觉得不太冷了。

江措从前台推了轮椅过来，看着她站在门口，纤瘦柔弱，没有骨头似的，头发被风吹起来，就这样静静地站在那儿，目视前方一动也不动。

他走近道："看什么呢？"

徐鲁没回头，轻声说："想看下雪。"

江措的目光转向外面安静的街道，昏黄的霓虹，少得可怜的几辆汽车，远处的居民楼上零星灯火，有家的样子。

他笑着说："快了。"

徐鲁转身看他："我想上厕所。"

江措目光向两边望了一眼，道："一楼应该没有，去二楼。"

徐鲁说："你在这儿等我。"

她说完就跑走了，剩下江措一个人站在原地。他看着她奔跑起来的样子，笑了笑，将轮椅又拎回前台，跟了上去。

这会儿影院的人已经很少了，走廊静悄悄的。

徐鲁一个人穿过长长的过道找到洗手间，里面一个人都没有，只有一大面镜子，窗口的风吹进来，她忽然觉得背后有点儿凉意，只想匆匆上完出去。

一片寂静里，听见有脚步声。

徐鲁随便打开一个卫生间门就进去了，那声音又消失了，她想起以前看的鬼片，这电影院又老旧，顿时有些后悔没让江措跟上来。

从卫生间出来，她站在镜子跟前洗手。

只觉得背后好像真的有什么闪了过去，她回过头什么都没有，迅速洗完手就往外走。脚下蹦跶过一只猫，吓得她“啊”了一声原地跳起来。

一抬眼，江措就靠在门外。

他笑着揶揄：“一只猫就吓成这样？”

徐鲁镇定下来，仰脖看他：“你故意的。”

江措：“这你就冤枉我了，明明是只猫。”

徐鲁瞪他一眼，转身就走，腕子被他轻轻一拉，整个人朝后靠去，被他拉住，怎么都挣脱不开。

“干吗？”她没好气。

江措笑：“手拉手，好朋友。”

徐鲁白他一眼。

两个人慢慢走出电影院，徐鲁似乎想起什么，心有余悸，对他道：“我总觉得一直有人跟着我。”

江措皱眉：“我在呢，不会。”

“可能是我想多了。

江措揉揉她的头发，将她塞进轮椅里，推着走。两个人轻轻说着话，一句一句，和着晚风，悠闲地往家里走去。

徐鲁身上盖着他的夹克，缩在轮椅里，闻着他衣服上的味道只觉得倦意上头，整个人软绵绵的，就那样睡着了。

回到家里，江措将她放在床上。

他关了卧室的灯，去了客厅抽烟。最后一根烟抽完，他又去阳台上站了会儿，散了散烟味才进去卧室。

她睡得很熟，看样子像是做了个好梦。

江措坐在床边看了她一会儿，想脱去她的衣服让她睡得自在点儿，结果刚伸手过去，她就翻了个身侧着睡去。

他无奈叹息，低声叫她：“妍妍。”

他蹲下身子，亲了亲她的额头。

半睡半醒间，她睁着眼看着床边的男人。他近乎极致的温柔，虔诚到底，只是那双眼眸里，有些许沉重。

江措生怕打破了这场宁静，低声道：“再睡会儿。”

徐鲁往他身上蹭了蹭，紧紧抱着他，也不说话，仿佛就这么静静待着已经很安心了。

“年底二哥婚礼，咱俩也定一定？”他道。

徐鲁一愣，抬头看他。

“你什么都不用做，好好当你的新媳妇。”江措笑。

徐鲁又低下头，将头靠在他胸前，手指一点一点拂过他的胸膛，指尖画着圈圈，过了会儿才道：“谁要跟你结婚。”

江措笑：“我想跟你结婚。”

徐鲁：“哦。”

江措知道她心里憋屈硌硬什么，道：“妍妍。”

她闷闷“嗯”了一声。

“后来为什么不告诉我？”他忽然问。

徐鲁忽地一怔。

“不是你报的警，为什么不说？”

徐鲁心一沉。

江措缓缓道：“当年他被当场击毙的时候我是有些崩溃，二十多年他从没有养育过我，却还想着给我过个生日，哪怕他犯了要死的罪，我也还是想让他安心地走。”

徐鲁鼻子忽地一酸。

“他也答应我生日过完就去自首。”

江措遥想当年，那个不像为人父的亲生父亲，犯罪走投无路，被他拉着去自首，可怜又可恨，瘦得皮包骨，没脸见他，却把这一辈子攒下来的钱都给他，说这钱不脏，就当爸欠你的。还有后来决定自首，哭着和他说话的样子，一张老泪纵横的脸，说儿啊，下辈子还能做我儿吗？

他知道，这一去就是死刑。

徐鲁听见头顶他的声音低了下去，环手将他抱紧，眼角也跟着湿了。半晌，听见他在头顶道：“对不起，妍妍。”

徐鲁闷声摇头。

“是我错了。”他说。

江措至今还记得两周前江河的那通电话，电话里江河的声音苍老，一句话说完总要停一会儿再说下一句，说了很久，提到了很多年前他亲生父亲的事情和一个意外知道的真相。

“这么多年，她受了很多委屈。”

江河突发脑梗前，隐忍着最后说：“她需要你。”

那天的后来，江措拿着手机，靠着承重墙，面目僵硬，颤抖着，整个人陷入了深深的悲伤和后悔之中。

卧室里的空气好像都流得慢了，江措眼眶湿润，他低头看着怀里的女孩子轻微颤抖的身体，低低吸了一口气。

他叫她：“妍妍。”

徐鲁整个人都轻松了，可又很难过。她也不说话也不摇头，只是静静的，抿着唇，目光没有焦距。

“当时为什么不告诉我？”

当年她跑去找他，亲耳听见七婆偷偷躲在房间打了报警电话，她那时候在想些什么呢。她原本就已经有些手足无措，等到后来他质问她的时候，却硬是一个字都说不出来。

养母报警抓亲生父亲，他该有多痛苦。

徐鲁低了低头，沉默了好一会儿，才平静道：“总不能说是婶子做的，她也是为了你好，如果你知道是她报的警，只怕更难过。”

江措咬紧了牙，目光灼灼。

片刻，她道：“你怪我吗？”

她问这话的时候，眼睛是看着别的方向，有些迟疑，听着像是没有底气的发问，生怕那个答案不是她要的。

江措沉默了一会儿。

他抬过她的脸，和她对视，低声道：“七年前我找过你，你妈出车祸那天我就在当场，她让我放你自由。这些年我没有一天像今天一样觉得自己还活着，从你出现在这儿第一天起，我就要疯了。就算你后来离开这里，我也想过去江城找你。”

这些年现实的冰冷麻木已经让他都快忘记温暖是什么样子，脾气越来越坏，以为平凡一生也不是不行。可再见到她，在这满城风雨里，他一颗心忽然平静了。

江措低声道：“是我不好。”

徐鲁已经泪流满面。

接着听到他低哑的声音，夹杂着极致隐忍的哭腔，痛苦而压抑地说：“把你弄丢了这么多年。”

徐鲁一直是不愿意提及这个事儿，却又渴望被他提起。这是她心底最痛的伤疤，好像一经提起就会像结的痂被人撕开一样，血淋淋地疼。

他知道这一点，说得很谨慎。

徐鲁抬起胳膊握上他的手，平静地看着他，低声道：“我今年二十七岁，有喜欢做的事，喜欢的人，过得也挺好的。”

江措听她说着，哭笑出声。

她皱眉看他，小女生一样的口气道：“笑什么？”

江措缓缓吐出一口气，看着她又笑了一声。她总有一种把明明很糟糕的局面扭转得很轻松的力量，好像他们现在谈论的是明天的天气一样。

她脸颊上的泪还没有干，眼睛湿漉漉的。

江措抬手去擦，笑说：“我家妍妍哭都这么好看。”

徐鲁皱皱鼻子，拍掉他的手。

江措低声道：“我现在有点儿难受，妍妍。”

她无辜地眨眨眼：“那怎么办？”

江措舔唇，看她：“你说呢？”

徐鲁下意识地低头，道：“要不你自己……”

江措轻“嘶”了一声，倒吸一口凉气。他黑色眸子紧缩了一下，深深看了她一眼，摸了两下鼻子。

“没你怎么弄？”他问得坦荡，“你教教。”

徐鲁当即拍了一下他的胸膛：“不许耍流氓。”

江措脸上挤出一个很痛苦的表情，就这样看着她。

徐鲁蹙紧眉头，又怕他这样子，看着他难受的样子，不禁道：“那你轻点儿，我一点劲儿都没有。”

像特赦令一样，江措低笑。

后半夜，江措醒了，睡不着去客厅抽烟。

烟雾缭绕在空气里，衬得这夜极静。

江措吸了一口烟，重重地吐了出来。他抽完一根，还想再点上，卧室的门被推开了。徐鲁靠在门框上静静地看着他，也不说话。

江措拍拍大腿，看她说："过来。"

徐鲁走到他身边，被他伸过来的手一拽，坐在他大腿上，就这么靠着他的胸膛，拿着他的烟盒玩。

江措问："怎么不睡了？"

徐鲁摇头："醒了睡不着。"

江措抱着她，想起她这几晚似乎睡得都不是很好，偏头道："睡眠质量平时都这么差吗？"

徐鲁想了想，说："还好。"

"这叫还好？"

徐鲁歪头道："现在都好多了，放以前晚上失眠都睡不着的，整晚整晚做噩梦，跟没睡一样。"

江措半晌没声，过了会儿低声道："等忙完这阵子，带你出去玩。"

徐鲁眼睛一亮，看他："真的？"

"真的。"

"可是你工作那么忙。"她说。

江措："再忙也带你去。"

徐鲁莞尔。

"开心了？"他道。

徐鲁笑，就是不说话。

江措道："吭个气呗大小姐。"

徐鲁拧他。

那个晚上，他们说了很多话，有一句没一句的，像是又回到了从前。他逗她开心，有说有笑的样子。

再后来，提起工作。

她给他讲做了记者的一些事儿，有时候被领导砍掉选题，气到想骂人，最后还是乖乖地换了选题，被岁月慢慢磨平了棱角。

徐鲁说完抬头看他，又垂下眼角。

她的视线落在茶几边的电脑上，又不动声色地移开。好像心底做了什么决定一样，说着说着就笑了。

徐鲁道："我给你也讲个故事吧。"

还在读大学的时候，她想做一个很好的纪录片，一个人拿着相机就跑去别的城市，拍下一些特别的人，还有他们说的话。也有过隐形拍摄，甚至被人追着跑的时候。这个纪录片并没有在圈内公映，只是出现在一些小范围的贴吧论坛里。

有一个留言，她记得特别清晰。

留言说："你这也太不现实了，一个人到处跑采访，现在条件基本都是一个团队，再不行也两三个人，你们报社直接就让你去？假的吧，而且拍得也不怎么样。"

徐鲁看到这条，忽然就有些难过。

她一个人想做一个采访怎么了？就是想做一个自己觉得比较好的事儿怎么就被人说不现实呢？

就像她来这儿，大概也被人说是笑话。

如果很久以后她写一本书，把这里的故事写下来，被人看见，或许他们会说，你看这女的，不现实，你看这故事，太假。

后来，那条留言有人回复。

回复说："这个记者难道不是在做她应该去做的吗？新闻这个行业不应该多出现这样一些人吗？为什么一个人单枪匹马就被说成可笑不现实呢？这个世界怎么了？"

看到这条，徐鲁鼻子泛酸。

毕业前夜，她曾经和一个朋友聊天，说新闻这行太鱼目混杂了，要想做一个很好的深度报道太难了。

朋友说："所以才需要你这样的人啊。"

也是这句话，撑着她来到这儿。为了曾经奋不顾身的誓言，哪怕孤立无援，总觉得，应该来做一些事的。

说到天快亮，江措问她："后悔过吗？"

徐鲁想了想，回答说：“刚来这儿的时候，去南坪的那个晚上，从车上下来，天都黑了，下了雨，也不知道去哪儿，就想这会儿要是待在自己被窝多好，一个人跑过来是有点儿傻，但不后悔。”

江措说：“那就行了。”

徐鲁靠在他怀里，又道：“那个你在南坪抓到的疯子，应该不是想杀我，只是想给我点警告，让我迎难而退。我想背后操纵这一切的人，可能现在觉得我也没什么用，我毕竟是个记者，出了事他们要负责的。”

江措抱紧她，道：“不会有事儿。”

徐鲁忽地回头看他的脸，说：“现在是2009年，你说十年后这世界会是什么样子？”

江措：“怎么突然问这个？”

“你说说呗。”

江措：“我想想啊。”

徐鲁：“快点儿。”

江措下巴搭在她的肩上，鼻尖慢慢一点一点蹭在她的脸颊上，缓缓道：“世界好不好我不知道，你会很好我知道。”

徐鲁笑：“我哪里好？”

江措看着她的眼睛，似乎比这灯光还亮，清澈又干净，跟个十八岁的小姑娘一样，什么都想要一个答案。

“哪儿都好。”他说。

第十六章

那个雨水充沛的日子

2009 年深秋的一天，是个平平常常的日子。

他们一起吃了一顿简单的饭，吃完后江措要去一趟消防队，问她要不要一起去，她说很累，送他到小区门口。江措说送到这儿就行了，又不是不见了。徐鲁看着他笑笑，说早点儿回来。

然后，她看着他离开，远去，拐了个弯不见了。

直到他的身影消失了很久以后，徐鲁才走了回去。她走得很慢，上楼梯，钥匙插进锁里，开锁，进了房间。

她朝四周环视了一眼，小小的客厅，沙发上还放着他的浴巾，阳台的窗帘被风吹了起来，洗手间的灯没有关，卧室一片狼藉。

徐鲁花了一个小时打扫房间，洗了个热水澡，换了身干净轻便的衣服，毛衣，外套，牛仔裤，还穿着帆布鞋。

做完这些，她站在客厅里，最后看了一眼窗帘，走过去拉开，让阳光进来。房间本来空空荡荡的，忽然被阳光充满，好像一下子回到春天，每一个角落里都盈满了希望的样子。

徐鲁闭上眼睛，深深呼吸。

阳光从头顶晕开，风小了。

江措到消防队的时候，迎面碰到六子。

六子大惊失色地看着他道："队长？你不在医院待着跑回来干吗？"

"就这点伤待什么医院。"他说，"老大呢？"

六子："办公室吧。"

江措"嗯"了一声，径直就往那方向走。

六子看着他还伤着的腿，走路也不利索，便随后跟着道："指导员好像在和人说事儿，队长，你先回宿舍歇歇呗，有啥事我去说。"

江措闻声，停下脚，扭过头："谁？"

六子摇头："不认识。"

江措抬头望了二楼一眼，沉吟片刻，没有上楼，而是随便在楼下找了个地方抽烟。他靠着墙，问六子："说多久了？"

"十几分钟了好像。"

江措低头点烟，有意无意道："张记者还来过吗？"

六子说："没有啊，好像有过一次，大伙午休的时候我撒泡尿出去溜达了一圈，张记者在和指导员说什么烈士，反正没听懂。"

"是她哥的事儿。"

六子点头："她哥是烈士啊？"

江措没答。

六子忽然道："出来了。"

江措抬眼看去，还是程勇亲自送出来的。那人戴着一顶帽子，穿着黑色大衣，那张脸莫名地有些眼熟。

程勇并没有看见他，送完人就上了楼。

六子说："指导员好像心情不太好啊，可刚送那人倒还客客气气的，那人谁啊这么大面子？"

江措眸子一缩："回宿舍去。"

"那你呢队长？"

江措没说话，直接上楼。

在程勇还没来得及关上门之前，江措的手挡了一下。门被拉开，程勇瞬间眼睛瞪大，算是很惊讶了。

"你不在医院吗？"程勇问。

江措："嗯。"

"腿还没好乱跑什么呢？"

江措："有事。"

他的表情不太好，以至于程勇忽地噤声，低眸不知道想起什么，眉头皱了皱，侧身让开一条路，道："进来说。"

江措进门，程勇反手关上。

程勇见他似乎也不是急着开口，径自接了一杯水放桌上，然后坐在沙发上，对他道："喝口水，坐下说。"

江措站着没动，道："刚才那个人我见过。"

那次第一商场着火，他后来又去了一趟，被人请去了赫本酒吧，刚见到的就是那天请他的那个男人。

可就这一句，程勇脸颊倏地一紧。

江措确定心里所想，神色复杂地看了程勇一眼，偏过头顿了两秒钟，然后回过脸看向程勇。

江措平静道："我想知道，老大你和他们什么关系？"

程勇紧紧抿着唇，半晌道："那人是商场那边过来的，只是说了几句上次的着火事故。"

江措低笑了声。

程勇接着又道："商场那次着火，队里也是有责任的，没有及时检查出问题，按理来说咱也应该……"

还没说完，江措打断道："真是没检查出来吗？"

空气近乎凝滞，两人目光对视。

江措缓缓道："我听说商场那块地皮当年签了十五年，如果因为严重的意外事故导致商场受破坏或者坍塌，合同到期三个月内，负责人有权向政府提出灾难赔偿。算得没错的话，下个月就到期了。"

程勇"哦"了声："是吗？"

江措严肃了："老大。"

程勇："你想说什么？"

"我之所以来问，是因为相信你，这么多年出生入死，你要有什么危险我能第一个豁出命去。"江措说完顿了下，声音低下来，却又极其坚定，"不管出什么事。"

程勇咬了咬牙。

"非要走这一步吗？"江措问。

程勇深深吸了一口气，低下头。

“我还记得当年来这儿第一天，你拍拍我的肩说好好干，犯了错误被你罚六公里，你说做人最重要的是不怕犯错，就怕一错再错。”

程勇慢慢闭了闭眼：“别说了。”

江措慢慢放下右手：“这是你教我和张弢的。”

程勇情绪有些抑制不住，低下头揉了把脸，好半天没有说话。办公室里的窗户被风吹得呼呼响，似乎又要变天了。

许久，程勇道：“当年张弢救人出事之后，上面打算追封他为烈士。当时矿山市几个杰出的企业家联合署名搞了一个捐赠仪式，你去了牙嫂家，所以没在。”

江措多少知道点儿，不过没当回事。

程勇叹了口气，道：“都怪我一时糊涂。”

江措蹙紧眉头。

“他们捐赠了一百万给张弢，这笔钱自然是到了他妹妹晓丹手里，后来我才知道，他们还弄了一个特等奖，以捐赠会的名义给了你嫂子，虽然还回去了，可有些事是说不清的。”

“怎么说不清？”

“多多少少总会有些破例，犯法的事绝对没做过，只是偶尔会格外照顾一些。”

“破例”这两个字说得轻巧。

江措问道：“这和晓丹有什么关系？”

“他们后来以捐赠会的名义，通过关系把晓丹调了过来，记者嘛，总会有意无意地帮衬一些，有了捐赠这一层关系，有些事晓丹也没办法。”

程勇说到这里，停了下来。

江措闭了闭眼，慢慢睁开，轻声道：“几个月前，矿上出了事故，队里也去了车，可是半路又开回来了，说是虚惊一场。新闻也是什么都没抖出来，电视台连个屁都没放，我也想知道，晓丹和这事儿什么关系？”

程勇脸色瞬间变了，猛地抬头。

“为什么这么问？”程勇缓缓道。

江措：“先回答我。”

“矿上那个事儿确实子虚乌有，电视台又不是晓丹开的，报道什么也不能她说了算，你在怀疑什么？”

江措说：“徐记者来这儿是晓丹给他们通风报信的吧。”

程勇眸子一暗。

“她多少有些被迫。”程勇说，“但你要相信，她不会干犯法的事儿。”

江措怒道：“她是不会干，那些人呢？”

“徐记者现在好好的，你——”

江措直接打断，声音低沉，隐忍道：“幸亏她没事，她要是少一根头发，老大，我连女人都打。”

程勇叹息：“晓丹不知道那些人要做什么，只是行个方便，你别把她想得那么不堪，张弢可就这么一个妹妹。”

江措双手搭在跨上，吸了一口冷气。

“老大，我信你。”江措低低道，“我答应过二哥好好照顾她，这个也不会食言，今天这事儿当我没说过，你也没听过，能早抽身就抽身，有需要帮忙吱一声，刀山火海兄弟都敢去。”

江措说完，转身就要走。

程勇在身后叫住他：“江措。”

门被拉开，江措身影顿了一下。

江措没有回头，只是淡淡道：“老大，你说什么是信仰？头顶那几个字吗，对党忠诚，纪律严明，赴汤蹈火，竭诚为民？你做到了吗？”

说罢走了出去，可是还没走出几步，队里忽地警铃大作，江措倏地就开始往楼下跑，全然不顾脚伤。

指挥中心传过来的广播里道：“……煤矿区矿山六路发生严重坍塌事故，发现有不明火势蔓延……距离市区三十五公里的矿山……”

装备室里一二队都在用最快的速度穿消防服，个个面色严肃。消防队的大门敞开着，消防车一辆接着一辆从里面开出来，往矿山方向驶去。

长城看了副驾驶座的江措一眼：“队长，你这脚伤……”

江措：“没事。”

对讲机响起来，传来程勇的声音，似乎还刻意停顿了一秒钟，才道：“火灾原因不明，可能随时会发生爆炸，注意安全。”

最后四个字压得极重，江措明白。

他看了一眼后视镜里跟着的第二辆消防车，隐隐约约还能看见程勇的轮廓，还是和往常一样的语气低沉道："放心吧老大。"

市区距离矿山路，按照现在的车速，过去大概十多分钟。

江措看了眼窗外一闪而过的梧桐，掏出手机给徐鲁打了个电话，没有打通。不知道为什么，他有种不太好的预感，又拨了一个电话给小五，直接道："去家里找下你嫂子。"

挂掉电话，长城担忧道："怎么了？"

江措沉默着，一言不发，面目沉静，连续给徐鲁拨电话，还是拨不通，心底忽然跟漏了气似的。

"快点儿。"江措说。

消防车加速行驶在公路上，路过一个又一个路标牌。每近一点，江措的心就慌一些。他一遍遍地回想起昨晚她所有的样子，是那样地平静，明明今天还照常送他下楼，笑着说早点儿回来。

江措不安地看向窗外，那座矿山越来越近。

天气似乎也要变了，阳光被乌云驱赶，成团成团往山上飘去，车外的风刮到耳边直作响，沉重得让人有些喘不过气来。

后来那样一个看似普通的一天，却成了所有人都忘不掉的日子。山城遭遇百年罕见大雨，洪水爆发，没多久大半座城已经湮没。

湮没之前，山上发出重重的坍塌声。

那声音轰隆隆的，伴随着几下爆炸而来，再也没有什么能压住这个潮湿、落后、昏沉的小城了。

半个小时前。

矿山电视台楼下，徐鲁已经站了有一会儿了。她戴着帽子和口罩，不仔细看根本认不出来。

有人缓缓朝着她走了过去。

徐鲁平静地看着对面的人，倒是张晓丹先笑了，很客气的样子说："你什么时候回这儿的？"

"我以为你知道。"徐鲁说。

张晓丹没说话。

徐鲁沉默了三秒，道："这里不是说话的地方，你要是方便的话，我们……"

"就在这儿说吧。"

徐鲁低了低头，半晌轻轻抬起，开门见山道："半个月前我接到过一个电话，那时候我已经回江城了，甚至有过放弃来这儿的打算，觉得做一个平凡的小记者也挺好。"

张晓丹挑了挑嘴角。

"可人生就是这样，总是会在你做选择的时候又扔给你一条路。"徐鲁停了一下道，"你去见过梁阳是吗？"

张晓丹猛地震了一下，看向徐鲁，眼神犀利。

"如果不是找不到别的证据，我也不愿意打扰你。"徐鲁说。

张晓丹："我不明白你在说什么。"

徐鲁缓缓说了几个字："以捐赠会的名义。"

张晓丹垂在两边的手颤了一下。

"这两年你为那些人行了不少方便，想要的得到了吗？"

张晓丹的手慢慢握成拳状。

徐鲁："我来不是追究这些的，我想从我来这儿第一天起你就在看好戏了。一直到我去南坪，你让人跟了我一路，好像我做什么都晚一步，是你在通风报信吧？"

张晓丹："你知道你在说什么吗？"

"当然知道。"徐鲁笑了笑，"我来这儿就是查这事儿的，不过至今都没有证据，但我觉得你应该会有，毕竟当时报道那场事故的第一现场主持人是你。"

张晓丹缩了缩瞳孔。

"好奇我怎么知道是你的吗？"

方瑜要到了医院的监控，徐鲁整整看了三天，才在里边见到了张晓丹的身影，的确有一些意外，可是后来就明白了。

"你放心，除了我没人知道。"

张晓丹惊讶了一下，又瞬间恢复常态。

"你什么意思？"张晓丹问。

徐鲁轻轻笑了一下，道："我一个人孤立无援，翻不起多大的浪花，也不想把他牵扯进来，所以我需要你的帮助。"

“你凭什么以为我会帮你？”

“做记者的直觉告诉我，你会是一个好记者，要不然你也不会偷偷去帮梁阳缴费，还帮她找骨髓。”徐鲁侧头，看了眼远处的山峦，“进山之前，至少得留下什么，我想了很久，这个人非你莫属。”

“进山？”张晓丹一愣，“你疯了？”

徐鲁微微笑了笑。

“当年你哥不也是这样吗？”

张晓丹一愣。

“我需要你的帮助，晓丹。”徐鲁一字一句道。

张晓丹慢慢道：“他……知道吗？”

徐鲁摇头：“不知道才好。”

张晓丹有那么一瞬间差点儿想要脱口而出说你别去了，可她不敢说，哪怕现在徐鲁把所有重要的事情都交代给她，看似完全信任，也不能说。

徐鲁轻道：“我在去赫本酒吧的黄金包厢放了点东西，一支录音笔。山里什么情况，只有进去一趟才知道。如果我没回来，就劳烦你了。”说完，她沉默地笑了笑，转身就走。

“徐鲁。”张晓丹忽地出声。

她停下脚，回过头。

张晓丹看着她，正要说什么，手机响了起来。

徐鲁没停留，走了。

看着已经远去的那个背影，张晓丹接过电话淡淡地“喂”了一声，随即狠狠愣住，然后对着那个背影大喊道：“等一下。”

徐鲁回过头去。

张晓丹颤着嗓子道：“出事了。”

这三个字明明说得很轻，可徐鲁就是听到了。看着张晓丹脸色都已经变了的样子，徐鲁几乎害怕接下来会听到的话。

2009 年 11 月 2 日，矿山市全城戒备。

不到半个小时，暴雨已经极速落下，风云大变，路边的树木被吹得东倒西歪，雨势极大，天色一下子暗了下来。

江措正带着几个人在山上举着水枪对准矿洞边的火势进行直攻，没几分钟火势就变小了。这会儿风好像也慢慢起来了，有一部分小火被吹散开，很快就扑灭了。

矿洞下面幸好没有施工人员，这场火不算很大，也没什么损失。六子正和长城去检查事故原因。

江措靠在一堆石头边，眼角四下瞥了几眼。

矿上的工人这会儿都一堆一堆站着，交头接耳说着话。江措目光落在一个方向，像是很随意地走了过去，一边四下看看，从兜里抽出一根烟，一眼就瞥到了远处的老钱。

老钱也朝他走过来，道："兄弟，给根烟。"

江措整包烟扔过去。

江措低头点烟，含糊道："火你放的？"

"还真不是。"老钱道，"倒也省得哥哥我闹事了。"

江措吸了口烟，将头偏向一侧，问得随意："有发现什么情况？"

"还没有，不过东头有一个矿不让我们靠近，总觉得不太对劲。昨晚哥还猫了过去，你猜发现什么了？"

江措沉默着，缓缓吐了口烟圈。

"那地方鬼都不去竟然装了个摄像头。"

江措又吸了几口烟，扔到地上踩灭。

"今天有没有什么人上山？"江措问。

"没啊怎么了？"

"没事。"江措拍拍对方肩膀，说，"谢了老钱。"

"都是兄弟，谢个屁。"

"走了。"

江措回到消防车上，看了一眼面前这几座大矿，瞧了眼窗外的天，也暗了下来。他摸出手机看了一眼，没有未接来电。

六子上了车，看他一眼："队长。"

江措向后靠着，正准备拨号，小五的电话过来了。江措刚一接听就问找到了吗，小五叹了口气说家里一个人影都没有。

江措皱紧眉头，把电话挂了。

如果不在山上，他想不起来徐鲁会去哪儿。再次拨电话过去的时候，那边依然是关机。消防车开出了矿山，慢慢行驶在回程的山路上。

江措烦躁地揉了下头，正想点根烟抽，身后六子递上了一根，打着打火机。他接过咬在嘴里，低着头，凑上打火机点燃，吸了几口。

“烦什么呢队长？”六子问。

长城凑近：“嫂子？”

江措瞥了他俩一眼。

六子说：“知道你现在看着像什么样子吗？就跟一个二十岁的毛头小子一样，魂不守舍心不在焉，这就是爱情的力量啊。”

长城：“徐记者可真行。”

六子：“这样一个女人走进你心里什么感觉？你瞅瞅人家啊，为了你从大城市来咱这儿小地方，又知书达理，一看就是书香门第出来的大小姐，被这样一个人喜欢什么感觉？”

长城：“说两句。”

江措抬手挨个拍了一下他俩的头：“边儿玩去。”

“无聊呗，说说吧队长，你看看我俩现在这多么富有求知欲的眼神就知道了。”六子双手握拳，一同抵在下巴下，眨了眨眼睛，“队长？”

长城也做着相同的动作，眨眨眼睛道：“队长？”

驾驶座的小林“扑哧”一下笑了出来，一只手握拳，抵在下巴下，对江措眨眨眼道：“队长。”

江措：“……”

六子嘻嘻一笑：“看在我没多久就要退伍的分上，队长你就可怜可怜……”

话还没说完，远处一声巨响。

那响声太大，以至于震得消防车都摇晃了一下。前后几辆车迅速停了下来，江措很快朝窗外看了一眼，矿山上空浓烟滚滚。

长城一身冷汗道：“怎么了？”

对讲机里程勇干脆冷硬道：“掉头。”

山路弯弯绕比较多，几辆车往回开费了些时间，还没有开出一会儿，路两边已经不间断地有石头滚落下来，随即跟着的是忽然变暗的天。

六子不禁皱眉道：“刚检查过一点儿问题都没有啊，这怎么回事？”

江措：“去了再说。”

消防车还没有开过去，天上已经下起了雨来，慢慢地越来越大。矿上的火势被雨水很快扑灭，众人正要松一口气，只听见山上又一声巨响传来。

程勇道："大家做好救援准备。"

雨水太多，山路又被大石挡住去路，所有消防队员即刻下车，江措迅速安排作战计划，现在这样的情况，火已扑灭，距离又远，但还不确定矿上是否还会发生爆炸，是否有人员伤亡，不确定因素太多，基本都是只能背着灭火器和破拆工具上了。

一堆人冒着大雨跑过去的时候，矿上已经乱作一团。

就刚才还屹立在那儿的矿顶已经塌陷，现场除了浓烟和大雨，只有零星几个人趴在一堆乱石废墟里刨人，还有几声悲号的大喊。

江措跑过去，眼睛被大雨打到很难睁开，大声喊："怎么回事？"

男人大喊，哭声都出来了："都跑了，我兄弟还在底下呢。"

江措回头喊："这边来两个人。"

刚才那场爆炸就连矿上工人都不知道怎么回事儿，大家正准备下去干活，就听见底下一声巨响，被吓蒙了，几十个人迅速就往外跑，有一些没跑出来被压在了里头。

下山有两条路，估计他们都从后山跑了。

雨势越来越大，砸在冰冷的破石上。一堆橘黄色的身影在这大雨滂沱里衬得更显眼，一个个伏着身子，一块石头一块石头用手搬开。

脏水打在脸上，整个人被淋得湿透，这会儿没有一个人顾得上喘气，找累了抹把脸继续埋头干。可这石头压得太重，要扳开也得费很大的劲儿。现场一片混乱，根本不确定哪里还有人，也不敢排除会再出现爆炸风险，雨水又太大，这样地毯式救援，实在困难。

江措的全身已经泥泞不堪，整个人都快要埋在石头里，手上不知道被划了多少口子，脏水流进去，一双手沾满了黑泥。

远处有几个穿着工服衣服的人跑过来，帮着他一起抬起那块大石。江措抬头一看，愣了一下。

是老钱，还有几个矿工。

"哥想过了，不能见死不救。"老钱跑过来，喘着粗气。

江措嗤笑一声，抹了把脸，低头道："我喊一二三，大家一起用力。"

那天大雨一直在下，从早上下到中午。矿上的救援紧张又急迫，截至目前已经挖出三四个人，只能让六子带两个人背下山去。医护车进不来，山上信号也已经中断，就目前的情况来看，只会更糟。

他们连续奋战在一线，此刻大部分已经有些疲惫，最多歇一会儿又继续爬起来干。远远看去，那橘黄色的消防服已经被灰泥染了色，又脏又重，湿透。

程勇说："我们得收队了，照这样下去，泥石流就该来了。"

江措那会儿蹲在石头上，一只手已经磨出了血泡，他硬生生给挑开了，流得满手都是，和在泥水里，朝石头缝里钻了进去。

他跟没听见似的，仍然低头，用手一个个将石头搬开。

程勇握住他的一只胳膊，站在他面前，大声道："我说收队听到没有？再不走一会儿就来不及了。"

江措没吭声，低着头继续干。

程勇："江措！"

江措："要走你走。"

"你给我清醒一点。"程勇大喊，"现在不是逞英雄的时候，这地方再待就危险了，山下现在有可能已经被洪水淹了。"

江措闻声，动作一顿，抬眼。

程勇："必须马上离开这儿。"

第十七章

风儿对花儿说

如果需要用一个词来形容山城这个小县城，最合适的应该是“憋屈”。它四面环山，地势凹陷，又常年雨季，很多大小街道总是被雨水灌溉着，水洼也是经久不散，往往快要干涸了，雨又来了。

徐鲁喜欢下雨，特别喜欢那种。

那天真的只是深秋里一个特别普通的日子，她以为就像相聚总有离别一样，这场大雨下过就会停。但是她没有料到，那场大雨来势汹汹，一直未停。

雨水冲刷着这座闭塞小城的巷道和房屋，路边的树很快就被吹歪了。大风肆掠起来毫不心慈手软，矮小瘦弱的树木瞬间就有可能被吹断，砸在马路牙子边上，或者毁掉一辆刚经过的小汽车。

所谓天灾人祸，大概就是这个样子。

此时此刻的矿山县已经被洪水覆盖，淹没了郊区的小村庄和房屋，小城里的水已经淹没在膝盖位置，水位还在不断上升。

徐鲁坐在房顶上，看着面前的一片汪洋。

这些房子只有屋顶还露出在水外，上头也都坐着人。这地方距离县城还有十五分钟的路程，要等到营救机会并不容易。

她坐的那个屋顶正好朝着矿山方向，虽然除了树什么都看不见。她整个人也被淋透了，头发湿答答地贴在脸颊，看着雨水融入洪水里，听到身边一阵一阵哭声，小孩儿的，妇女的，哭得让人绝望。

徐鲁旁边坐着一对母女，六七岁的女孩子躲在母亲怀里，一声也不吭。年轻的母亲用身体挡着风雨，瘦弱不堪，却有着惊人的力量，勇敢、强大。

雨水模糊着眼前的视线，前边的大树上似乎还挂着一个人，可是风雨这么大，坚持不了多久就会被冲走。

这样的画面后来在她脑海里留存了很久，悲伤的，抹不去。

她想起张晓丹拉着她的手，那一刻张晓丹的眼神认真又诚恳："你不能去山上找他，太危险了，去了又能怎么样呢，他是保护你还是保护别人？"

徐鲁听进去了，没上山。她去了山下最近的那个村落，消防车如果经过她一定会看见。可是路上就下起了大雨，还没到山下路已经淹到脚踝，她被这场洪流赶到了村子里。

山下都已经这样了，她不敢想象山上什么样子。别说矿山上发生爆炸，如果再有泥石流爆发的话，会惨不忍睹。

她的手机丢了，现在只能坐这儿干等。

好像前途一点儿希望都没有，昏沉的天，瓢泼的雨，泥水一点一点往上爬，视线所及都是被吹倒的树木、屋顶，和她一样等待救援的人。

荒凉，破败，惨烈。

雨声里，她听见女孩问："妈妈，会有人来救我们吗？"

那一声坚定如铁："会的。"

徐鲁慢慢抬头看了眼灰蒙蒙的天，雨水打在脸上，生疼生疼。她用双手抹了把脸，眼睛瞬间又湿润起来。

她不知道他是死是活，现在如何。

平生第一回真正弄明白了"听天由命"这个词，她除了那样坐着，再也没有其他法子了。她想如果能活下去，她一定不会孤独地活。

她直直地看着远方，忽然想起小时候。

她问江河："爸，长大好吗？"

江河会说："想听真话？"

她点点头。

江河揉了揉她的脑袋，说："长大可没有想象的那么好，长大意味着从今往后你要自己面对这个复杂的世界，独自处理很多焦头烂额的问题，还有一道又一道看似跨不过去的坎，笑也不能大声笑了，眼泪只能往肚子里咽。"

“可是为什么那么多人想长大呢？”

江河会笑笑说：“大概是小时候的烦恼也会像天一样大。”

后来她长大了，烦恼一个接着一个。爱情有了，烦恼一个接着一个。工作了，烦恼一个接着一个。再后来，她变成了斗战佛，偶尔失败，偶尔会赢。

人生好像总是在面对着这些，顺势也好，逆境也罢，长大后真正快乐的日子似乎也少了，总觉得小时候希望的生活越来越远。

怎么会突然感慨这些？她不知道。

雨势渐渐地有变小的趋势，可是水位还一直在升高。徐鲁听见小女孩对妈妈说爸爸会来救我们吗？女人说会的。

徐鲁偏头看了一眼这对母女，年轻女人也朝她笑了一下。

她沉默了片刻，道：“再等等，应该很快就有救援兵到了。”

女人看她一个人，便问：“你家人呢？

徐鲁目光落向一侧，道：“山上。”

女人眼里随即一片同情的样子，也不好再问了，只能安慰她说：“你也别太担心，山上至少淹不了。”

徐鲁沉默地回过头，看向前方。

过了一会儿，雨慢慢地变小。灰尘的天亮了一点儿，风也小了，不远处的几家屋顶有人喊起来。

年轻女人松了口气道：“雨停了就好说了。”

小女孩忽然指着某处，清脆地喊道：“妈妈你看！”

徐鲁的目光落过去，几艘小船慢慢地出现在视线里。船上是穿着迷彩服的解放军，划着桨，在一个个屋顶停下来。

四周的人欢呼着，还有的甚至在房顶跳起来。

一艘船慢慢地朝她们这边划了过来，停在屋顶旁边。小女孩和妈妈先坐到船里，徐鲁站在屋顶上，最后看了一眼这四方的洪流，下到船里。

她扶好船边，问：“同志，外边现在什么情况？”

“整个县城都是这样子。”男兵道，“这趟洪水太快了。”

徐鲁问：“山上呢？”

男兵：“不知道。”

船划了很久，经过市区，从前的街道都被淹没得严严实实，身边不时地经过几个船只，坐满了人，有的拥抱在一起，有的抱膝低头，各有各的心存感激，各有各的伤心难过。

到安全地方，徐鲁下了船。

矿山县目前就只有东边没有被完全淹掉，这边也只有一家小医院，现在也是挤满了人。徐鲁穿过人群跑进医院，乱哄哄一片，没有看见一个穿消防服的人。

她正要松一口气，看见大厅方向过去了几个人。

有人说："那个消防员真是可惜了啊。"

"可不是吗，听说泥石流下来的时候，想都没想就推开身边的人，瞬间就被冲走了，你说他家人得难过成什么样子啊。"

徐鲁脑子"嗡"的一声，整个人都僵住了。一颗心慢慢地在往下坠，冰凉刺骨，好像突然没了魂一样。

她失魂落魄地跑过去，拉住门口那个说话的男人。

男人眉头一扬，奇怪地看她。

徐鲁嘴巴张了又张，半天说不出话，眼看就要哭出来了。男人和身边人互相看了一眼，又看向她，似乎明白了什么，缓缓地道："有什么事儿吗姑娘？"

徐鲁眼皮一颤，眼泪就下来了。

从知道他去矿山救火那一刻起，她就相信他一定会回来找她。不知道为什么，她就是相信。哪怕坐在摇摇欲坠就要被洪水淹没的屋顶，她也坚信不疑，相信忽然的一个回头，他就在这里，所以她不害怕。

男人见她一哭，吓道："怎么了姑娘？"

徐鲁抬起湿漉漉的眸子，垂落在两侧的手紧紧地掐着掌心的肉，像是这样才有勇气问出来，接着很轻很轻地开口："您说的那个消防员在哪儿呢？"

男人恍然，犹豫了一会儿，才道："只听说被泥石流冲走了，瞬间就没了，现在好像也没打捞上来。"

"什么样子你知道吗？"

"挺年轻的，好像还是个队长。"

徐鲁眼底的一丝光亮，顷刻间暗下来。

男人安慰道："我也是听别人说的，你别难过啊，万一不是你要找的人呢。"

男人也是无可奈何，说完拍拍她的肩，就和同伴走了。

大厅里人满为患，推推攘攘，你来我往。不时有官兵抬着担架进来，医生护士都不够用了。

这混乱的人群里，徐鲁像一尊雕塑。

她没有大哭，只是眼泪不自觉地就流了下来，没有抽泣，就这样静静地往下流。也没有那种彻底的悲痛，只是好像人被掏空了一样。

昨天夜里，他还抱着她说："等这阵子忙完，我们就回江城。"

她问他："干吗？"

他不要脸地笑笑，说："结婚啊。"

她拧了一下他的胳膊，无声笑了。

雨终于停了。

山下的救援有条不紊地进行着，山上不好上去，出口都被堵了，泥石流往往来得突然，流速又快，官兵都不敢贸然进山。

江措他们被堵在了半山腰。

他们一行有四五个人，程勇、老钱，还有两个矿上的兄弟，一个被从底下挖了出来，伤了一条腿，一个前胸后背都是伤，只能勉强止住血。

其他人，都埋在里头了。

那会儿他们前脚刚离开矿上，泥石流就来了。几个人背着伤员一路狂跑，发现后山也全是泥石流，只能被卡在这凸起的一片半山腰上，一边是悬崖，一边是山洪。

老钱躺在地上，问："兄弟，咱还出得去吗？"

江措没答，只道："给根烟。"

老钱叹口气，慢慢道："也不知道她们母女俩怎么样了，好些年没见，到这关头，不想起她们都难。"

江措问："离婚了？"

老钱笑了一声，无奈道："她妈嫌弃我挣不来钱，就离了，闺女跟她。别看我这屃样，我那闺女可不得了，小仙女下凡懂吗？就一样随了我，特死心眼。"

风声哀鸣，听得人消沉。

老钱低下声道："兄弟，如果你活着出去了，帮我看看她们娘俩儿。"

江措抽着烟，眯起眼看着脚下被石头挡住的路。想起刚才那一瞬间爆发的洪流，他面色凝重，缓缓地吸了一口烟。

“死不了。”他淡淡道。

山路被泥洪覆盖，汹涌地流淌着。

程勇罕见地也要了一根烟，道：“这时候来根烟可真是痛快。”

几个人面色都很凝重，面对这种没有出路的境况，还带着两个伤员，下去就是万丈深渊，躲这儿也不是办法，不可预估会不会又一次突发泥石流。

程勇忽然笑了声：“今儿算是活到头了。”

老钱扬眉道：“别，我还不想死。”

风声萧萧，吹打着四周的树木，有的被刚才肆掠的风雨都压断了，乱七八糟躺在地上，被泥水灌溉着，像兵荒马乱的战场，而他们刚从一场战役中逃亡，丢盔弃甲。

江措吸了口烟，眉头紧锁。

老钱朝他走了过去，站在旁边，感慨道：“这回怕是帮不上你了。”

江措轻摇了摇头。

老钱：“现在矿都塌了，那几个被埋的更找不见了。”

江措：“带他们进山的那个人一直没有线索吗？”

“就跟消失了一样，啥都查不出来。”

江措拍拍老钱的肩。

“我就不信那场矿难真查不出来。”老钱愤慨。

江措低头，弹了弹烟灰。

“有命活着，就有命查出来。”他最后说。

现在他们被堵在半山腰，山里是东南风，路都不好走。

一同跑出来的那两个受伤的兄弟，一个中年男人，一个才二十来岁。年轻的那个已经处于半昏迷状态，虽说已经做过急救，可条件太差，伤口又感染了，再这么熬下去，还是会有生命危险。

江措的目光落在不远处湍急的水流里，慢慢地抽着烟。他也不说话，就那么看着。

他身上的消防服已经被泥水浸湿得厚重不堪，整个人像是刚从泥水里滚过一样，一张脸上全是泥，这会儿干巴巴地贴在脸上，就连脖子都沾了泥。

四周除了水流，一片寂静。

江措就那么背靠着树坐着，一只手搭在屈起的膝盖上，一只手捏着一根烟，偶尔往嘴里喂一口，烟雾徐徐而上，又随风消散。

他慢慢闭上眼睛，耳边只有风声。

那是风穿过树叶的声音，窸窸窣窣。

老钱叫他："兄弟，想什么呢？"

江措依旧闭着眼，没有出声。

程勇道："山下情况可能会好点，市区的话，山洪过去还得段时间，有充分逃离的准备，别太担心了。"

江措睁开眼，掸了掸烟灰，很轻地"嗯"了声。

老钱感慨："这场洪水百年一遇啊，不知道又得多少人妻离子散了。"

大家都没有说话，一致的沉默。

过了会儿，江措偏头道："我们走后那场爆炸怎么回事你知道吗？"

老钱摇头："你们刚离开，我们那个矿区七八个人吧就被赶着下矿干活，雨还挺大，大家都挤着下矿。我存了个心思，带着两个兄弟找了个由头上来透口风，还没走远，就听见里面'轰'的一声，把我魂都吓没了，再晚出来一会儿，那埋在下头的就是兄弟我啊。"

"没什么不对劲吗？"江措问。

"怎么说呢，对了。"老钱看向一同跑出来的那个中年男人，好像想起来什么一样，"当时大家都发疯一样往出口跑，你却是往回跑，想什么呢兄弟？"

江措看过去，中年男人低了低头。

老钱继续道："我觉得吧应该是意外，你也知道，矿上出这种事挺频繁，这矿时间长了，安全系数太差，这回是真摊上事儿了。"

江措摁灭剩下那半截烟，道："不能排除人为。"

"反正我看这矿是弄不成了，这么多条人命谁管他后台多硬都过不去。"老钱说完，唉声叹气道，"都这会儿了操心这干啥，还不如想想咱怎么出去。"

程勇插了话进来："等。"

老钱这会儿还有心揶揄道："等风来？不如老子追风去。"

江措沉吟道："老大说得对。"

"那得什么时候啊。"老钱随地捡了一块石头，扔进前边流淌过的洪流里，"受伤这两个可等不了。"

中年男人忽然开口：“你们不用管我。”

老钱奓毛了：“你还来劲了啊。”

江措沉默了一会儿，没开口。

“三个月前矿上出了场坍塌事故，你知道吗？”江措忽然道。

中年男人目光都变了，声音干涩：“不知道。”

江措没再说什么，站起来道：“我过去找找路。”

他沿着山腰转了一圈，上自然不行，现在只能下。可是下山的两条路，都被泥石流堵了，直直地往山下冲去。

他回到原地，老钱问：“怎么样找到路没？”

江措看了他们一眼：“没路了。”

老钱耷拉着肩膀，悲凉地笑哼一声：“老子就知道是这结果，看来今天真要栽这儿了。”

江措说：“那也不一定。”

几个人同时看过来。

程勇：“什么办法？”

江措说：“穿过它。”

老钱咋呼一叫：“你疯了？这么急的水，怎么穿啊？”

江措说：“找帮手。”

程勇：“树。”

江措：“是树，从这边到对面，距离是不小，要过去也不是没可能。我们周边这么多树，找几根粗一点的，试试看。”

“万一掉下去可就完了。”老钱道。

江措抬眼：“难道等死？”

老钱不说话了，低下头，半天道：“行，就这么干，不过就咱仨，这得找多大的树才行啊我说。”

江措后腰都挂着一把消防斧和一圈安全绳，他在附近砍了几棵结实的树木，头尾穿插着绑在一起，弄完这些已经过去大半个钟头。三个人将做好的树梯抬到洪流边上，直直地竖起来。

老钱看向对岸道：“能搭上吗？”

“差不多。”江措说，“我喊一二三，一起放。”

树梯稳稳地搭在了对面的坡上，江措又往树梯两边竖直插上几根树干，将其固定住，以至于不会乱滚动。至于对岸，只能等着过去一个人固定。

程勇对江措道："我探路，你断后。"

江措："还是我去吧。"

程勇斩钉截铁："我是大哥，我去。"

最先去的那个人自然危险重重，这急流上的树梯不知道能支撑多久，如果水流忽然湍急起来，掉下去就没命了。

老钱："你俩就别争了……"

江措和程勇："闭嘴。"

老钱真的抿上嘴，看着他俩。

程勇："你脚伤还没好，能忍到现在真不知道你是不是铁做的，弟妹看见了也会难过，再说就这种情况，我们以前救火不知道遇见过多少次，哪次不是肩上扛着一条命进去又出来，就当给我个赎罪的机会。"

江措眉头皱起："老大。"

"行了。"程勇笑着说，"出生入死这么多年了，还跟我争什么呢，在这儿安心等着。"

程勇站在树梯上的时候，感受到了下面水流得汹涌和澎湃，他闭了闭眼，张开双手保持着平衡慢慢地走了过去。中间两根树木的交界处用绳子绑得很结实，可踩在上头还是觉得脚软了一下，整个人往下陷去。不过十米的距离，走了足足十分钟。

程勇过到对岸，固定好对面的树梯。

对面就剩下他们四个人，江措看了眼老钱，视线最终落在另外两个矿工身上，沉沉地看了一眼，道："过吧。"

泥石流太汹涌，他们走得很慢。

等到江措过的时候，明显觉得树木不太稳固了。他沿着树梯走到一半，感觉绳子固定的地方松动了一下，毕竟刚刚过去了几个人，树梯的承受能力已经是极限了。江措停了下来，缓了一下，慢慢抬脚。

对面几个男人紧张地看着他，大气都不敢出。

江措又抬了一步，只觉得脚下的树梯好像动了一下，像是小时候玩积木，摞得高高的，手指轻轻一拨就倒了。

而现在，只需要一个推力。

江措站直了，慢慢深呼吸。

“江队长。”中年男人忽地叫他。

江措抬眼。

“我姓易，他们都叫我老易。”那个中年男人大声说，“我想我应该就是你们要找的人。”

周围蓦地安静下来，只剩下湍急的水声。

“都别说了。”老钱吼道，声音又变轻了，“先过来。”

江措抬眼看向矿工老易：“去找一个叫徐鲁的记者，和她讲。”

他抬手慢慢伸进衣服内侧，微微笑了一下，对程勇道：“老大，您帮我给她捎句话。”

话音一落，树梯被激浪打翻，江措身体向后一倒，用尽最后一分力气，将衣兜里的钱包扔了过去，然后瞬间被冲下水，很快淹没在泥石流里。

岸上的老钱忽地大喊一声，嗓子里全是哭腔：“江措！”

程勇揣着那钱包，整个人失魂落魄地倒在地上。那个年轻伤员和矿工老易都傻了，看着那湍急的泥石流，迟迟说不出话。

天空这会儿慢慢亮了起来，风也慢慢停了下来。坡上的草黄黄的绿绿的，不像是秋天的样子。风一走，花也萎了。

第十八章

我珍贵的

小城里，雨停了。

急诊已经被送来的伤患塞满，急救室的红灯还亮着，不知道里面是什么人，受了什么伤。很多人坐在外面的地上，有头部缠着带血的纱带的，有捂着腿痛苦地闷哼的，有的直接蜷缩在地上，满身是水，地面都快成了小河。

那个晚上很漫长，徐鲁在医院待了一夜。

这个地方现在成了整个矿山的中心，大家来来往往，匆匆忙忙，找不见亲人的大都在这里，要么守在医院门口。解放军一拨又一拨，穿消防衣的不见几个。

后半夜的时候，她在门口等到了张晓丹。

张晓丹头发乱蓬蓬的，手里拿着无线话筒，后面跟着蓝天。两人都裹着外套低着头上台阶，张晓丹视线忽然一停，抬头，看见了站在门外柱子边的徐鲁，倏地愣住。

徐鲁直直地站着，嘴唇轻轻地动了一下，却没有说出话。两人目光在空中对视着，被寒冷的风吹开。

蓝天愣愣地开口："徐记者？"

徐鲁看着他们，慢慢道："你们来这儿采访？"

蓝天低头，"嗯"了一声。

徐鲁淡淡道："别吵醒人。"

张晓丹：“蓝天，你进去等我。”

门口剩下她们两个人。

徐鲁不知道说什么，想问的有很多，可她这时候似乎不应该问，因为面前这个女孩子似乎比她还难过消沉。

张晓丹问她：“你怎么在这儿？”

徐鲁说：“等他。”

张晓丹沉默了一会儿，说：“山上爆炸，接着又是泥石流，六子背人下山的时候被泥石流冲走了，头磕到了石头上，当场死亡。”

徐鲁脑子“嗡”的一声，心底一松，又瞬间一沉，确定那个消防英雄是六子。她忽然眼眶湿了，鼻子也酸了。

她还记得第一次和那个十九岁的男孩子认识，对方笑得灿烂极了：“你好徐记者，我叫柳真，大家都叫我六子。”

十九岁？这一辈子还有那么长。

张晓丹面如死灰：“几年前我哥没的时候就这样，官方报道几十个字，对别人来说不过是个名字，可对我来说，那是一辈子。我连他最后一面都没见到，他还那么年轻。他长得不好看，大家都笑他娶不到媳妇，他说以后娶到了一定要带到我爸妈坟前说，爸妈，儿子给你们把儿媳妇娶回来了。”

徐鲁听着，偏过头，拂掉眼泪。

“后来拼命给他追加烈士，搞捐赠会，我以为这就圆满了。可我今天知道六子没的时候，我发现我是个傻子。”张晓丹道，“命都没了，要那些东西干吗呀。”

最后这个“呀”字又轻又低，是无奈，是绝望。

徐鲁往前走了一步，抬手轻轻抱住张晓丹，一只手缓缓地拍打着背。

张晓丹就这么靠着她，很久以后说：“我这人经常迷茫，十八岁读大学迷茫，二十二岁找工作迷茫，现在二十五岁，还是迷茫。活着真是失败。”

徐鲁轻道：“傻，五十岁也会迷茫。”

张晓丹顿了一下，眶里又聚满了泪花，眼睛只要轻轻一眨，泪水就会夺眶而出，硬是忍着不哭出来，低低地道：“他是好人，菩萨会保佑的。”

徐鲁没有吭声，目光静静地看着前方。

深夜的风偶尔会有几声鬼哭狼嚎，凛冽地吹过来，刺激得人瑟瑟发抖，一不留神就盖住了说话的声音。

“我进去了。”张晓丹说。

张晓丹走了，又剩下徐鲁一个人。她就站在那儿，哪儿都不去。风号着，天还暗着。远处漆黑一片，什么都看不见。偶尔有几个解放军背着灾民进进出出，都这会儿了，还没停着。

徐鲁一边搓着手放在嘴跟前哈气，一边张望。

很奇怪的，就想起很多年前，江措还是个十几岁少年的时候，大年三十，一堆兄弟姐妹围一块打麻将。她过来玩，趴在跟前看牌。

他摸着牌扣着，不给她看，倒是好脾气地拿眼瞧她：“叫声叔，给你看。”

她白眼一翻：“不看。”

众人哄笑：“妍妍就不待见你，没事找事。”

他没听见一样，嘴角一歪：“我赢了叫，行吗妍妍？”

她看着他那笑，忽然就说不出话来了。

这些年过去了，再想起来好像还是昨天的事儿一样，她年纪还小，大家喜欢笑，笑起来也都真真的，你拍拍他，他拍拍她，多好的光景。

再次看见一大波人从远处过来的时候，是凌晨四点半。

那些人的衣服都灰不溜秋的，脸上也都沾满了泥水，看不清原来的样子。徐鲁本是没有注意的，天又黑，那些人都低着头。

有人摔在了地上，疼得闷声响，起不来。

“麻烦叫医生！”

徐鲁反应过来，跑回医院，其实里头也乱哄哄的，医生大都团团转，最后只找着两个实习护士，抬着担架出来了。

受伤的人脊椎骨折，被横着挪到了担架上，一只腿全是血。还有一个伤者及时止血，倒不是那么重。

满衣服的血迹看得人心疼，徐鲁偏过脸。

她看着等他们把那两个伤者抬了进去，正要离开，忽然有个人叫住了她。她回头一瞧，那人抹了把脸，喘着气看她，眼神里有一种说不出的感觉，像是要说什么，又说不出来。

“程指导员？”徐鲁一喜，心底瞬间又猛地一抽，半天说不出话来。

程勇看着面前的女孩子，艰难地咽了咽嗓子。

“徐记者……”

徐鲁心底早已忐忑不安，这三个字一听，肩膀瞬间耷拉下来，一双眼睛顿时失魂落魄，好像一个刚粘好的瓷瓶，轻轻一碰就又碎了。

程勇心里一直念着江措被泥石流冲走前那句话，红着眼痛苦道：“他说不能陪你去南方了，你要死了，他就做恶鬼去。”

徐鲁眼泪静静掉了下来。

“刚刚抬进去的有一个是矿工老易。”程勇没有忘记嘱托，“三个月前的那场坍塌事故，被埋的那七个就是他经手介绍进去的，江措救了他。”

徐鲁的眼眶里涌满泪花，颤抖着胸腔，无声地哭起来。

程勇从兜里慢慢掏出一个物件：“这是他的钱包，被冲走前他拼命扔了过来，我想是要留给你的。”

徐鲁看了那钱包一会儿，才拿手接住。

半晌，她低着眸子道：“张记者进去采访了，有什么话找她说吧。”

程勇“嗳”了一声，拍了拍她的肩膀，走了。

徐鲁就站在那儿，暗暗的光照过来，抹了抹脸颊的泪，打开钱包。里面有一张十块，一张五块，一张两块，一张一块，还有几个一毛的硬币。夹层是两张照片。一张他和队友穿着消防服的合照。

他穿消防服的样子真好看，一张脸棱角分明的，薄唇紧抿，眉头也皱巴巴的，都不怎么笑，真不知道他手下那些兵是怎么忍受他的。

徐鲁慢慢地抬手，抚摸着照片上那人的脸，总看不够似的。

还有一张，是她。

像是从旧报纸上剪下来的。

徐鲁紧紧抿着嘴，上下牙齿咬着唇，再也忍不住，眼眶里噙满泪水。两年前她一篇新闻获奖，当时还是主编的陆宁远问她要照片，方瑜背着她交了这张。

她扎着马尾，青涩单纯地歪头笑。

方瑜说，像个十七岁少女。

江措你这个大骗子。

徐鲁默默地对着那张照片无声地流着眼泪。从今往后的余生里，或十年、二十年、五十年，她都再也见不到他了。

她还记得躺在他怀里，他说：“真好啊，就这样抱着你，和你有一搭没一搭地说着话，度过或者有意义、或者无聊的日子，真好啊。”

“哪儿好？”

他会说：“哪儿都好。”

徐鲁忽然发现，她连一张和他的合照都没有。他们之间，没有留下任何的影像视频，她怕日子长了，连他的声音什么样子都忘记了。

他从来都是一副漫不经心的样子，脾气也坏，生气的时候会叫她，江妍，过来。

她就真的过去了，被他单手一拉趴在他腿上，她还没来得及反应过来，他已经抬手打上她的屁股，一本正经道：“听不听话？”

她无理取闹：“就不听。”

“反了你了。”他冷哼一声，会吊儿郎当地说，“老子还管不了你了是吧？”

“谁是老子？”

他又一副嬉皮笑脸的样子，将她翻过来抱在怀里，凑近她的眼睛，特别不要脸地说：“你说谁是老子？”

“流氓。”她嚷。

她被他公主抱，又怕摔下去，一只手扯着他的衣服，一只手下意识地拉着他的皮带。他看了她一眼，目光在她的两只手间来回穿梭。

“裤子都要给你扯下去了，咱俩谁流氓？”他笑得下流。

那声音像是从很久很久以前传过来一样，遥远得让她不知所措。微弱的光芒慢慢定格在徐鲁的脸颊上，才发现这个年轻女孩子此时已经泪流满面。

徐鲁握着那照片，慢慢哭出声来，脆弱又压抑，听得人难过。

“别玩了。”于是，她哭得溃不成军。

她慢慢蹲在地上，哭得眼睛疼。

也不知道过去了多长时间，有人站在她面前，穿着警服，微微弯腰低头，轻声问：“请问您是徐记者吗？”

徐鲁湿着眼眶慢慢抬头。

小警察递给她手机：“总算找到你了，有你电话。”

打往江城的那通电话很快就通了，徐冰的声音从远方传过来，特别轻声地叫她：“妍妍？”

徐鲁倏地满眼泪花。

江河接过电话，声音温和极了，轻轻的，低低的，缓缓道："好孩子，振作起来。"

徐鲁终于抑制不住泪水："爸。"

许久，江河"嗳"了一声。

"人活着就是这样，总要经历一些痛苦，或许今后很长一段时间你都无法走出来，可是妍妍，这世界有太多无能为力的事，很多时候，爸爸也做不到。但人活在世上，总不能因为一个人或一件事就放弃对生活的热爱，永远不能。"

江河说完，淡淡地问："还记得你问过爸爸一个问题吗？"

徐鲁眼眶含着热泪，想起几年前抑郁症的那段日子。有一天她忽然说话了，问江河："爸，孤独是什么样子？"

江河看着窗外的瓢泼大雨，说："孤独有很多样子，但一定不是你这个样子。"

她不明白。

江河眯着眼，缓缓说："前几天我还在想，好像也就这么个意思，五十而知天命，不过都是混日子。你问孤独什么样子，到我这里，大概就是，每天一睁眼，你没有一个可以依靠的人，但依靠你的人很多，这就是孤独。"

"别扔下我和你妈。"江河最后说，"我们老了。"

徐鲁明白江河的意思，慢慢地，泣不成声。

黑暗的幕布慢慢地被撕开，远方有那么一点光亮冒出来。脚下的路很长很长，好像要通到天外边去。

她将手机还给那个警察，然后道谢，静静地站在那条路上，看着远方微亮的光芒，忽然想起还有一件很重要的东西落在他的出租屋，拔腿就往前奔跑。

有多久没有奔跑了？都快忘记那种感觉。

她一口气跑出了很远，远到天真的一点一点亮起来，远到眼泪已经被吹干，远到有一刻开始坚信他还活着，远到路也被洪水拦住了，过不去。她仰头环顾四处，看见身后这栋楼顶坐着一个七八岁的小姑娘，晃着腿，歪头看她。

徐鲁心底一惊，匆忙往楼里跑。

六七层的楼，她沿着楼梯往上跑，跑到楼顶，气都喘不匀了，扶着墙慢慢走近那个小姑娘。

两人目光对视，一个慌乱，一个平和。

徐鲁扶着腰招手，哑着嗓子道："快下来。"

小姑娘倔强极了："我要等我爸。"

"他去哪儿了？"

"他救人去了。"

"我们下去等好不好，可能他救了人去医院了，现在很多人都会去那儿，一时半会儿回不来。"

小姑娘坚定地摇头："我不。"

徐鲁眸子一闪，忽然想起什么。

"我能坐你身边吗？"

小姑娘看了她几眼，重重点头。

高高的楼，红砖白瓦。远远看去，楼顶上坐着两个人，一大一小，都晃着腿，都看着远处被洪水肆虐过的地方，目光平静。

徐鲁问："怕吗？"

小姑娘："不怕。"

"你妈妈呢？"

"和别人跑了。"

"你爸是警察？"

"收保护费的。"

徐鲁扯了扯嘴角。

小姑娘偏头问她。

"你怕吗？"

"怕。"徐鲁说。

"你在这儿干吗？"

"我也等人。"徐鲁缓缓道。

徐鲁的目光从遥远的天际慢慢收回来，落在身边这个小姑娘上。她扯了扯嘴角笑了一下，视线又落向远方。

她在那儿坐了很久，坐得困倦。

后来，小姑娘的妈妈找来了，抱着就是一顿痛哭。母女俩在天台上哭了又笑，后来就走了。

徐鲁依旧坐在那儿，看脚下几十米高的楼，远处巍巍山峦，长街巷道里涌满了洪流的样子，风云变幻之后，也不过是一片寂静悲凉下的平和假象。或许不久，这座城又被重新建起，过去的人也终将被遗忘。没有人会记得英雄的名字，天大的事也好，过去之后，不过是街头巷尾酒足饭饱过后一句杂谈闲话，一丝悲惋。

像张晓丹说的那样：一个人的消逝，哪怕他是一个英雄，对官方而言，不过是几个字的报道。对家人，那是百分之一百的灾难。

徐鲁低头看着这巍巍高楼，慢慢晃着脚。

她大抵是想着跳的，又不敢跳。她怕他变成恶鬼，怕他难过，怕父母没了依靠，怕她难以面对今后这寂寞孤独的寥寥数年。

徐鲁慢慢闭了闭眼，十指并拢。

她身体微微前倾，几乎是瞬间，她以为自己幻听，好像听到了他的声音，许是不敢相信的，不敢睁眼。

于是，那个声音又来了："妍妍。"

轻轻的，低低的，抵万语千言。

徐鲁不可置信地睁开眼，缓缓回过头去。她的眼睛微微眯了眯，抬手挡着太阳光，恍恍惚惚地抬眼看着斜后方那个挺拔高大的男人，还以为在梦里，他变成了恶鬼。

她乖乖地说："我没想跳。"

他闭了闭眼："我知道。"

江措慢慢朝前走了一步，又停下了。他穿着已经被泥水沾满的灰色短袖，消防裤早已经脏得不成样子，他的脸也被泥水糊了，脸颊的血已经凝固。

他看着眼前这个女孩子，轻轻道："被泥水冲走十几米后，我挂在一棵树上，捡了条命。本来早该回来，洪流太大，很多人还被困在城里，只能先去救人。"

徐鲁歪着头，听得也恍惚。

"刚刚和你说话的那个小女孩是老钱的女儿，老钱记得吗，南坪救你被你说成黑社会的那个。他说如果我先回来，帮他看一眼。"

徐鲁迷蒙着眼睛，泪水模糊。

“那场坍塌事故的介绍人我找到了，老大应该和你说了，他也答应做证人。你看天无绝人之路，我也好好的，上苍永远会站在正义这边，是不是？”

徐鲁颤抖着嘴唇，歪了歪头。

“我还得陪你去南方呢，不会死的。”

徐鲁慢慢地、一点一点地抽动着肩膀，无声地哭起来，她泪眼蒙眬地看着这个失而复得的男人，哭得很难过。

江措笑了一下，走到她跟前。

他缓缓蹲下身子，将她整个人从天台边的台阶外转过来，用两只还沾满着干泥的手握着她的双腿，仰头看她。

江措抬手去擦她的脸：“没死呢，哭什么。”

徐鲁就这么低头看着他，眼泪还是啪嗒掉。

“知道被冲走那一刻我在想什么吗？如果你真的随我而去，那我做鬼也不会放过你，永远也不会原谅你。”

徐鲁“哇”的一声，哭了出来。

江措静静地看着她，声音低沉缓和：“你生病以来的这些年我一直都很害怕，怕忽然有一天醒来，有人打电话跟我说，小措，江妍死了。可是妍妍，你以为死很容易吗？难的是活着的人。”

徐鲁看着他，泪水缓缓流下。

她抬手握着他的手，用足了十分力气，好像这一刻才相信，他真的活着，有体温，会说话，有生以来，第一回拉着她直面死亡。

“你不许再吓我了。”她吸着鼻子。

江措回握着她的手，静静地看着她，半晌才道：“这是我的工作，妍妍，我不敢保证不会出事，但我答应你，我一定保护好自己。”

她眼眶还湿润着，轻声喊他：“江措。”

他嘴角噙着笑意，低低“嗯”了一声。

“江措。”她又叫。

他笑：“嗯。”

“我们结婚吧。”她说。

太阳出来了，他们拥抱在一起。

很久以后，矿山旅游业蓬勃发展。凡是有人去矿山小城玩，导游都会对游客说："各位都知道2009年矿山的那场山洪吧？"

游客说："能不知道吗？"

导游总会感慨道："那场山洪对我们矿山人来说是个大灾难，它让这座小城在顷刻之间化为乌有，却也让全国人民知道了有矿山这么个山河秀美的地方。"

像那场洪流的记忆一样，刻骨铭心。

2009年11月2日，山洪暴发。

2009年11月3日，各大新闻头条都被矿山占了一大半篇幅。内容大都是各地的抢险官兵奋战一线，和矿山人民共同进退。已救援多少人，失踪多少人、伤亡多少人等等。

11月7日，国家经贸委亲自带队调查矿山爆炸掩埋一案。

11月8日，新闻媒体忽然爆出矿山两个多月前的塌方事故，井下有七名矿工死亡，矿山领导隐瞒真相，对此事并没有按照规定上报。

11月11日，国家安监局责令当地安监局立即督查。

有人匿名将事故真相的经过透漏给新闻媒体，并呈交了证据，指出矿山塌方一案背后的最大策划人，因为牵连甚广，故此事派由国家安监局专案组调查，检察院督办。

11月14日，在矿山某个矿井下挖出了几具已经半腐化的尸体，目前已经备案，警方正在积极调查中。

不知道哪一天，网上流传出一段录音，是大半个月前两个男人在酒吧包厢的对话。

"听说最近会有大雨，会不会冲出点什么？"

"把心踹肚子里，地震都震不出来。"

黑煤矿一案后来在全国引起轰动，煤矿塌了，矿山的环境也好了起来。天蓝了，花红柳绿的，县政府搞起了旅游业，四面环山的矿山小城被重新建造成了更适合养老居住的地方。黑白瓦房，水墨画似的，像极了安徽的一个小村庄——查济。

后来怎么样了？

有一天，方瑜的女儿小裳问徐鲁："妍姨，你喜欢北方还是南方？"

徐鲁犹豫片刻："南方。"

徐鲁想起从前年少，她说江城太大，人太多，她不喜欢。江措问她，那你想去哪儿。她随手一指，说南方，每天都下雨的南方。

这些年来，她还是喜欢南方。或许很久以后，她在南方买了一个小房子，房子有个大院子，种菜养花，听每天房顶落下的雨声，屋檐下支着桌子，一边看雨，一边看书。朋友远道而来，沏一杯茶，点一盏暖黄明亮的灯，说一夜话。早晨醒来，粗茶淡饭，一起看雨，雨停了，朋友就走了。

"江叔叔呢？"

徐鲁笑："挣钱买房。"

番外

我们的小世界

1.

那一年她读高中。

每一天都过得特别认真和平凡，学习很优秀，最好的朋友是方瑜，也是老师家长眼里都很文静的女孩子，喜欢她的男生不少，大都不敢靠近。

方瑜笑她："这是为什么呢？"

她当时低着头一边看着 1mol=6.02*10^23，一边漫不经心地说："一般来说男生的年纪会比同龄女生小三岁，你不觉得他们幼稚吗？"

方瑜问："那你喜欢比你大三岁的？"

徐鲁目光顿了一下，说了句"不知道"。

很久以后两人参加工作，有一天方瑜忽然想起高中的一些事儿，不由得笑说："很多事情真的不好说，现在的女孩子都打扮得漂亮时尚，有胸有屁股还会挣钱有存款，工作认真又向上，怎么就是找不到男朋友呢？"

江妍听罢笑了："男人都喜欢笨的。"

2.

年纪大了，总喜欢回忆往昔。

方瑜参加工作之后就总是和徐鲁说："妍妍，我好想回去念书，要是现在十六岁就好了，我还在读高中，晚自修十一点下，有很多作业写都没关系。"

徐鲁无奈地笑："你会骂死校长的。"

"我怀念那时候的晚自习，在教室后边和你打打闹闹，一起排队吃学校后门的麻辣烫和烤香肠，夜晚的路灯高大明亮，玩具店都挤满了学生，我们去车房拿自行车，大晚上的路边全是咱九中的学生，一个个穿着校服，真是壮观。"

她理解方瑜，可是回不去。

3.

有一天方瑜问徐鲁："如果让你回到过去，你想回到什么时候？"

徐鲁想了很久，好像是有一年夏天。她和爸妈回老家参加一个堂哥的婚礼，伴娘高烧，临时要找人替上。

二婶说："江措，你不是朋友多吗，叫一个过来。"

江措笑了一下："二嫂，我叫算怎么回事，人家女孩子以为我对她有意思呢，咱这儿不有个现成的吗？"

说完，他看了一下她。

她和几个妹妹正跪坐在床上摆弄掉下来的气球，冷不丁听见这人在身后喊她："徐鲁，过来。"

这命令的口气，她皱眉。

她回头，也没好气："干吗？"

"给你找了个好差事。"

她看着他，没吭气。

他打量着她，从头到脚看了她好几眼，慢悠悠道："瘦是瘦了点，头发捯饬一下还是可以上台的。"

她还没说话，就听见他对小堂弟说："天天，去你新娘婶婶房间把化妆师叫过来。"

等天天出去，徐鲁瞪他："我可没说我要弄。"

他一副好脾气的样子："那你说个条件。"

"给钱。"江妍知道他最近在外边挣了不少。

他嬉皮笑脸："行啊，先叫声小叔听听。"

这个地痞无赖大流氓。

4.

徐鲁记得，十二点那场婚礼仪式结束，大家都落座后，准备敬酒环节。他不知道从哪儿冒了出来，拎着个一模一样的酒壶，搁在餐盘上给她。

“都是水，随便喝。”说完，他擦身而过。

她偏过头看他，心底不知道什么滋味。

敬完酒，她回房间换衣服，白色抹胸纱裙不小心被溅到油渍，门锁又坏了，她提心吊胆。裙子刚脱到一半，有人推门进来。看见是他，她吓得一愣。白色的小胸罩，小巧挺拔的胸倏地暴露在他的目光里，他眸子一缩，立刻从房间退了出去。

她吓得坐在床上，捂着裙子的手都僵了。

她听见外边有人说话，他好像点了根烟，听见有打火机的声音，然后是他的声音：“去别的房间。”

等她换好衣服出来，他已经不在了。

那个下午再也没有见到他，送娘家宾客的时候，堂哥新郎找见她，给了她两个红包。

江妍问：“怎么给我两个？”

堂哥笑：“一个我的，一个江措的。”

“他人呢？”

“中午走了。”

后来她找了一个没人的地方，拆红包。

堂哥给了一百块。他给的红包里装了厚厚一沓，她数了数，有一千块。还写了一张字条：“太瘦了，多吃点。”

那一年是 2000 年，钱很值钱。

5.

再见到江措是在学校，一个傍晚。

晚自习前，有一个小时的晚饭和读书时间。同学大都夹着一两本书，溜达着去买点零食，有的拉过凳子往后门过道一坐开始聊天，有的看着去背书了，也就做做样子，和几个好朋友找一个被大树遮挡着的清净地方，一边吃一边聊，聊到晚自习预备铃响起。

徐鲁那天下午不舒服，趴在桌子上睡觉。

她睡得迷迷糊糊，视线里有窗外火红的无尽的夕阳，耳边还有周围同学谈天说笑，或朗朗的读书声，好像还有一个挺拔的身影。

后门忽然有人小声议论："刚过去那男生是七班的吗，没见过。"

"听说七班副班长蒋琳琳和社会上一个混混好了，叫什么来着我忘了，应该就是他，见过几次了。"

"蒋琳琳好眼光。"有人感慨。

一堆人"扑哧"一声笑出来，青春极了。

多年以后，她拼命奔赴在采编前线，忙得马不停蹄啃面包喝凉水的时候，总是会想起那个夕阳西下的傍晚。火红的天，白蓝相间的校服，还有他穿着灰色衬衫的样子，手抄兜从她教室走过。

像书里说的那样子：

"多希望有一天突然惊醒，发现自己在高中的一节课上睡着了，现在经历的一切都是一场梦，桌上满是你的口水。你告诉同桌，说做了个好长的梦。同桌指指黑板，叫你好好听课。你看着窗外的操场，一切都那么熟悉，一切还充满希望。"

徐鲁睡着了。

6.

爱情来的时候什么样子？徐鲁忘记了。

她只记得喜欢了他很多年，从年少到现在。可每次见他的时候，总是一本正经装腔作势，嘴里还忍不住和他抬杠。哪怕每次都是她赢，还是难过。

7.

知道江措有女朋友很久了，那天倒是第一次见。

方瑜过生日去唱卡拉 OK，大家玩到了很晚。她浅尝辄止抿了点小酒，脸颊微红，去洗手间。听见有人叫他的名字，没想到真是他。有些日子没见了，他理了个平头，碎发短而硬，穿着白色短袖，沙滩裤，趿拉着人字拖，整个一二流子地痞无赖的模样。

江措也看见了她，站在走廊一边。

他手抄兜朝她走过来："在这儿干吗？"

徐鲁心想，要你管。

他看着她，忽地笑了下：“你是不是想说‘要你管’？”

徐鲁眼睛顿时瞪得大大的。她撇撇嘴，正要说话，瞧见他身后冒出一个女孩子，染着黄色的短发，镂空短裙，妆很浓，钩着他的肩膀，笑着问他：“谁啊？”

江措说这话的时候目不斜视：“我亲戚。”

徐鲁反驳：“谁是你亲戚？”

他不怒反笑，是发自胸腔里的那种笑。

徐鲁实在待不下去，特别反感他现在这样子，硬生生道：“还以为你现在改邪归正了，一天没事儿还是来这儿窜，你对得起七婶吗？”

他听着也不生气，好笑道：“你不也来？”

“我只是偶尔，你不是。”

他点头“嗯”了一声，像是听进去了，特别严肃地沉默了一下，看着她，摸了摸鼻子，笑道：“谁说我改邪归正了？”

徐鲁：“……”

她气道：“你就这么耗。”说完转身就走。

身后是他女朋友调侃的声音：“你这小侄女管得还挺宽啊，把自己当什么人了，一副营养不良的样子。”

他声音沉下来：“少说两句。”

“我说什么了？你都没这么纵容过我。”

江措忽地一笑：“这醋也吃？”

8.

说起来还有一件事，那是一个月后了。

江城夏天的傍晚总是格外温柔，夕阳洒在长长的公路上，像一把剑将银河划开了一道光的样子，一辆辆汽车沿着夕阳的余晖慢慢驶向远方去。

徐鲁刚学完钢琴，踩着江城大街走。

街边的小巷道都摆满了小摊，烤冷面、冰糖雪梨水、烤面筋、麻辣烫、鸡蛋灌饼、手抓饼，还有很多，充满了新鲜的市井生活气。最热闹的酒馆门口围了一堆人，像是有人喝醉了，蹲在地上吐得特别难受。

“我没醉。”他说。

那背影是徐鲁最熟悉的样子。

她在巷口站了一会儿，看热闹的人渐渐散去。他身边围着两个兄弟，一人扶着一只胳膊，拍着他的后背。

江妍有些难过，买了一杯冰糖雪梨水。

她朝他走过去的时候在想什么呢？这么些年，他从来都是一副不可一世的样，很少有这么落魄的时候。她站在他面前，要说些什么呢。

9.

她说："解酒的，喝点吧。"

他还蹲着，醉得不像样子，闻声慢慢抬起头，眼神迷蒙地看着她，像是看见她眼里一个笑话，却还撑着一分清醒道："回家去。"

徐鲁放下雪梨水，走了。

10.

学校要开夏季运动会了，方瑜报名长跑。

那天的天气特别热，很多女孩子都打着伞坐在看台上。她们班的位置刚好被划分在主席台左边，阳光直直照过来。方瑜穿着短袖短裤，外头披着校服，挽着江妍的胳膊坐着，两人打着一把伞说话。

方瑜说："二十九个人呢，你说我能跑第几？"

徐鲁想："跑完就行了。"

方瑜笑："对我这么没信心啊。"

徐鲁偏头，沉默了一会儿，说："不是对你没信心，关键吧，你实在太懒了，我不好说假话骗你。"

方瑜："……"

"这回就让你看看。"指导老师刚好在操场上吹哨喊集合，方瑜说着将校服拿下来塞她怀里，义愤填膺道，"我要是拿了名次，必须请我吃一个月冰激凌。"

徐鲁嘻嘻笑："友谊第一比赛第二啊。"

方瑜一走，江妍就被晒得瞌睡了。她打着伞看操场的情况，忽然感觉到身边坐下一个人，还以为是她们班同学，可他的气味有些熟悉，她看了一眼。

江措看着她呆愣的样子，好笑道："不认识了？"

"你怎么在这儿？"

江措说："我怎么不能在这儿？"

徐鲁一个激灵，明白了过来："找你女朋友啊，七班不在这儿。"她说着四周望了一圈，指着一个拐角，"在那儿。"

"我不找朋友。"他轻描淡写。

徐鲁震惊："那你来干吗？"

他看着她，静静地笑了一下。

徐鲁说不出心里那复杂的感觉，好像松了一口气一样。上次他喝得烂醉的样子已经模糊不清，现在眼前的这个人，剃了平头，灰色短袖，牛仔裤，帆布鞋，干干净净，光明磊落。

江措的目光移向操场，叹了一口气道："现在世道真的变了，你这一句叔我怕是等不到了。"

徐鲁叫不出来，看着操场也不说话。

"你好像从小对我就挺排斥，是吧妍妍？"江措轻轻笑了一声，"我现在念职高，就在你们学校旁边。"

徐鲁："嗯。"

江措笑笑，揉了揉她的头，起身走了。

她抬头去看那个人，背影笔直挺拔，一步一个台阶，走得特别稳，最后走出了操场，看不见了。

她不知道怎么形容那时候的心情。

11.

后来总是遇见江措，或在学校里，或在街道上。

他念职高的学校就在她们隔壁，似乎是距离近了，他们之间的往来也很少有以前见面就抬杠的样子，有时候他还会托人给她带一些零食和小礼物。

那一年的冬至特别冷，教室里冻手冻脚。

有一天晚自习下课，徐鲁收拾书包正要走，被同级的一个男生堵在门口表白，她推不掉又急着走，只好说你让我想想。

第二天傍晚，同学说外面有人找她。

远远就看见江措站在操场，手抄兜，低着头，不时地抬头看一眼，看到她出现的那个瞬间，他深吸了一口气，同时朝她走过去。

她问："找我有事啊？"

他就那样子，微歪着头，手抄兜，也不说话。

他沉默，徐鲁也沉默。操场的晚风吹过来，凉飕飕的，冻得人发抖。操场的路灯昏昏暗暗，小路旁边已经陆陆续续有学生往教室走去上晚自习了。

被他看得有点儿发毛，徐鲁缩了缩脖子。她穿着白色的羽绒服，两手插在衣兜里，宽松的校服裤子被风吹打着，头发也束在脑后，脸颊白皙干净。

“你没事吧？”她问他。

江措听罢笑了。

“不是不关心我吗？”他问。

徐鲁被他那笑弄得心里突突的，故意用皱眉掩饰紧张，假装一副不耐烦的样子说：“我快要上晚自习了，没你有时间。”

他“嗯”了一声：“你回教室吧。”

说完，竟然转身就走了。

12.

那天是冬至，徐鲁后来很喜欢的日子。

放学后，他将她堵在回家的巷道，由着她一脸惊诧的样子，说了句石破天惊的话：“心里有我吗？”

13.

她最初总是一副漫不经心的样子，仰脖，眼神清澈，看着挺文静温柔，心底里却有些目中无人，还很清高，总是故作姿态，有时候着实让人讨厌。江措想他喜欢和她抬杠，大概就是有点儿看不惯她那副样子，想让她也染上世俗的味道。

后来呢？

后来发现她和小时候不一样了，固执，有自己的世界，生活总是三点一线，活得认真，知道未来想要什么，眼里藏着什么虽看不清楚，却心地善良，装着一本正经教育你的样子有时候甚至还有点儿可爱。

有一年回家，他和几个哥们儿去县城玩。那天早上八点半几个人在街上晃荡，想着要不要去网吧。他原本低着头，一抬眼就看见她。她背着书包，像是正要往网吧方向去。那是个夏天，她穿着及膝的淡粉色裙子，眼睛清澈极了，垂在肩膀上的头发松散地别在脑后，干干净净的样子让人忍不住想去逗弄。他抹了把头发，看了下自己，睡了一夜，头发乱糟糟的，身上也有味道，趿拉着拖鞋，一副不务正业的样子。他们之间的差距似乎越来越大，她眼底的嫌恶也让他上火。他的脾气一直都很差，可怎么总是在她面前发不出来，看着她一脸淡定的模样，就想上前拨弄两下，好像这样才能缓解身体里的燥热和压抑，还有种莫名的兴奋。

于是，他装作漫不经心的样子，道："来这儿做什么？"

她平淡回答："上网。"

他偏过头吸了口烟，又看了一眼她的裙子，圆形的领子，挺翘的身形，一进去不知道被多少眼睛给摸个底朝天，不禁皱眉说："那地方你不能去。"

她噌地反驳道："你不是也要去吗？"

他舔了舔下唇："我是男的，能一样吗？"

她沉默了一下，少有的不抬杠，竟然平心静气地和他说："这是老师布置的作业，老家没有电脑。"

江措："什么作业？"

后来，他做了一件生平从未做过的事，在网吧抄了一天的试题详解。

14.

再后来才知道，她那天是故意整他。

她不知道，他想了她有一整个夏天。

15.

他有多不要脸呢？哪怕是在她拒绝之后，还是会让人送去女孩子都喜欢的玩意儿，等在她回家的巷口，或者不说话，只是看她一眼，风轻云淡地笑笑，然后会说："考虑得怎么样？"难缠极了。

她嘴硬："你是狗皮膏药吗？"

他笑笑："我就是狗皮膏药，怎么了？"

有时候她真的被气到，也会说很多言不由衷的话，他大都不和她计较，很少发火，还是一派从容的样子，像是吃定她了。

真正发火那次，她说得太过。

他眼底一片阴郁："就这么瞧不起我？"

她其实没有那个意思，只是不知道该如何面对这种感情。即使她心底希望自己有一副热情似火的样子，在他死皮赖脸纠缠不休的时候，也能温和地给予一点回应。

16.

她念大学的时候，方瑜在读高四。

有一次打电话叙旧，说起江措那个浑蛋，方瑜惊讶沉默了半天，不可置信地问她："你真的和他好了？"

徐鲁想起昨晚他带她出去玩的样子，温柔得不像话。有时候也会被她气急上火，可对她依然耐心，除了原则性的问题大都好脾气地哄着，也开始正正经经地和朋友做生意，像是一个二十一世纪的四有五爱知识青年，穿着西装的样子挺拔硬朗，哪里还有当年桀骜不羁的样儿？

于是，她回答方瑜："嗯。"

17.

江措后来在市区租了一个一室一厅，距离她学校不远，五六站的样子。有时候下班早，会来学校等她下课，一起吃个饭，然后去江城湖边散步。有一个傍晚，夕阳刚好落在湖面，波光粼粼的样子特别漂亮。她忍不住挣脱他的手拂了两下湖水，蹲在那儿看起了落日，火红火红地铺满了一整条大路。他站在后边看她，轻轻笑了起来，忽然有种不枉此生的感觉。

"好看吗？"他问。

"好看。"

"累不累？"他问。

"有点儿。"

"今晚别回去了。"他说。

徐鲁一愣，僵硬着后背。江措在后边看着她的侧脸，低声笑了笑，也不着急开口说话。

"给你过个生日。"他说。

18.

年轻的时候，他们在一起的时间真的很短暂，短到徐鲁一直怀疑那是一段梦，梦里的人都不真实。一觉醒来，好像什么都没发生过一样。她不敢再去看第二遍他亲生父亲被击毙的新闻，最后一次见，他对她失望透顶："你报的警？"

很久以后，他问她为什么要做记者，她说记者最擅长寻找真相。

19.

方瑜说："一段很好的恋爱会让两个人变得更好。"

很多年后，经历了那么多变故，她依然做着喜欢的工作，有时间也会一个人出去旅行，回来的时候会给他带一束最好看的向日葵花。感谢命运，他们还在相爱。

20.

2010年的冬天，徐鲁从南方回来。她现在是一家畅销旅行杂志社的记者，经常会全世界各地跑，最长的时候一走就是一两个月。她开始写旅行博客，写旅途中遇见的人和故事，写远在山城还在做消防员的他，写他们恋爱，别人恋爱。时间久了，竟然也收获了很多读者，还有人留言说出一本游记。那个星辰铺满江南上空的夜晚，她给他打电话，他刚洗完澡，穿着黑色背心站在训练场抽烟。她问他想不想她，他说你什么时候回来，我用行动告诉你。她在那边抿着嘴无声地笑起来，好像回到上个月的时候，房间昏暗，身上滴满了他的汗水，鼻间全是他的汗味，他最后趴在她颈窝，累得筋疲力尽，声音嘶哑，低声叫着妍妍。大概这就是活在人世间最美好的事情了。遇见万岁。

21.

这一年来的每一天她都过得踏实、从容，每一刻都鲜活、滚烫。

22.

真正让她的工作停下来，是因为怀孕。

那天傍晚她刚回到山城，就听见有人说香樟路郊区的居民楼起火，有消防员受伤。她吓了一身汗，给他打电话打不通，自己打车过去找。他穿着黄色的消防服，戴着头盔，和小五、长城他们几个在老乡门前的野地里跑着在抓到处乱窜的小黄鸡，一地鸡毛。她站在那儿看，嘴角的笑一直没有停下来过。直到他看过来，眼神里的讶异瞬间转变为惊喜，朝她跑了过来。他拿下头盔，满身的汗，看着她笑，怕弄得她一身味儿，特意扇了两下，才问她：“什么时候回来的？”

“刚下车。”她歪着头笑着，“听说这起火有人受伤吓我一跳，没想到是在这儿老鹰捉小鸡呢。”

他笑出一声：“道听途说也信，亏你还是个记者。”

分开这么久都不知道说句软话，她气得拧了他一下，他疼得“嘶”了一声，说谋杀亲夫啊，罢了就要亲她。他真的一身味儿，距离近了忽地刺鼻，她忍不住胃里翻滚，弯腰就要吐，难过了好一阵子。

倒是有旁边看热闹的妇人好心提醒了一句：“怀孕了可不敢乱跑呀。”

他们俩同是一个咯噔，互相对视。他目光里有不可置信，同时又多了惊喜和期待。

他低声问：“真的？”

她不确定：“会吗？”

他忽然无声笑大了，低头亲了一下她的嘴，又怕她闻到味儿再不舒服，倏地又离开，笑说：“我的娃也该来了。”

“万一不是呢？”

“不可能。”他说得确切又肯定。

“婚礼还没办呢。”

“回去就办。”

这个男人的洒脱样，她真的爱惨。

23.

那天的后来去医院检查，已经怀孕 29 天。

24.

她问他：“你想要儿子还是女儿？”

他想都没想就说儿子，她随手抄起沙发上的抱枕朝他扔过去，他侧身躲开，看着她气鼓鼓地说：“你不是喜欢女儿吗大骗子。”

“那就女儿吧。”

她一口气被呛在嗓子眼：“你这个墙头草。”

他闷声低笑，坐在她旁边，从后面抱住她，说：“重点是咱俩舒服了就行，孩子就是生出来玩的，我没意见。”

她回头瞪他。

“你看这都多久没见面了，我好不容易挨到你回来又来个怀孕，我这整天看得到摸不着的多痛苦啊是不是，我现在哪管得了那么多，生啥是啥。”

她忍不住笑出来，打了他一巴掌。

“要娃是结果，咱注重过程。”他说。

25.

那段日子山城连绵烟雨，下了整整一个月。他又忙起来了，婚礼往后推迟。直到怀孕四个月的时候，她才告诉徐冰和江河，夫妻俩特意从江城赶过来看望。

说起他们结婚，徐冰提议回江城，大大方方地在老家办一场。江措请了三天婚假，两人回家结婚。从 2000 到 2010 年，十年里的这些遇见和分离，像是一种纪念，纪念这些痛苦又充满希望的好时光。

老家办婚礼自然很热闹，姑姑婶婶操的心一个比一个多，兄弟姐妹们简直要高兴得上天。几个表哥会打趣开他玩笑：“你那时候什么样子还记得吗？一天天的没事逗逗妍妍，想让他喊你叔，妍妍偏不，这回更厉害啊，直接喊老公。”

那是一个特别温柔的夜晚，他和几个堂兄弟一起在他们家抽烟打牌，她在自己家太闲也想出去。刚打开房门就被门口忽然出现的他低头吻住，一直吻着抵在墙上，随手反锁关灯。他身上有淡淡的烟味，有青草香。她已经沉迷，抬手搂着他的脖子嘤咛，他低声笑。

“很多年前就想这么做了。”

这个流氓。

26.

2011 年 10 月，江妍生了一个男孩。

27.

一直在想怎么给这个故事结尾，于是写了这些小短番。

前段日子还看了一些书，有朋友推荐的随笔杂感《毫无必要的热情》，治愈长篇《托斯卡纳艳阳下》（读者推荐的同名电影也很好看），张怡微的散文，奈保尔的《米格尔街》，梅·萨藤的《独居日记》《海边小屋》《过去的痛》，毕淑敏的散文和游记，三毛的《雨季不再来》，余华的《活着》，舒远的《他笑时风华正茂》《西城往事》（哈哈），还有一本旅行救赎之书《Eat Pray Love》。

感谢我最可爱的编辑蒋姑娘，感谢大鱼，感谢所有亲爱的读者，感谢我的家人。

忽然想起一个读者对我说过的一句话，那是三毛的《稻草人手记》里的句子："我们还年轻，长长的人生可以受一点风浪。"

感谢生活。